EL
TRIÁNGULO
DE
HIELO

EL TRIÁNGULO DE HIELO

MARCOS NIETO PALLARÉS

HarperCollins

Editado por HarperCollins Ibérica, S. A.
Avenida de Burgos, 8B - Planta 18
28036 Madrid
www.harpercollinsiberica.com

El Triángulo de Hielo
© Marcos Nieto Pallarés, 2026
© 2026, para esta edición HarperCollins Ibérica, S. A.

Diseño de cubierta: CalderónStudio
Imágenes de cubierta: Dreamstime y Shutterstock
Maquetación: MT Color & Diseño, S. L.

ISBN: 978-84-1064-518-9
Depósito Legal: M-19103-2025
Impreso en España por: Black Print

MIXTO
Papel
FSC FSC® C159065

Nota del autor

Estimado lector:

Los personajes que aparecen en esta novela son de mi invención. Del mismo modo, sus ideas y opiniones no se corresponden con mis criterios personales. Dicho esto, solo me queda agradecerte que hayas elegido *El Triángulo de Hielo* como lectura.

«Acepta la locura. Crea el delirio.
Establece la duda.
Alimenta la paranoia».
JOHN KATZENBACH

Preludio

Enero

Una columna de nubes oscuras irrumpió en las calles junto a un aire que acariciaba los huesos con dedos de hielo, y liberó gotas que parecían haberse descolgado de témpanos. La lluvia dibujó lágrimas en los cristales y un velo plateado en el asfalto, y su ruido blanco enmascaró cualquier sonido distractor.

Un hombre desanduvo sus zancadas poco después de haber empezado a cruzar la calle. Una joven de rostro enjuto cortó el viento aguado con su paraguas; pocas veces había deseado tanto llegar a casa. Los dientes de dos niños castañearon bajo el toldo de un restaurante… Los más afortunados presenciaron cómo el agua barría las calles al calor de un fuego crepitante, una estufa eléctrica o una calefacción central. Pero un hombre desnudo contemplaba el aguacero por una ventana abierta, en tanto las entrañas de su dormitorio se retorcían de frío. El agua salpicaba en el alféizar y le humedecía la piel mientras el viento sacudía su pelo negro.

Le echaba un pulso a la borrasca.

«Me quema un hielo por dentro que nunca se agota —pensó, crecido ante la adversidad—. El frío es una prueba de nuestra resistencia; la belleza reside en nuestra capacidad para enfrentarlo».

Inspiró hondo un aire que a cualquiera le hubiera irritado las vías respiratorias y espiró un susurro:

—Es la hora.

Se vistió con unas bermudas, una camiseta de manga corta y unas zapatillas transpirables. No se puso calcetines. Y, así ataviado, caminó al encuentro de la mujer a la que había secuestrado, a través de una vivienda con ambiente de cámara frigorífica.

Paloma del Moral

Avenida de San Luis, Madrid

«¡Sal por la ventanilla!».

Me desperté sudorosa.

Mi móvil vibró encima de la mesita de noche.

Pesadilla y teléfono parecían haberse confabulado para desvelarme en plena noche.

Le eché un vistazo al reloj despertador.

—No son ni las cuatro.

Respiré hondo y me incliné para ver quién llamaba: «Toño».

Solo podía quererme para una cosa.

—¿Me vas a hacer salir a estas horas de la cama? —espeté tras descolgar.

—Yo estaba teniendo un sueño con una rubia de toma pan y moja cuando Rojas me ha dado el aviso. No son horas, lo sé, Palomita, pero es que, desde hace un tiempo, los asesinos nos han perdido el respeto. ¿Recuerdas cuando esperaban a que acabáramos de desayunar para deshacerse de los cadáveres? Qué tiempos…

—No me interesan tus sueños húmedos ni estoy para tu… —Estuve cerca de decir «puto sarcasmo», pero me mordí la lengua—. En fin. ¿Dónde?

—Avenida Valdeculebras, en Vallecas. Te pilla bastante lejos. ¿Te paso a buscar?

—No.

—Te mando un wasap con la dirección.

—¿Hombre o mujer?

—Mujer.

—¿Juez?

—Estoy poniéndome los pantalones. Sé lo mismo que tú.

—Pues nos vemos allí.

—Tráeme un bollito o algo para desayunar.

—Claro. Lo que sea para que no mantengas la línea.

—Mira que eres mala.

Colgué con una sonrisa triste y salí perezosa de la cama.

Subí las persianas del ventanal de mi habitación y le eché un vistazo a la avenida de San Luis. Madrid dormía pasada por agua. Las gotas en el cristal generaron hermosos brillos a un palmo de mis narices. A cualquiera le hubieran inducido una sensación de frescura y vitalidad; a mí, los peores momentos de mi día más aciago.

«¡Sal por la ventanilla!»: la voz exaltada de César resonó en mi cabeza por enésima vez.

Dejé el pijama, las bragas y el sostén encima de la cómoda que llevaba tiempo usando de cesto para la ropa sucia. Me invadía por momentos una preocupante falta de voluntad para hacer cualquier cosa desligada de mi trabajo. Si no fuera por el curro, me pasaría el día deambulando por este piso. Llevaba días sin barrer y los platos se amontonaban en el fregadero.

Con los ojos hinchados y las piernas cansadas, me puse una sudadera roja, unos vaqueros y unas botas de agua encarnadas. Presentí que Toño se mofaría de mi calzado. Pero yo llevaba meses pasando del qué dirán.

Cogí un paquete de dónuts de un armario de la cocina.

Le di un beso a la foto enmarcada de César que tenía sobre el mueble del recibidor, como era mi costumbre desde hacía un año.

—Hasta luego, amor.

Salí del piso rumbo a mi Peugeot 2008.

Y conduje hacia la escena de un crimen.

«El mal no entiende de *día* y *noche,* de estación del año», pensé adormilada. El asfalto reflejaba las luces de los coches y las farolas. El sol no tardaría en intentar secar las calles, pero las nubes no se lo permitirían. Según los meteorólogos, llovería intermitentemente al menos un día más. «Como para fiarse de los hombres y mujeres del tiempo», medité, y supliqué a los nubarrones que aguantaran hasta que examinara la escena.

La avenida Valdeculebras se encontraba lejos del agotador centro de Madrid y gozaba de la amplitud de un polígono industrial, con amplias rotondas y medianas ajardinadas que separaban dos carriles en cada dirección, flanqueados por casas adosadas.

No tardé en ver el cordón policial al fondo de la calle, la ambulancia, los coches patrulla, los agentes de uniforme y los de paisano y los embutidos en monos blancos. Me sorprendió que las cintas amarillas protegieran un parque infantil. Había esperado encontrar la escena en uno de los descampados de la zona.

Tiré del freno de mano entre dos vehículos del Cuerpo Nacional de Policía. A pesar de las horas intempestivas, de las calles encharcadas y de que corriera una brisa que congelaba el aliento, un corro de vecinos y periodistas se agolpaban al otro lado del perímetro. Gracias a Dios, ni los objetivos de las cámaras ni los ojos de los curiosos grabarían a la muerta: mamparas desplegadas en el corazón del parque la protegían de los *no autorizados.*

Fruncí el ceño al ver las aristas de un columpio que asomaban como huesos por encima de las mamparas.

Caminé hacia el acceso dando un pequeño rodeo, esforzándome por esquivar a los periodistas. Una reportera avispada advirtió mi maniobra y corrió a hacerme preguntas. Lo único que consiguió fue una frase de advertencia:

—Ni se te ocurra pasar de aquí.

Se detuvo con cara de decepción ante las señales que le prohibían el paso.

Le mostré mi placa al oficial encargado de llevar el registro de quienes entraban y salían de la escena. Dejó constancia de mi ingreso y me facilitó unos cubrezapatos y unos guantes de nitrilo, si bien yo llevaba un par de cada en los bolsillos.

Toño estaba en el centro del lugar de recreo. Sus casi dos metros y ciento veintipico kilos no lo hacían pasar precisamente inadvertido. Lo acompañaba Darío Rojas, nuestro inspector jefe, que a su lado parecía un renacuajo. Mi compañero vestía un tejano negro, un jersey gris de cuello alto y un abrigo marrón. Parte de la comisión judicial charlaba a sus anchas espaldas. El juez Almarcha no era de personarse en las escenas, lo que me hizo suponer que el crimen llenaría portadas de periódicos.

«Se avecina presión mediática», temí.

Caminé por un pasillo creado con cintas mientras mi respiración dejaba una estela en el aire y los árboles parecían seguirme con la mirada. Los gritos de los periodistas llegaron a mis oídos tras saltar el cordón. Me invadió una sensación que no me era desconocida. Un especialista cortaba un pedazo de suelo de corcho arrodillado a la orilla del camino. Un segundo criminalista fotografiaba una colilla destacada con un indicador de indicios, usando un testigo métrico como escala de referencia. Un tercero tomaba medidas por las inmediaciones de las mamparas…

«El agua habrá borrado la mayor parte de los indicios», pensé justo antes de saludar a Toño y a Rojas con un escueto «hola».

Mi compañero levantó las cejas a modo de bienvenida.

—Hola, Del Moral. —Rojas usó su voz de «cuidado, que estoy que trino».

A esas horas todos lo estábamos.

El inspector jefe llevaba un pantalón de vestir beis, un jersey ceniza y una chaqueta de color camel. Tanto Toño como Rojas no habían escatimado en elegancia.

Y yo en tejanos, sudadera y botas de agua.

—Bueno —exhaló Rojas—. Voy a hablar con el inspector jefe Segura, de la Científica, y con el juez Almarcha. Habrá que empezar a pedir permisos. Mientras la Científica y el forense ultiman los informes, revisaremos las cámaras de seguridad de los comercios de la zona y de vigilancia, y les tomaremos declaración a los familiares. Lo de siempre.

—¿Se sabe quién es la víctima? —pregunté.

—Belén Rivera.

—¿En serio?

—¿Me ves con ganas de bromear? Y, para más inri, el asesino se deshizo de su cadáver cuando en Madrid caían chuzos de punta; y no creo que sea una casualidad. Me temo que andamos tras la pista de un robasueño.

Así llamaba Rojas a los asesinos organizados.

—Hoy, sin ir más lejos —afirmó Toño.

—Hoy ¿qué? —preguntó Rojas con hosquedad.

—Que hoy ya le ha robado sueño.

—Muy observador, Castro. —Nuestro superior hizo una mueca de hastío—. Examinad el cadáver y luego hablamos. No andaré lejos.

Asentí con la cabeza; Toño levantó los pulgares con cara de payaso psicópata. El modo de actuar de Antonio Castro —cuarenta y siete años— podía descolocar al más versado en apariencias. Yo conocía las entretelas de mi compañero, pero entendía que, de buenas a primeras, a uno pudiera parecerle un sinsustancia.

—Oye, te quedan bien esas botas de agua —opinó en cuanto Rojas nos dio la espalda, a pesar de que los cubrezapatos ocultaban parte de la goma roja—. «Para presumir hay que sufrir» no va contigo, ¿eh, Palomita?

—¿Tú cómo tienes los pies?

—Los he metido en un socavón nada más bajar del coche. Digamos que hago lo que puedo para mantener mi fama de patoso.

Me fijé en sus zapatos: al menos gastaba un 46.

—Pues yo los tengo sequitos.

—No te pongas a la defensiva, que lo decía de buen rollo. Soy tu mayor fan, y lo sabes.

Lo mejor de Toño es que te hacía sentir valorada.

En temas laborales era un fenómeno achantando al personal, y su talento para los interrogatorios no tenía parangón. Siempre lo vi como una curiosa fusión entre Peter Pan y Harry el Sucio. Actuaba como Toño con los compañeros y como Antonio Castro con los mezquinos. Una vez le vi cambiar de acera a un tipo de un guantazo. La calle no era muy ancha, pero el tipo pasó de una fachada a otra en lo que dura un pestañeo. Le permitía llamarme Palomita; a cualquier otro lo hubiera mandado a la mierda al primer diminutivo. Toño sabía mejor que nadie lo mal que lo estaba pasando y se esforzaba —demasiado, a mi parecer— por animarme. Él tampoco atravesaba por un buen momento, lógicamente, pero, al menos en apariencia, lo sobrellevaba mejor que yo.

—Ya hablaremos de moda invernal durante el almuerzo —dije, forzando una sonrisa—. ¿Quién la ha encontrado?

—Un jubilado que padece insomnio ha salido a dar un paseo a las tres de la madrugada. ¡A las tres, con la que estaba cayendo!

—Hay gente para todo.

—Lo que hay es mucho rarito. En fin. Se ha topado con la chica y ha llamado a una comisaría de la Policía Local. Una patrulla ha llegado antes de que nadie pudiera grabarla o fotografiarla.

Aunque, según Paseador Nocturno, sorpresa: las calles estaban desiertas cuando la ha encontrado.

—Pues veamos ese cadáver.

—Me he asomado y es una rayada máxima.

—Siempre lo son.

—No tanto como este.

Toño logró que arrugara la frente antes de traspasar las mamparas y que mis ojos colisionaran con Belén Rivera, y entendiera su «No tanto como este».

«Y que lo digas», pensé impactada.

La luz de un foco portátil destacaba el cuerpo de un modo impecable, como la lente de un microscopio una fibra.

La puesta en escena me dejó muda.

El forense me miró de soslayo y continuó examinando el cadáver; como mi compañero, me dio tiempo para digerir lo que estaba viendo.

Desaparecida en Molina de Aragón; hallada en Madrid.

Su rostro había aparecido en las redes sociales de la Policía Nacional y la Guardia Civil. Antes de acostarme aquella misma noche, me enteré de que su búsqueda se había suspendido por culpa de una tormenta de nieve. Resultaba increíble que su cuerpo sin vida permaneciera sentado en un columpio de un parque infantil de Madrid, a doscientos kilómetros del pueblo de la provincia de Guadalajara en el que se perdió su rastro.

«No hace falta que sigáis buscándola», me dije, afligida. E imaginé a una madre y un padre destrozados.

—Hola, Cacho Carne —saludé al fin, haciendo un juego de palabras con el apellido del forense.

—Buenas noches, Del Poca Moral —procedió Cacho—. ¿Cómo estás?

—Todo lo bien que se puede estar ante un desastre como este.

La cara del forense exteriorizó un «qué me vas a contar».

Luis Cacho era un tipo de cincuenta y muchos, de pelo cano y barba recortada que en aquel momento cubría una mascarilla. Ojos azules, rostro redondo y nariz carnosa, y un ligero sobrepeso. Me caía bien y trabajaba aún mejor, de ahí mi saludo en plan coleguita; nunca bromeaba con los compañeros a los que no tragaba.

Las manos de Belén Rivera se aferraban a las cadenas de un columpio mediante cuatro bridas. Las tiras dentadas se ceñían a sus muñecas y a sus dedos a fin de que pareciera estar disfrutando de unos pueriles momentos de esparcimiento. Un cuadro macabro potenciado por el tono violáceo que habían adquirido su nariz y las puntas de sus dedos, las manchas rojizas que salpicaban sus articulaciones y el hecho de que solo la cubrieran un sujetador, unas bragas y unas zapatillas tipo Converse.

Me pregunté si había muerto de frío o si se trataba de daños *post mortem,* mientras me fijaba en que sus orejas, nariz y manos estaban hinchadas.

El *rigor mortis* le confería un extra de tenebrosidad al panorama. Su rostro, de ojos de pez, se mantenía erguido. Si alguien la hubiera empujado por la espalda, su balanceo habría provocado más de un estremecimiento.

Las raspaduras y arañazos que marcaban sus brazos y piernas, de incuestionable factura reciente, me suscitaron sospechas: «¿Te diste a la fuga? —me pregunté/le pregunté—. ¿Lograste escapar del lugar en el que te retenía? No conseguiste darle esquinazo, eso es evidente. Pero tu instinto de supervivencia tal vez nos sirva a nosotros. Toda herida esconde un motivo».

Las hipótesis no tardaron en hacer su aparición. En aquel parque infantil, empezó la caza: la perfilación criminal, la recolección de evidencias… Respiré hondo mientras el forense libraba a la muerta de la brida que constreñía los dedos de su mano derecha. Una vez cortada con unas tijeras, la guardó en una bolsa de pruebas para su posterior análisis. El minucioso trabajo de forenses y policías científicos me procuran lo que yo llamo «tranquilidad provechosa». Su indiscutible pericia me permite analizar las características que el asesino ha dejado en la escena sin tener que preocuparme de lo tangible. Mi fuerte son los patrones conductuales, los *modus operandi,* los detalles que ayudan a comprender la dinámica del crimen y la personalidad del criminal. Algunas pistas no pueden recogerse. ¿Cómo se recolecta el amor, la ira, el odio, el miedo…? Esas cosas hay que saber buscarlas. Toda escena cuenta una historia, y yo había aprendido a destaparla.

—Chalado a la vista —opinó Toño.

—Podemos estar delante de una escena simulada —conjeturé yo.

—Ahora mismo todo es posible —estimó el forense—. Pero quien ha matado a esta pobre chica tiene un trastorno mental. No creo que eso admita discusión. El cuerpo presenta arañazos y algún que otro moretón, y las uñas guardan residuos que, a primera vista, parecen vegetales, lo que me lleva a pensar que corrió a campo abierto antes de morir, quizá a través de un bosque o… —Se encogió de hombros—. Todo apunta a que murió por hipotermia, eso sí. El cuerpo muestra una isquemia generalizada y… —Hizo una mueca de contradicción—. ¿Sabéis? No me apetece hablar por hablar. Procedo a quitarle las bridas restantes y continúo en el instituto. El estudio histológico confirmará mis sospechas. O no.

La colocación del cuerpo me sugirió dos posibilidades: el asesino mandaba un mensaje, tal vez una amenaza expresa dirigida a alguien que supiera interpretarla, o la escenificación guardaba un significado especial para él en el ámbito social, familiar o psicológico.

«¿Qué pretendiste al colocarla así? ¿Por qué trasladaste el cuerpo tantos kilómetros? ¿Buscabas ofender a la sociedad o humillar o degradar a la víctima? ¿Quisiste vengarte de un familiar? ¿O solo buscas fama?».

Me vino a la memoria una mujer de setenta y dos años asesinada por estrangulación con ligadura. El agresor adornó su cuerpo con numerosas joyas; un collar ocultaba la marca de estrangulación. Un comportamiento anómalo, que consiste en la tentativa simbólica de «deshacer» psicológicamente el asesinato por remordimientos. El asesino trata de devolver a la víctima a un estado de apariencia natural. En estos casos, es habitual que haya existido una relación previa entre el agresor y la víctima. El caso de la anciana —cerrado hacía años: la mató su hijo— y el de la Chica del Columpio —bauticé el caso en mi fuero interno— tenían ciertas similitudes.

«¿La conocías o saliste a cazar?».

—Hablemos con Rojas —propuso Toño.

—Aquí está todo visto, sí. Hasta luego, Cacho.

—Hasta otra, pareja.

—Ta luego —dijo Toño.

Volvimos a poner las mamparas de por medio; mis ojos agradecieron desprenderse del cadáver alterado por el frío.

Nos acercamos a Rojas, que conversaba con el juez Almarcha. Su señoría era un tipo alto y delgado de piel blanca que sufría problemas de espalda: de vez en cuando caminaba doblado hacia la derecha.

—Se le ha vuelto a quedar pillado el intermitente —bromeó Toño por lo bajini. No le reí la gracia.

Saludamos al juez.

—Hay que ponerse las pilas. —Nos aguijoneó sin dignarse a devolvernos el saludo—. Os iré dando instrucciones, pero ya sabéis lo que tenéis que hacer. Ahora tengo que irme. Un asunto familiar.

—Vamos hablando —dijo Rojas.

—Que echen más horas que un sereno —le sugirió a nuestro superior inmediato, y nos guiñó un ojo a nosotros.

—Ahí va, el cabronazo —dijo Toño, más doblado que las cucharas de Uri Geller.

—Reunión a las ocho y media —ordenó Rojas. Y, con las manos hundidas en los bolsillos, se alejó cercado por cintas amarillas.

22

—Oye, Palomita, ¿no tienes frío sin abrigo ni guantes ni bufanda?

—Estoy bien.

—Puedo prestarte mi abrigo.

—¿Estás sordo o tonto? Deja de tratarme como a una cría, joder. Tengo treinta y dos años. Eres mi compañero, no mi puto padre, hostia.

—Vaaaale… Dejo de cuidarte un rato, mujer.

Puse los ojos en blanco, a medio camino entre la sonrisa y el cabreo monumental.

—Ah, por cierto. —Metí la mano en un bolsillo de mi pantalón y saqué un dónut de chocolate en su envase, un poco aplastado—. Un regalo, por ser tan pelmazo. Tengo tres más en el coche. Este barrigón no va a mantenerse solito…

Le di unos golpecitos en el estómago.

—No sé si te quiero o te odio a muerte.

—No estás obligado a comértelo.

—Anda, trae p'acá.

Me lo arrancó de las manos, lo sacó del envase y se lo zampó en tres bocados.

—Mmmm…

Se limpió el glaseado de los labios con la manga del abrigo —al estilo Toño— y habló con decisión:

—Mientras el forense y la Científica ultiman los informes, revisaremos las cámaras de vigilancia y de seguridad de la zona. Tomaremos nota de las matrículas y procederemos a pedir coartadas. Desde ya mismo empezaremos a redactar una lista de sospechosos. Una vez que tengamos los informes, hablaremos con los familiares.

—¿Seguimos planificando con un café? —propuse.

—¿En la sala de descanso de la comisaría?

—Dónde si no. A estas horas no están abiertos ni los puticlubs.

Paloma del Moral

Comisaría General de Policía Judicial, Madrid

A pesar de las preguntas de los periodistas, del cuchicheo de los vecinos y de los ruidos que nosotros mismos provocábamos, la noche le confería un aura de tranquilidad a la escena. Una calma densa inundaba asimismo la comisaría. No obstante, la atmósfera que respiré en el parque infantil tardaría en abandonar mi cuerpo. Tal vez nunca diría adiós. Aún recuerdo las sensaciones que me produjo el primer muerto al que me confiaron hacer justicia. Con el tiempo, mi memoria olvidaría los detalles. Para refrescármela, tendría que echar mano de los expedientes. Pero el ambiente perduraría bajo mi piel como un tatuaje.

«El perímetro era insuficiente —pensé, sentada a una de las mesas de la sala de descanso, mientras Toño preparaba los cafés—. Tras acordonar el parque, los oficiales debieron cortar la avenida por sus extremos. Pero supongo que desde fuera todo parece más fácil. Que nos lo digan a nosotros cuando llegan los artículos con frases como "La Policía no logra avances en la investigación" tres días después del hallazgo de un cadáver».

—Aquí tienes tu cafecito.

Toño dejó mi taza sobre la mesa y se sentó ante los dónuts que yo, con un poco de maldad, había dejado delante de una silla vacía

24

alejada de la mía: no me apetecía oler el rancio aliento que se le quedaba después de beber café.

Toño hizo una mueca de descontento de pie ante la silla.

—¿Qué? —pregunté áspera.

—Que he pillado la indirecta. La próxima vez, si quieres, me siento en otra mesa.

Toño era el tipo más avispado que conocía. Su inmadurez podía despistarte. De tanto en tanto le perdían las formas, pero rara vez hacía gala de un mal criterio.

—Siéntate y calla.

Sonrió, apartó la silla y se repantingó como un adolescente que desafía las normas.

—¿Puedo hablar sin tapujos? —rogó mientras desenvolvía uno de los dónuts.

—¿Sabes hablar de otra manera?

—A estas alturas no voy a negar que César era la mejor persona del mundo. —Se le llenaron los ojos de lágrimas—. Era mi hermano, joder, y lo echo tanto de menos que ahora mismo tengo ganas de partir esta mesa de un cabezazo.

—Con el melón que gastas, lo veo factible.

—Hoy te has levantado con ganas de marcha, y eso me gusta. Pero, cabezón al margen, te diré una cosa que ya sabes: César era un hermano cojonudo, un marido de puta madre y un policía ejemplar. Pero la palmó. Y tú mejor que nadie sabes que querría que siguiéramos adelante con nuestras vidas. Incluso que tú volvieras a enamorarte.

—Eso no lo digas ni en broma. Estás a un paso de que te mande a la mierda. Avisado estás.

Toño alzó las manos en son de paz. Cada vez le brillaban más los ojos.

—La cuestión es que llevas un año dando pena, y a él eso no le gustaría.

—Tu hermano era mi mejor amigo, mi compañero y el amor de mi vida. Y murió ante mis propios ojos. Tengo derecho a estar destrozada. ¿Sabes?, no sé por qué acepté ser tu compañera. Ahora me doy cuenta de que fue una idea nefasta.

—Eso me ha dolido. Antes eras una fuente de alegría y ahora amargas a los buitres. Solo quiero que vuelva algo de la Paloma de antes; ahora mismo pareces alguien que se hace pasar por mi cuñada. —Me miró a los ojos, serio, como casi nunca permanecía cuando estaba conmigo—. Voy a contarte un secreto. ¿Sabes lo que me dijo mi hermano, tu marido, más o menos un año antes de morir, un día que estábamos viendo el fútbol en vuestro piso? Tú andabas por tu habitación haciendo no sé qué…

—Si estaba en mi habitación, ¿cómo quieres que lo sepa?

—Era una pregunta retórica, malasombra —dijo sonriente—. «Prométeme que, si algún día me pasa algo, cuidarás de ella». Me lo hizo jurar, el cabrón, más serio que una trombosis. Y sabes que conmigo estaba de coña a todas horas. Pero si no te sientes a gusto trabajando con tu cuñado, le pedimos de mutuo acuerdo un cambio de compañero a Rojas y santas pascuas. Seguro que no pondrá pegas.

—Lo único que pido es espacio. No puedes estar todo el día ahí, erre que erre. Que corra el aire, ¿entiendes? Tú te encargas de rastrear al asesino por medio de las cámaras, las pistas criminalísticas y forenses, las…

—¿Pesquisas palpables?

—Eso. Y yo de los patrones de comportamiento y los detalles psicológicos. Tarde o temprano vamos a necesitar un perfil criminal. Lo del parque infantil no tiene pinta de quedarse ahí. Si no lo detenemos, volverá a matar.

—Es más o menos lo que hacemos siempre.

—Ya. Pero en este caso lo haremos más en modo independentista.

—Me parece bien. Y, sobre lo que comentas de que no piensa detenerse, estoy contigo. La escenificación, el traslado del cuerpo… Se ha tomado demasiadas molestias como para quedarse en un asesinato. Como no le hagamos la zancadilla, llega a asesino en serie.

—Presiento que el perfil criminal será de ayuda, que no abundarán los indicios materiales. Espero equivocarme, pero me da que se avecina una búsqueda larga. De ahí que vaya a afrontar la investigación como si ya fuera un asesino en serie. ¿Me entiendes?

—Adelantarse a sus movimientos.

—Exacto.

—¿Y las entrevistas?

—Las haremos juntos, o las harán otros. Sinceramente, no creo que aporten nada. Todo apunta a que no conocía a la víctima, más allá de haberla vigilado. Seguiremos siendo compañeros y, por tanto, llevando el caso juntos, pero cada uno se dedicará a hacer lo que mejor se le da.

—Me parece estupendo.

—Tenía restos en las uñas. Si acaban siendo de plantas, como ha intuido Cacho, es probable que en algún momento estuviera a campo abierto antes de morir, puede que en un bosque. La chica desapareció en Molina de Aragón y el pueblo está a 1213 metros de altura, muy cerca del Parque Natural del Alto Tajo. Lo lógico es pensar que su asesino viva en un paraje natural. Y su cadáver ha acabado en un columpio de Vallecas, a doscientos kilómetros de donde se le perdió la pista. No parece que el móvil sea pasional o la venganza, ni siquiera la locura del típico perturbado que padeció maltratos en su infancia. Puede que el forense determine que sufrió una agresión sexual, y eso cambiaría las cosas. Queda mucho por recorrer.

—No son ni las seis y cuarto de la mañana —espetó Toño tras echarle un vistazo a su reloj de pulsera. Y se metió en la boca la mitad del último dónut.

—Comes como un cerdo, ¿lo sabes?

—Ya te digo —admitió, enseñándome el dónut que daba vueltas por su lengua.

Puse los ojos en blanco por enésima vez y me incorporé con la taza en la mano.

—Voy a redactar el informe de la inspección ocular hasta que llegue la reunión.

A las ocho y cinco entré en el despacho de Rojas para comentarle cómo había pensado afrontar la investigación. Me interrumpió cuando aún no había terminado de explicarme:

—Sí, sí… Es lo que tenía pensado.

Hizo un aspaviento que traduje como un «largo de mi despacho». Rojas no me trataba como una flor que se marchita poco a poco; y se lo agradecía. Supuse que estaba sobrepasado. El crimen le robaría muchas horas de sueño y se había puesto las pilas desde el primer segundo para que fueran las menos posibles. Lo cierto es que siempre lo daba todo en las investigaciones: por eso no lograba conciliar el sueño durante el transcurso de las complicadas. En consecuencia, no le robé más de su valioso tiempo y salí silenciosamente de su despacho.

Todo me recordaba a César. El despacho del que me alejaba. La sala de descanso y la de reuniones. El parquin de la comisaría. Su mesa, que ahora ocupaba Toño. Los servicios, donde una noche nos metimos a hacer el amor… Jamás pediría un traslado ni vendería nuestro coche ni nuestro piso; ni siquiera quitaría su ropa del armario. No quería olvidarlo. No quería dejar de llorar su pérdida. Quería sentirlo a cada paso. Creer, al despertar, que estaba durmiendo a mi lado; aunque la vuelta a la realidad quemara como un hierro al rojo vivo.

Cuando entré en la sala de reuniones me encontré con dos parejas de inspectores con las que solíamos formar equipo: Manolo Vázquez y Laura Lobo, y Miriam Acosta y Ramón Vera.

Vázquez era un tipo bajo y calvo con bigote. Su compañera, Lobo, le sacaba una cabeza entera y lucía una despampanante melena rubia. De habérmelos presentado como marido y mujer, el instinto me habría empujado a buscar una cámara oculta por las esquinas. Acosta y Vera, en cambio, podrían haber pasado por hermanos, morenos, de piel clara, ojos marrones y una altura cercana al metro ochenta. Toño y yo éramos del estilo Vázquez-Lobo. A veces, para mirar a mi compañero a los ojos tenía que echar la vista al cielo. Por aquel entonces yo pesaba cincuenta y cuatro kilos y descalza mido un metro setenta; Toño es un mastodonte de espalda ancha y cabeza grande que con botines casi llega a los dos metros.

Los saludamos en conjunto y Toño los agasajó con su característica zalamería:

—No sabía que hoy se celebraba una reunión de intelectuales.

—Y yo me pregunto, ¿qué coño haces tú aquí, Castro? —Vera le siguió la broma.

—Pasaba a ver si se me pega algo.

La entrada de Rojas, acompañado por el comisario Madrona, que solía limitarse a supervisar, truncó aquellos momentos de confianza entre compañeros. Tras los saludos de rigor, el inspector jefe conectó su tableta a la tele de la sala de reuniones vía wifi, como era su costumbre. Llevaba ocho años a las órdenes de Darío Rojas y sus métodos siempre conducían a buen puerto. Lo consideraba un policía inteligente, avezado y resolutivo.

—Es pronto para tener nada ni medianamente claro, pero lo razonable es pensar que el asesino reside en esta zona. —En la pantalla del televisor apareció un mapa con parte de las provincias de Teruel y Guadalajara marcadas con un círculo rojo; dentro destacaban Calamocha, Molina de Aragón y Teruel—. Es una hipótesis, pero la tuvo que retener en algún lugar, y es improbable que fuera en un piso. Planeó el asesinato con tiempo, de eso no me cabe duda. La chica, además, mostraba síntomas de haber estado en una zona con ramas, maleza… Como si hubiera tratado de escapar campo a través. Cuadra que la retuviera en una casa de campo o en una situada a las afueras de Molina de Aragón, donde residía la víctima, o de una localidad cercana. —Suspiró—. Habrá que esperar a los informes de la Científica y del forense; con un poco de suerte, arrojarán algo de luz sobre el asunto.

»No hay testigos. Es pronto, lo sé, pero, sinceramente, con el aguacero que caía cuando se deshizo del cuerpo no creo que aparezcan. La meteorología no va a ponérnoslo fácil. Pero no por ello vamos a obviar ningún paso.

»Acosta y Vera, os desplazaréis a Molina de Aragón y haréis preguntas. Hablad con los padres y familiares. Los padres no suelen pisparse de los asuntos turbios de sus hijos, así que entrevistad a sus amigas, o amigos, íntimos. Enteraos de qué bares frecuentaba, si salía con alguien, quiénes fueron sus novios… Y pedid coartadas. Lo visto en la escena de abandono no apunta a un asesino de su entorno. El hecho de que la secuestrara en Molina de Aragón y su cuerpo haya aparecido a doscientos kilómetros y sentado en un columpio señala hacia un asesino organizado de los que creen recibir órdenes de Dios o del mismísimo demonio, o de los que se han impuesto una misión personal. Un loco con piel de persona corriente. No obstante, debemos encontrar la escena primaria, donde se produjo mayor contacto con la víctima, y donde seguro encontraremos evidencias del crimen.

—Ahondaremos en la vida de la víctima —dijo Vera—. Hasta los dimes y diretes.

—Como ha de ser. Ah, y asistid al funeral. Sé que los padres no estarán para nada, pero pedidles que echen un vistazo en busca de alguien sospechoso, de un tipo de entre treinta y cincuenta años que no les cuadre en la iglesia o en el cementerio. La víctima tiene dos hermanas; pedidles también que observen. Sed extremadamente amables. Esa familia está pasando ahora mismo por un infierno.

Pero todos tenemos que arrimar un poco el hombro si queremos atrapar a ese desgraciado.

—A la orden —acató Acosta al tiempo que su compañero asentía.

—¿Descartamos que fuera una mujer? —preguntó Toño.

El comisario Madrona dio un paso al frente y habló con su distinguida voz ronca:

—No podemos descartar nada. Esto acaba de empezar. Pero los tiros no apuntan en esa dirección. La venganza y los celos son los principales motivos que empujan a las mujeres a terminar con la vida del prójimo. Las mujeres matan menos que los hombres. Es un hecho, y también que su forma de actuar conlleva menos violencia que la de los hombres.

El comisario dio un paso atrás.

—Vázquez y Lobo —prosiguió el inspector jefe—, vosotros hablad con el teniente Daniel Sans, de la Sección de Desaparecidos de la Policía Judicial de la Guardia Civil. Le he llamado hace un momento para avisarle de que os pasaréis a recabar información. Que os ponga al tanto sobre los indicios que han descubierto acerca del secuestro, que, dado el poco tiempo transcurrido, serán pocos. Pero seguro que han examinado el contenido de su ordenador, tableta…, y sus redes sociales.

»Se solicitó la colaboración ciudadana. En consecuencia, anotad los nombres de los sujetos que la buscaron. No sería el primer asesino que se ofrece voluntario para buscar a su víctima y luego hasta asiste al entierro. Y, como he dicho antes, no descartaremos ninguna posibilidad hasta haberla exprimido del todo. Asimismo, que Sans os remita los informes de las tomas de declaraciones a testigos, familiares, amigos y demás contactos personales, de haberse efectuado, para, una vez que los hayamos entrevistado nosotros, poder buscar contradicciones.

»Castro, tú ocúpate de la localización de cámaras de vigilancia y de seguridad en las proximidades de la escena del crimen y analiza las grabaciones. Por fuerza tuvo que transportarla en un vehículo. Que lloviera a mares cuando se deshizo del cuerpo es bueno y malo: las imágenes no se apreciarán nítidas, pero apenas habrá tráfico. —Toño asintió y Rojas me clavó su profunda mirada, que aquella mañana andaba rodeada por párpados hinchados y bolsas—. Del Moral, tú, a lo tuyo: acota el cerco mediante un perfil criminal. Enfoca la investigación hacia blancos realistas.

—Eso está hecho.

—Presiento que los patrones de comportamiento van a ser decisivos. —Rojas dio una palmada en el aire y pronunció la frase con la que siempre llevaba a término la primera reunión de un caso—: ¡Que no se diga que no somos infalibles!

Paloma del Moral

Comisaría General de Policía Judicial, Madrid

Sentada a mi mesa, había empezado a enfocar la investigación hacia blancos realistas, como me habían ordenado.

Tomaba notas en una hoja DIN-A4 que más tarde pasaría a limpio:

- La escena indica que el asesino ha tratado de dejar un mensaje. Pero ¿para quién? ¿La Policía? ¿La sociedad? ¿Una persona a la que busca provocar daño emocional?
- El lugar del secuestro (Molina de Aragón) y la escena de abandono (Madrid) están separados por doscientos kilómetros. ¿Por qué arriesgarse de esa manera a ser descubierto? Pudo haber abandonado el cuerpo en cualquier cuneta o descampado.

«Una opción es buscar casos similares en busca de patrones de conducta —me planteé, en mi elemento; por unos segundos olvidé que era una desdichada—. Los asesinos que matan de un modo similar actúan de un modo parecido. Pero en España no encontraré un asesinato con las características del de Belén Rivera. Buscaré en países extranjeros, con énfasis en Estados Unidos, donde los psicópatas son, por así decirlo, más creativos. Trataré de elaborar un perfil criminal a través de características demográficas o conductuales compartidas. Pero, por el momento, dicha posibilidad la meto en el cajón de los "últimos recursos". Y espero no tener que sacarla de ahí».

- Factores que provocaron que Belén se convirtiera en víctima. ¿Hubo una segunda persona implicada o solo actuó el azar?

Salió a buscar un cuerpo con el que montar su espectáculo y Belén se le puso a tiro, di por hecho.

- Perfil geográfico. La ubicación de la escena de abandono del cuerpo y la del secuestro inducen a pensar que la escena primaria, la residencia donde la retuvo, se encuentra en o cerca de Molina de Aragón. Conoce la zona, lo que refuerza esa hipótesis.

Abrí Google Maps y leí lo que rezaba internet sobre Molina de Aragón, «municipio y localidad española de la provincia de Guadalajara, en la comunidad autónoma de Castilla-La Mancha. Cabeza del partido judicial de su mismo nombre y capital y centro económico de la comarca del Señorío de Molina-Alto Tajo, cuenta con una población de 3280 habitantes. Tiene el título de ciudad…».

Estudié el municipio detenidamente. Y el pueblo de tres mil y pico habitantes arrojó una potencial conexión. El estado *congelado* del cuerpo y las hierbas bajo sus uñas sugiriendo que la víctima había estado corriendo a la intemperie cuadraban con una zona de unos dos mil kilómetros cuadrados enmarcada entre las provincias de Teruel y Guadalajara: el Triángulo de Hielo.

La zona más fría de España.

«No puede deberse a una casualidad que la víctima apareciera con signos de hipotermia y que Molina de Aragón se encuentre, según reza el artículo, "en la franja geográfica donde se han registrado las temperaturas más bajas en zonas pobladas de España según los datos oficiales de la Agencia Estatal de Meteorología"».

«Eso es frío y lo demás tonterías», pensé tras leer que en el invierno de 2021, en la localidad de Torremocha del Jiloca —a setenta kilómetros de donde residía Belén Rivera—, situada dentro del Triángulo de Hielo, se registraron –26,5 °C en la madrugada del 12 de enero.

«¿El asesino vive en el Triángulo de Hielo?», me pregunté. No creía en las coincidencias; no al menos en las que aparecen en el curso de una investigación.

—Eh, Toño.

Mi compañero se movió sobre su silla.

—¿Qué pasa, Palomita?

—El móvil está asociado con el frío. No sé de qué modo, pero pondría la mano en el fuego por que el asesino tiene alguna extraña obsesión con las bajas temperaturas. Y creo que vive en la zona más fría de España, conocida como el Triángulo de Hielo.

Toño echó la cabeza hacia atrás y me miró con cara de incredulidad, como quien aparta la vista de las páginas de un libro tras leer un final absurdo.

Avenida de San Luis, Madrid

Entró con un término rondándole la cabeza, «el Triángulo de Hielo», y soltó las llaves sobre el mueble recibidor con la desgana de un desahuciado.

Besó la foto de César que descansaba sobre el mueble recibidor.

—Ya estoy en casa, amor.

En otro tiempo, su piso fue su refugio. Abandonaba los malos rollos en el descansillo y entraba sonriente en su nidito de amor.

Ahora solo veía sombras del pasado. Dolía vivir entre aquellas paredes, pero no barajaba vender lo que compraron juntos; deshacerse del sofá donde veían la tele los domingos, de la cama donde hicieron tantas veces el amor, de la cocina en la que prepararon platos entre risas… El dolor puede llegar a ser adictivo, y Paloma no podía dejar de chutarse la pena que le provocaba el recuerdo de César.

«Tiene un plan. —Pensó en la escena del crimen—. Ha diseñado un principio y un final. Si no lo remediamos, los plazos se cumplirán».

«Baila conmigo»: la voz de César apareció de la nada cuando su silueta se reflejaba en la pantalla del televisor de su dormitorio. Se imaginó entonces durante una de sus clases de baile de los jueves, cogiéndose y soltándose las manos, estirando las piernas mientras giraban sobre sí mismos…

A César le gustaba mover el esqueleto al ritmo de un *rock and roll* o un *twist*.

Suspiró.

Buscó en YouTube la canción que le pirraba bailar con ella, que una vez le prometió «jamás bailaré con otra». Y ella nunca tendría una pareja de baile que no fuera él.

Le dio al *play* y *Rock 'n' Roll Is King,* de Electric Light Orchestra, llenó la habitación con su endiablado ritmo.

Los pies cansados de Paloma no pudieron evitar moverse al son de la música. Y sin darse cuenta, bailaba como una loca con un compañero imaginario. Si aquel baile hubiera formado parte del final de una película, la cámara habría volado más allá de la ventana del dormitorio y se habría alejado por encima de las azoteas de los edificios colindantes, y los créditos finales habrían opacado el *rock and roll* de la inspectora.

Pero la película *La chica del columpio* aún iba por la secuencia de arranque.

Toño Castro

Calle de Aldonza Lorenzo, Madrid

Tiró del freno de mano enfrente del bloque de pisos donde residía con su madre. Se le caía el alma a los pies cada vez que dejaba su Audi A3 a merced de las inclemencias del tiempo. El enlucido que alguna vez cubrió la fachada había pasado a mejor vida. Algunos ladrillos parecían estar a punto de rendirse ante la gravedad. Con sus grietas y su desgaste, el rostro del edificio era un reflejo de las historias que yacían tras sus muros. Los inquilinos eran personas mayores que luchaban contra los achaques o inmigrantes que lo hacían por subsistir en un país que no siempre les tendía la mano.

Llevaba seis meses viviendo con su madre. Concha se había negado a mudarse con él; mucho menos a una residencia.

Toño la llamaba *number one*. Adoraba a su madre.

Concha necesitaba ayuda y le costaba admitirlo. Así que el inspector, además de irse a vivir con ella, contrató los servicios de una empresa de cuidados para personas mayores y estos le proporcionaron a un cuidador a domicilio para que la asistiera cuando él perseguía homicidas. Mantenía su piso en Sanchinarro, por el que pagaba una hipoteca, pero empezaba a cansarse de llegar justo a fin de mes. Su madre cobraba una pensión irrisoria que no daba ni para pagar la mitad de lo que cobraba el cuidador.

Entró en el bloque sin ascensor y caminó por un portal de terrazo desgastado por décadas de pisadas. Subió por fuerza por las escaleras mientras le cedía su peso a una barandilla desconchada, y accedió a un piso de paredes cubiertas por un papel pintado descolorido con un patrón floral que se repetía a lo largo del pasillo. El espejo del recibidor reflejó a un inspector que dejó las llaves con desgana sobre un mueble anticuado. Antes de entrar en el salón, cambió su cara de desánimo por una de júbilo. Las cortinas de terciopelo descoloridas…, el retrato de su padre en blanco y negro colgado en la pared de enfrente… por poco le restituyen la expresión.

—¿Qué pasa contigo, *namber uan*? —saludó enérgico.

—¿Y contigo, *namber chu*?

Toño soltó una risotada.

—Calla. —Concha se levantó con dificultad de la butaca en la que hacía punto—. Ha sobrado guiso. Al… —Concha pareció quedarse en blanco—. ¿Cómo se llama el que viene a molestar todos los días?

—¿Te refieres a Bruno?

—Sí, el mayordomo. Ha traído guiso para comer. El mío le da tres vueltas a ese mejunje, pero como no me dejáis cocinar… En un mes me veo con grilletes.

—Y esposas.

Concha miró a su hijo con un gesto que osciló entre el enfado y la guasa.

—Acábate tú el guiso —dijo Toño—. Yo me preparo un bocata de salchichas con tomate.

—Hazte una ensalada, por Dios.

—Tengo hambre, mamá.

—Pero estás mu gordo. Cualquier día de estos habrá que cambiar las puertas para que entres con ese cabezón. ¡Si te caes de la cama por los dos lados!

—¿Has estado buscando chistes de gordos por internet? Te tengo dicho que no lo hagas. Vieja mala… ¿Y qué os ha dado a todos hoy con mi cabeza?

Poco a poco, los dos iban levantando la voz.

—Que tienes que controlarte con las comidas, hijo. Que engulles como los patos y sin miramientos. Y eso no es sano. El día menos pensado te da un jamacuco, y entonces ¿qué hago yo sola en este piso?

—Deberías mudarte conmigo. Podríamos venderlo y vivir desahogados. Pero, oye, aún estamos a tiempo.

—Eso ni hablar. En este piso te concebí. Y aquí sé dónde están las cosas. Cada vez me cuesta más encontrarlas. ¿Qué se me ha perdido a mí en un piso de soltero? ¿Dónde iba a sentarme a hacer punto?

—¿En el sofá? Y tengo hasta sillas. Es que soy muy moderno. Y una mesa, un cuarto de baño… Ah, y una tele en color.

—¿En qué color? —Toño no pudo evitar sonreír por el chiste malo de su madre—. ¿Quieres que te prepare una ensalada o no?

—No, mejor un guisante. Tengo que hacer régimen, ¿no?

—Pues marchando un guisante.

Concha anduvo renqueante hacia la cocina; Toño, hacia su habitación, a ponerse un pijama y unas zapatillas de estar por casa. Al volver, encontró un plato encima de la mesa con un guisante en el centro adornado con hojas de perejil.

«Y yo sin saber que mi madre era chef de alta cocina».

—Que aproveche —dijo Concha desde la cómoda, maliciosa.

Toño trató de no reírle la gracia, pero las comisuras de sus labios se curvaron irremediablemente hacia arriba. Se acercó al plato, cogió el guisante, lo lanzó al aire y lo atrapó con la boca.

—*Bocato di cardinale* —dijo el inspector, con los dedos juntos ante la boca.

—De aquí al circo —dijo Concha, tras el alarde de coordinación de su hijo—. Todos los días la misma cena y en un par de meses estás como un palo.

—Gracias, mamá. Nunca olvidaré lo que haces por mi aspecto.

El sarcasmo y las pullas corrían por aquel piso con la asiduidad de un tren de cercanías.

—¿Por tu físico? No te equivoques, hijo: me preocupa tu salud. A mí me importa un pito si eres feo, guapo, si te las llevas a todas de calle o no te comes un rosco. Lo que quiero es que… ¿Cómo se dice? *¿Cuerpi sani en menti sani?*

—Lo has clavado. Anda, *cuerpi sani,* ponte el pijama y vamos a ver un rato la tele. Que luego te quedas sopa y tengo que llevarte en brazos a la cama, y no me apetece desvestirte.

—Yo solo duermo en el catre.

—Y roncas como un jabalí.

—Calla, bobo.

Concha le dedicó una media sonrisa al único de sus descendiente que aún respiraba.

En efecto, se durmió en mitad de un capítulo de *La que se avecina.* Toño la cogió en brazos mientras ella emitía unos sosegados ronquiditos.

—Tú ya cumpliste —susurró mientras la bajaba suavemente a la cama y lo invadían recuerdos felices de su infancia—. Ahora me toca a mí.

Se cruzó con el cuidador en el descansillo.

—Buenos días, Bruno —saludó de pasada—. Espero que la marquesa no te dé hoy mucha guerra. Ayer por la noche estaba bastante centrada.

—No caerá esa breva —bromeó el cuidador.

Se sonrieron mientras Bruno metía las llaves en la cerradura y el inspector enfilaba las escaleras. Él se ocuparía de Concha desde las ocho de la mañana hasta las tres de la tarde. Las horas restantes hasta que Toño llegara del trabajo estaría sola. Toño le había prohibido usar la vitrocerámica y el horno y, tras varios días de broncas por culpa del asunto, su madre transigió. «No necesito que nadie me limpie el culo», le dijo a Bruno con el gesto desencajado el primer día que lo tuvo delante. Pero a Concha no le quedó más remedio que habituarse a tener al cuidador revoloteando por su casa, y su característico humor no tardó en aflorar, como un cardo en agosto: dejó de llamarle Bruno y empezó a referirse a él como «mayordomo». Bruno, a quien no le faltaba desparpajo, contratacó llamándola «marquesa». Concha había perdido agilidad mental y sus funciones cognitivas no andaban en su mejor momento, pero su tono humorístico no había perdido fuelle.

Semanas antes de que Bruno empezara a ir a la casa, Toño encontró un puchero rebosante de cocido entre la ropa de su madre y, una semana después, un libro dentro del lavavajillas. Cuando le preguntó, Concha se encogió de hombros.

Cuando tenía que pasar días fuera por trabajo, hablaba con la empresa de cuidados para personas mayores y Bruno u otro cuidador la atendían hasta las nueve; unos servicios que se chupaban la pensión de su madre y gran parte de su salario. Puede que Concha no supusiera un peligro para sí misma, como ella aseguraba, pero el inspector temía por su bienestar cuando estaba sola y no encontró un modo mejor de invertir su dinero que protegiendo lo que más quería.

—Hacerse viejo es una mierda —murmuró mientras cruzaba la calle.

Lidia Trapé

Calle de Miguel Yuste, Madrid

Dormir es una inversión en energía, pero Lidia lo consideraba un desperdicio de tiempo. Descansaba lo justo para mantener una mente despierta. «Ya dormiré cuando me muera», se decía a menudo.

Su fuerte no eran los aforismos.

Desenterraba historias que permanecían en secreto. «Toda buena investigación, ya sea para la ciencia o para un libro, es una forma de obsesión», escribió Mary Roach. La personalidad obsesiva de Lidia la empujaba a lograr sus objetivos. Su manejo de las fuentes era envidiable y, como no podía ser de otro modo, era valiente. No le asustaban los pleitos ni las amenazas de muerte. No eran plato de buen gusto, pero tenía presente que siempre estarían en el menú. Asumía los peligros que conlleva meter las narices en los asuntos ilegales de otros. Se consideraba una fuerza transformadora que desafiaba a la corrupción y promovía la justicia social.

Su fuerte tampoco era la humildad.

«La gente ha perdido la fe en el periodismo», lamentó, pensativa.

Detrás de cada noticia o titular se escondía un interés, y Lidia estaba cansada de remar a contracorriente.

«Los medios de comunicación están en manos de grandes empresas y estas los utilizan de acuerdo con sus intereses económicos», apuntaló.

Una afirmación para nada conspiranoica: los datos así lo demostraban.

«Y *La Verdad* no es una excepción».

Internet le suministraba información en tiempo real; las redes sociales eran un escaparate de lo que sucede en el mundo.

«Las *fake news* se han colado en nuestras vidas —meditó mientras se vestía—. Debemos verificar las noticias antes de formarnos una opinión sobre ellas».

Lidia contrastaba hasta la extenuación. Usaba fuentes de calidad que respaldaran sus afirmaciones y dieran contexto a sus hallazgos. Se actualizaba a cada minuto sobre el tema que trataba... Tal vez fuera joven e impulsiva, pero ejercía como una periodista veterana. No obstante, su buen hacer no le había conseguido grandes logros.

Se preparó un café en una cocina de ambiente luminoso y paredes pintadas de un sutil azul cielo. Dejó la taza sobre una mesa blanca y se sentó a meditar en una silla de madera clara. La fachada de ladrillo desgastado del bloque, profanada por grietas que se retorcían como cicatrices, le bajaba el zen cada vez que la miraba. De ahí que nunca saliera al balcón ni para tomar el aire. Le gustaba trabajar desde su templo de calma y relax, que solo abandonaba para realizar trabajos de campo. Contaba con un talento innato para sacar asuntos turbios a la luz con la única ayuda de un ordenador y un teléfono móvil. Una llamada a una de sus fuentes podía revelar más información que cien entrevistas en persona.

Aquella mañana andaba a la búsqueda de una «historia valiente».

Se trasladó al comedor tras rumiar un rato con la taza en una mano. Colocó el portátil y el café encima de una mesa estilo atril que había comprado hacía poco. Le gustaba teletrabajar desde el sofá. Cuando vio la mesa en Amazon se dijo: «Así el ordenador no me achicharrará los muslos», y clicó en el icono «Comprar ya». Se acomodó en el asiento del medio de la cheslón y buscó una idea o hipótesis que confirmar. Su especialidad eran los reportajes medioambientales y los escándalos en temas de salud. Si bien aquel día se había levantado dispuesta a darle un giro temático a su trayectoria, en su opinión, estancada desde hacía años.

«Asesinos a sueldo en España», tecleó en el buscador de internet.

«Casi todos son jóvenes y procedentes de países suramericanos —rezaba el primer artículo que se le puso enfrente—. Se ofrecen para dar palizas, romper piernas o brazos, hasta para matar. Sus precios oscilan de los 5000 a los 30 000 euros. Diez disparos acabaron con la vida de un hombre en Madrid en 2018. Dos jóvenes, desde una moto, lo acribillaron a balazos. A finales de los noventa, grupos de asesinos a sueldo llegan a España para montar las llamadas "oficinas". Ven en nuestro país un lugar con clientes que necesitan cobrar deudas o ajustar cuentas. En los últimos años se han desarticulado decenas de "oficinas", cada una compuesta por unos cuatro o cinco pistoleros…».

Arrugó la nariz.

«No parece que haya mucho donde rascar. La Policía tiene claro cómo funciona el tinglado. Si lograra relacionar a algún político, policía, empresario o persona pública con esas "oficinas"… Pero… —Negó con una mueca de aversión—. Asesinos a sueldo, vais de cabeza al montón de los "quizá".

»Luego me paso a hablar con Pedro, a ver si le hace tilín algún asunto de la lista».

Pedro Iglesias era el redactor jefe de *La Verdad,* y la sede del periódico se encontraba, para comodidad de Lidia, en la calle de Miguel Yuste, a poco más de doscientos metros de su bloque de pisos.

Se abstrajo en la pantalla negra del televisor.

Resopló.

La vista se le fue instintivamente a la puerta del piso.

«Debería salir a correr, a ver si el ejercicio me trae alguna idea».

Se giró sobre la cheslón y contempló un cielo nublado a través del ventanal.

«Se avecina tormenta. Menuda semanita de mierda llevamos...».

Perdió las pocas ganas que tenía de hacer *footing*.

Volvió a mirar hacia la puerta al oír un siseo.

En el suelo de color avellana había crecido una mancha blanca. «Eso no estaba ahí». Imaginó que alguna carta o documento se habría caído del mueble recibidor. Pero ¿sin que nadie lo tocase? No obstante, enseguida recordó que, cuando dejó las llaves en el cuenco la noche anterior, el mueble estaba limpio de papeles.

Apartó la mesa y se incorporó con expresión ceñuda. Cada paso volvía más nítido el objeto, hasta que un sobre blanco de gran tamaño quedó entre sus pantuflas.

—¿Te han deslizado por debajo de la puerta? —le preguntó al objeto inanimado.

Se agachó para comprobar que no llevaba remite ni remitente. Abrió la puerta y se asomó al pasillo del cuarto piso: nada ni nadie. Cerró con llave y, en el mismo recibidor, abrió el sobre intrigada.

Guardaba una hoja DIN-A5 doblada por la mitad.

La desdobló y leyó lo que alguien había impreso.

«No puedo creerlo —pensó fascinada tras leer el mensaje. No pudo evitar sentirse la protagonista de una novela negra—. ¿Pretende sentar a una persona en esa silla y matarla de frío?».

Hizo cinco copias de la carta y las ocultó por su piso, y protegió el original con una funda de plástico. Entró en su habitación para vestirse con unos tejanos apretados, un jersey negro con el cuello redondo y unos botines, y antes de salir descolgó su chupa de cuero de un perchero esquinado.

—Adelante.

Abrió la puerta con nombre serigrafiado y pisó un despacho amplio y bien iluminado. Las vistas de la ciudad que resplandecían a la espalda de Iglesias siempre le evocaban algún reportaje. Se sentó ante su escritorio organizado, rodeada de estanterías con libros de referencia, fotografías de eventos históricos, premios periodísticos, diplomas… Cuatro paredes entre las que se habían forjado noticias y tomado decisiones cruciales sobre qué publicar. Por eso estaba allí, para pedir permiso para investigar un asunto delicado.

—Buenos días, Trapé.

—Hola, jefe.

—¿En qué puedo ayudarte?

—Necesito un reto que me levante el ánimo. —Mintió a medias, desde el otro lado de la mesa de despacho: no estaba inapetente, pero le apetecía enfrentarse a una investigación peliaguda—. He recibido una carta del asesino de Belén Rivera.

—¿Cómo?

En contadas ocasiones había visto al redactor jefe tan ojiplático.

—Pues que he recibido correspondencia de un asesino.

—¿Y qué ponía en la carta?

—Vayamos por partes. Para empezar, quiero todos los medios disponibles para averiguar quién mató a Belén Rivera y dárselo en bandeja a la Policía. Lo nunca visto.

—¿Se ha identificado de algún modo, o solo en plan «soy quien mató a Belén Rivera»?

—Se hace llamar Hombre de Escarcha.

—Apunta a asesino mediático.

—No le molesta la notoriedad, eso está claro. ¿Puedo investigar el asesinato? Doy por hecho que publicaremos la carta…

—No corras tanto. —Iglesias movió la cabeza como un péndulo. No estás preparada. No permitiré que una periodista sin experiencia en investigaciones criminales se ocupe de un asunto tan importante. En cuanto salgas de este despacho me pondré en contacto con la Comisaría General de Policía Judicial. Publicaremos la noticia en primera plana, pero de ahí no pasaremos.

Lidia hizo un aspaviento que acompañó con una mueca de asco.

—En cuanto se sepa que recibes correspondencia del asesino —añadió Iglesias—, tu cara va a estar en todas partes. No van a dejarte respirar. ¿Es lo que quieres?

—Quiero dar la campanada.

—Esta vez hay vidas en juego. Eres ambiciosa y eso está bien, pero debes aprender a elegir con cabeza. ¿Y si el juez te imputa por revelación de secretos? Pregúntales a los periodistas que destaparon el máster de Cristina Cifuentes cómo se las gastan algunas señorías...

—Es un riesgo que estoy dispuesta a correr. Y siempre suele haber vidas en juego. Los abusos sexuales silenciados durante décadas en el seno de la Iglesia católica... La gente se suicida por esas cosas, lo sabes, ¿verdad? Las investigaciones sobre temas medioambientales... ¿O es que la contaminación no se cobra vidas? Y no hablemos ya de los temas relacionados con las mafias: trata de mujeres, asesinatos por encargo... Tú y yo siempre hemos buscado ceses, dimisiones, cambios, apertura de causas judiciales, condenas... ¿Qué te ha pasado, Pedro? Es mi derecho constitucional investigar lo que me parezca digno de estudio. No te tenía por un cínico.

—He buscado dimisiones, cambios, condenas..., en efecto. Pero en tu caso siempre de temas medioambientales. Esto te viene enorme, y es demasiado peligroso. Theodore Roosevelt dijo una vez: «El periodista de investigación es a menudo indispensable para el bienestar de la sociedad, pero solo si sabe cuándo dejar de investigar». Yo añadiría: «Y cuando saben echarse a un lado para que indaguen otros más preparados». —Lidia se sintió ninguneada como nunca. Por su mente pasó la frase «vete a tomar por culo», pero se contuvo—. Nos limitaremos a publicar lo que vayas recibiendo, si es que recibes algo más. Y antes de cada publicación hablaremos con los inspectores al frente del caso. Esto es muy serio: hablamos de pruebas en un caso de asesinato. No obstante, les haré entender que les interesa que publiquemos las cartas. Haré referencia a un caso mediático estadounidense. En 1995, Theodore Kaczynski, más conocido como Unabomber, envió una carta al *New York Times* en la que exponía su rechazo al avance de las nuevas tecnologías. A cambio de detener sus atentados, exigía la publicación de un extenso manifiesto. Durante varios meses, las autoridades debatieron si acceder o no a su petición: desconfiaban de su palabra y temían que, aun así, siguiera enviando bombas. Pero al final decidieron hacer público el documento, pues pensaron que alguien podría identificarle por su modo de expresarse, por su forma de pensar… Recibieron miles de llamadas de personas que creían conocer a Unabomber. Y una de esas llamadas lo cambió todo: el hermano de Kaczynski, David Kaczynski, lo reconoció en el documento, entre otras cosas, por una frase clave: «No puedes comerte la tarta y seguir teniéndola», la cual era típica de su hermano.

—Todo el mundo conoce el caso Unabomber. No me vengas con clases de historia criminal. El Hombre de Escarcha me ha elegido y creo saber cómo desenmascararlo.

—¿Cómo?

—Eso te gustaría saber, ¿verdad? Presiento que recibiré más cartas suyas, en las que profundizará en sus motivaciones. Pretende aleccionarnos, y aleccionar cuesta tiempo. A menos que lo detengan, seguirá matando y enviándome correspondencia. Puede que dentro de una semana encuentre una carta en el limpiaparabrisas de mi coche. —Levantó los hombros y las cejas—. Es inteligente. La edad te ha aburguesado. Has perdido la garra que te caracterizaba. Dimito. Venderé la información o la publicaré en mi blog. O escribiré un puto *best seller*. No os necesito. Me paso al periodismo *free lance*.

Paloma del Moral

Comisaría General de Policía Judicial, Madrid

—Han llegado los informes preliminares —me avisó Toño.

—¿Todos a la vez?

—Más o menos.

—Estúdialos y hazme un resumen. Estoy ultimando el perfil.

—¿Te imaginas que el tío fuera de Barcelona?

—Lo dudo. Pero eso significaría que estoy perdiendo el tiempo.

Cuarenta minutos después, Toño se acercó a mi mesa con su tableta en las manos.

—En el informe preliminar —dijo concentrado—, Cacho ha diagnosticado la hipotermia como causa de la muerte. Concluye que «la acción del frío sobre el cuerpo originó el cuadro denominado hipotermia, al ser el organismo completo el afectado». A falta de los resultados toxicológicos, ha encontrado tejido en la uña del dedo índice de la mano derecha. Dado que no dispone de fibras con que cotejarlo, lo ha dejado en custodia para un posible estudio comparativo en el futuro. La víctima tenía dos pinchazos en el cuello, lo que sugiere que los resultados toxicológicos proporcionarán un aspecto más de su *modus operandi:* inyecta algún tipo de sustancia a sus víctimas. Asimismo, Cacho ha enviado al Instituto Nacional de Toxicología y Ciencias Forenses muestras de plantas recogidas durante la autopsia en varias uñas del cadáver. Habrá que esperar a los resultados.

—Puede que las fibras pertenezcan al maletero del coche del asesino y el resultado del análisis de los restos de plantas nos acerque a la escena primaria.

—Y esos datos, además, pueden servirnos para hacer descartes.

—Pero antes hay que apuntar hacia alguien.

—Para eso estás creando un perfil, ¿no? Ah, y el cadáver tiene un corte en el tobillo realizado con un objeto cortante tipo cúter, un bisturí…, suturado con pegamento quirúrgico, que puede comprarse en cualquier farmacia.

—No me fijé en ese detalle en la escena.

—Porque se lo tapaban las zapatillas.

—Solo se me ocurre que la cortara para meterle algo dentro y que tras matarla se lo quitara.

—Eso he pensado yo también. ¿Un localizador GPS?

—Es una posibilidad. No hago más que imaginar a Belén Rivera corriendo en ropa interior por un campo nevado o un bosque, soportando temperaturas bajo cero.

—El tipo se tomó muchas molestias para acabar con ella.

—El efectismo le garantiza ser *trending topic*. No es lo mismo un cadáver hallado en un descampado con signos de hipotermia que uno sentado en un columpio, que además pertenece a una chica desaparecida a doscientos kilómetros de distancia. Se ha asegurado de abrir telediarios y me temo que no va a dejar de promocionarse. ¿Y el informe de criminalística?

—Nada.

—Cómo que nada.

—Estúdialo tú misma si quieres. Yo solo he visto basura numerada. Literalmente. No creo que el ADN de la colilla que consta en el informe pertenezca al asesino. No lo veo fumando mientras caen chuzos de punta. Y su *modus operandi* no apunta a que vaya por ahí esparciendo su ADN. La lluvia limpió la escena. Está claro que lo planeó con calma. Es detallista. Por el momento, se están cotejando las muestras de ADN con las bases de datos. Y yo voy a seguir revisando las cámaras de seguridad y de vigilancia de la zona. Llevo treinta y nueve matrículas anotadas y el nombre de los propietarios y propietarias de esos vehículos, cónyuges, hijos… Pero ya te adelanto que son de Madrid. Ninguno vive en la zona esa del Triángulo de Hielo. Un equipo de criminalistas se encargará de comparar la fibra hallada en el cuerpo con las de esos coches. Pero llevará un tiempo. No obstante, si la fibra coincide con un coche de los que rondaba el lugar de los hechos… Premio para el caballero.

—Muerta de frío —medité en alto—. Mi hipótesis es que la abandonó semidesnuda en una zona aislada del Triángulo de Hielo para que muriera de frío. Tras su muerte, la trasladó a Madrid. Pudo encontrarla gracias al localizador… ¿Por qué no se limitó a dejarla donde cayó muerta? Efectismo. Pudo ocultar el cadáver sin problema. Pero no pretende ocultar sus actos. Madrid es el centro neurálgico de España. Los terroristas no atentan en pueblos. Esto es lo mismo.

—Más datos para tu perfil —dijo Toño—. Ah, y puedes añadir, y además sin miedo a equivocarte, que su película favorita es *Frozen*.

Resoplé.

—Se me escapa la causa de su comportamiento.

—Tengo el presentimiento de que, a no mucho tardar, hablaremos con el asesino. La pregunta es: ¿sabremos que le estamos tomando declaración?

—Probablemente no. Pero en algún momento le pondremos nombre y apellidos.

Pretendía seguir cerrando el cerco con los escasos datos de que disponíamos mientras Toño continuaba revisando las cámaras de vigilancia y de seguridad cercanas al lugar de los hechos. Sobre las doce tenía pensado hacerle una visita a una buena amiga para pedirle consejo sobre el caso. Pero mis planes se fueron al traste por culpa de una carta.

—Han llamado del periódico *La Verdad* —nos comunicó Rojas, de pie entre nuestras mesas.

—¿Y qué querían? —preguntó Toño.

—El asesino de Belén Rivera le ha enviado una carta a una de sus periodistas de investigación, Lidia Trapé. Bueno, extrabajadora del periódico. Parece ser que ha dimitido por desavenencias creativas con su redactor jefe. El caso se pone raro, por decirlo de un modo elegante.

—¿Y qué quería el asesino? —Mi frente no podía estar más arrugada.

—Trapé se ha negado a contárselo a su redactor jefe antes de dimitir. Pero la firmaba el Hombre de Escarcha.

—¿El Hombre de Escarcha? —espetó Toño—. Hostia puta. Menudo nombre artístico se ha puesto el cabronazo.

—Id a hablar con la periodista y traed la maldita carta. Y explicadle cómo funciona nuestro mundillo. Dejadle claro que, si se guarda información, la empapelaremos hasta que parezca una momia.

—Suban. Los estaba esperando.

Nos miramos sorprendidos ante el portero automático.

Un ascensor con espejos nos condujo a un descansillo con luces empotradas y paredes pintadas en tonos neutros.

Llamamos al timbre del 4.º C.

Nos abrió una chica de mi edad, delgada y espigada con el pelo rapado por los lados y una mata de cabello erguido y azul en lo alto. He de admitir que los estilos «rebeldes» me gustan; yo misma llevé un corte parecido en el pasado, pero sin tinte. El color miel de sus ojos se adentraba en los tuyos con facilidad. Su mirada, unida al pelo, el *piercing* que separaba sus fosas nasales y los tatuajes que asomaban por debajo de las mangas de su jersey, me llevó a sospechar que nos encontrábamos ante una amante de la indisciplina.

—Pasen y siéntense en el sofá. Enseguida estoy con ustedes. ¿Quieren tomar un café, un refresco…? Yo voy a hacerme un cafecito.

—Me apunto al café —aceptó Toño, con alegría.

—Yo estoy bien, gracias —afirmé yo, con menos emoción.

Trapé caminó por el pasillo que se abría a nuestra izquierda, supuse que camino de la cocina. Nosotros entramos en el comedor y nos sentamos en la cheslón, como nos había pedido, mientras ella se alejaba con un contoneo de caderas digno de una modelo.

—No parece estar nerviosa —dijo Toño en voz baja, en un salón luminoso de techos altos y grandes ventanales.

—Ni lo más mínimo.

—Tranquila, que ya me encargo yo de ponerla tensa.

Me gustó que se pusiera en plan poli malo. Me formé una idea de cómo era Lidia Trapé sin conocerla de nada y mi prejuicio no la puso en buen lugar.

Regresó con su café y el de Toño y se sentó en una silla, que apartó de la mesa a la izquierda del sofá, a una distancia más que prudencial de nosotros.

—Supongo que han venido a ver la carta.

—No —dijo Toño, tajante—. Hemos venido a llevárnosla, aunque la leeremos antes de irnos. Y también queremos hablar contigo sobre lo que harás a partir de ahora. Deberías haber contactado con nosotros nada más recibirla, y no ir a pedirle permiso a tu jefe para investigar un asesinato. Y más te vale que no sea una argucia para progresar en tu carrera profesional. Porque, de ser así, me aseguraré de que pases una buena temporada entre rejas y de que al salir no quieran contratarte ni para escribir la tira cómica.

Trapé sonrió; un gesto que me hizo entender que conocía el *modus operandi* de la Policía y dónde estaban los límites que no podía cruzar. Resultaba evidente que no era de las que se dejan intimidar fácilmente.

Abrió un cajón del mueble que tenía a su espalda, sin levantarse de la silla, y entendí que no se había sentado allí por casualidad.

Se inclinó para entregarme una hoja protegida con una funda de plástico.

—Un momento —rogué mientras, a través del plástico, entreveía un texto escrito a máquina y un dibujo esquemático.

Trapé se mantuvo expectante.

Me puse los guantes de nitrilo que había cogido de la guantera antes de bajarnos del coche. Toño hizo lo propio.

Cogí la funda y extraje la hoja.

Leí para mí misma mientras Toño lo hacía inclinado hacia mi cuerpo; podía notar su peso empujándome fuera de la cheslón.

Hola, Lidia Trapé:

Me presento: soy quien sentó a Belén Rivera en un columpio de Vallecas. —Mis pulsaciones se dispararon—. Estás de suerte: te he elegido para transmitir mi mensaje. Puedes referirte a mí como el Hombre de Escarcha.

El Frío no tolera a los débiles, Lidia.

Tengo el poder y la responsabilidad de haceros prosperar.

Se avecina la próxima prueba.

Debajo del escrito aparecía el dibujo de una habitación desde una vista cenital, con un aparato de aire acondicionado en cada una de sus paredes y una silla en el centro.

La carta terminaba con una frase desalentadora: «Volverás a tener noticias mías».

—¿La ha tocado alguien aparte de ti?

—¿La hoja?

—El sobre, la hoja… Todo.

—Solo yo.

—Por orden judicial —mentí. El juez aún no conocía la existencia de la carta—, cada vez que te llegue información sobre el asesino de Belén Rivera nos lo harás saber. Y no vas a abrir los sobres, ¿entiendes? O le pediremos al juez de instrucción que te impute por todo lo que se nos ocurra: obstrucción a la justicia, publicación de asuntos que afecten a la seguridad nacional, revelación de secretos… Si se retrasa un solo segundo la detención del Hombre de Escarcha por tu culpa, vengo aquí y te llevo a rastras a una celda. ¿Lo pillas, o te envío una carta con un croquis?

—No lo entiende, ¿verdad, inspectora?

—¿El qué?

—Si su mensaje no llega al gran público, se acabaron las cartas. Y se acabaron los indicios que podrían haberse extraído de estas. —Toño hizo un gesto que me dio a entender que pensaba algo así como «tiene toda la razón»—. Su intención es concienciar sobre algo. Cree tener una misión divina o algo por el estilo. La cuestión es que nos envía un mensaje. Y si su mensaje no llega a través de mí, buscará a otro periodista como canal. Podría limitarse a meter a sus víctimas en un congelador, pero opta por someterlas al frío por medio de pruebas complejas. Lo de los aires acondicionados es un buen ejemplo. Un aire acondicionado común no puede matar a una persona. Ni siquiera cuatro *splits* apuntando a un cuerpo desnudo. Lo común es que la temperatura no baje de los 16 °C; haría más frío en la calle en Madrid en invierno que en la habitación. Así que hablamos de aires acondicionados modificados. Otro dato que debemos tener en cuenta: el Hombre de Escarcha entiende de electricidad y mecánica. Busca el efectismo porque sabe que seguiremos el señuelo: a las personas nos pirra lo escabroso. Nos importa un bledo que alguien construya hospitales en Ruanda. Pero si un asesino mata de modos imaginativos, oh, entonces pegamos la antena a las noticias.

Toño me susurró a la oreja:

—No podemos perder esa vía de investigación. Almarcha estará de acuerdo.

—Hablaremos con el juez de instrucción. No te muevas de este piso hasta mañana. Si no tienes noticias nuestras, puedes publicar la carta a las diez. Y, a partir de ahora, no hagas nada sin nuestro consentimiento.

—Los llamaré si recibo otra carta. Subiré el escrito y el dibujo a mi blog esta noche a las diez: por el buen desarrollo de la investigación, el pueblo ha de conocer lo que piensa y pretende el Hombre de Escarcha. Les sugiero que investiguen a los primeros en comentar la publicación: uno de ellos podría ser el asesino de Belén Rivera.

Desistí de decirle «tú a lo tuyo y nosotros a lo nuestro».

—Quedamos así, entonces —dijo Toño levantándose de la cheslón.

Cuando agarraba el pomo de la puerta, Toño habló desde el umbral del salón. Trapé lo escuchó sin levantarse de la silla.

—Ah, por cierto: que te haya seleccionado para transmitir sus gilipolleces no es para estar orgullosa. Si más adelante necesita dar un golpe de efecto, igual se le ocurre meterte en un congelador a ver cuánto aguantas.

«La puntilla», confié.

Pero el gesto de la periodista no mostró la más mínima congoja. Ni siquiera tragó saliva.

—Tendré cuidado —prometió con altivez antes de que abandonáramos su luminoso piso.

Tomamos el ascensor meditabundos.

—Le pediremos órdenes al juez de instrucción para instalar cámaras en el edificio —dijo Toño mientras descendíamos una a una las plantas del bloque—. Si es tan imbécil como para volver a pasar una carta por debajo de la puerta de Trapé, lo veremos. No tengo la menor duda de que lo hizo con la cara cubierta, pero, como

56

poco, daremos con su fisionomía. El juez querrá tomarle declaración a Trapé.

—Eso ni lo dudes. ¿Sabes qué? Voy a darle un toque.

—De acuerdo.

Marqué el número personal del juez de instrucción cuando salíamos a la calle.

—¿Qué te cuentas, inspectora? —El tono y la cadencia de la voz de Almarcha denotaron lasitud.

Lo puse al tanto de lo sucedido aquella mañana.

No cupo en sí de asombro.

—Si le prohíbo publicar la cartita de los cojones, mal —dijo toscamente—, pues es probable que deje de enviarle sus planes y motivaciones y perdamos la oportunidad de adelantarnos a sus movimientos. O se buscará a otro periodista, y puede que el siguiente sea peor que la buscapleitos de Trapé. Si le permito publicarla, también mal, porque nos pone en una posición de permisividad que puede sentar precedentes y le estamos dando visibilidad a un asesino. Conclusión: haga lo que haga, la prensa va a ponerme a parir, así que haré lo que considero mejor para la investigación, que es dejar que publique la carta y el dibujo.

—De acuerdo, señoría.

—A más ver.

—Hasta pronto.

—Cuatro aires acondicionados trucados para matar de frío a una persona —susurró Toño en cuanto colgué—. ¿Se puede estar más perturbado?

Contesté a su pregunta con un encogimiento de hombros y después hablé resolutiva:

—Pásate por la Comisaría General de Policía Científica a dejar el sobre y la hoja, que yo tengo que hacer una gestión.

—A la orden. —Toño me hizo el saludo militar—. ¿Vas a hablar con Pilar Ponce?

—A veces eres de lo más perspicaz.

—¿A veces? ¡Si me llaman Perspicator!

—Nadie te llama así.

Toño hizo una ridícula y a todas luces forzada mueca lastimera.

—Va siendo hora de que busques el sentido del humor que perdiste hace un año, Palomita.

—Tú sigue con el tema de las cámaras y no me marees. No olvides que trabajamos juntos pero no revueltos. Cuantos más datos tengamos para contrastar, mejor. Cuando enfilemos a alguien, esas matrículas que estás anotando, la fibra encontrada en el cuerpo, los resultados del laboratorio sobre los residuos vegetales… y lo que sigamos descubriendo serán decisivos a la hora de acusar o desestimar. De mañana no pasa: redactaré una lista de sospechosos. Se aproximan entrevistas en los pueblos del Triángulo de Hielo. Si no tienes gorro, guantes y bufanda, ve comprándote unos.

El Hombre de Escarcha

Un día antes. Madrid

Se sentó en el sofá de un comedor gélido. Jamás cerraba las ventanas. El termómetro de pared colgado a su derecha marcaba tres grados.

Desnudo. En su elemento. Odiaba cualquier temperatura que superara los diez grados.

Llevaba años midiendo cada paso, buscando soluciones a los posibles imprevistos, salidas en caso de que surgiera un incidente. Había estudiado qué decir en caso de que los inspectores llamaran a su puerta y buscado dónde ocultarse en caso de ser descubierto. Conocía los nombres de sus futuras víctimas, dónde trabajaban, dónde vivían, sus hábitos.

«La previsión es determinante», se dijo antes de cerrar los ojos embriagado por el frío, de ponerse a meditar sobre el siguiente paso de su proyecto.

«Pronto pondré a prueba a la segunda elegida».

Abrió los ojos al oír lo que interpretó como un aleteo.

—¿Quién es?

Algo se movía en el aire.

—Eres tú, ¿verdad, viejo amigo?

Una sombra se deslizó de una esquina a otra en el sentido de las agujas de un reloj. Trató de seguirla con la mirada, pero su velocidad aumentó hasta dejar el salón en el ojo de un huracán de hielo forrado de carámbanos que amenazaban con descolgarse sobre su cabeza.

Una voz sibilante le llegó desde todas partes:

—No vas a conseguirlo.

—¡No hace mucho éramos amigos! ¡Congélame o déjame en paz!

—¿Congelarte? —Una risa diabólica resonó más allá del viento azul que giraba salvajemente—. No eres digno de mi poder.

—¡No puedes matarme, ¿verdad?! ¡Tengo el don! —aseguró mirando hacia los carámbanos afilados como estacas mientras su pelo se agitaba con violencia.

—No me hagas reír. Pierdes el tiempo. No atienden a razones. Me he llevado a tantos por delante… Pero me divierte ver cómo lo intentas.

El tornado se esfumó de pronto y la habitación quedó fría, como antes de la repentina aparición.

—Volveremos a vernos —prometió el Hombre de Escarcha.

Paloma del Moral

Un día después. Calle de las Cuevas de Almanzora, Madrid

Todos se protegían con chaquetas o abrigos. Los más frioleros llevaban guantes, gorro, braga o bufanda. Muchos andaban solo con los ojos al descubierto. El viento los arrastraba a ir de un lado para otro con prisa; hasta los coches parecían ir más rápido de lo normal. Yo andaba con una gabardina, tejanos y zapatos negros, y una blusa fina. El cielo anunciaba tormenta desde el amanecer, pero aquella mañana no me había apetecido ponerme una sudadera y unas botas de agua.

Aparqué en una calle dominada por bloques de ladrillo naranja, una de esas que un guía turístico nunca elegiría como itinerario. Los árboles se balanceaban en las aceras como si cambiaran el peso de un pie a otro. El frío se enroscaba en las plantas de los arriates y arrancaba sus hojas, que terminaban sumidas en espirales. Un gato callejero maulló en la acera de enfrente cuando me embriagó el aroma a pan recién horneado de una panadería… «El Frío no tolera a los débiles —recordé—. "Frío", en mayúscula. Sin duda alguna, padece un trastorno psicótico».

Pulsé el timbre correspondiente al 1.º C.

—¿Sí?

—Del Moral.

Pilar abrió sin mediar palabra, como era su costumbre.

Superé un peldaño tras otro hasta llegar al primer piso. Notaba las piernas cansadas. Pero tampoco es que hubiera caminado tanto. El agotamiento no siempre viene de la mano de un esfuerzo físico, a menudo lo origina una mente sin paz y unas emociones castigadas. Era una suerte que la finalidad de mi oficio fuese hacer justicia y, en numerosas ocasiones, salvar vidas. No hubiera podido enfrentarme a la pérdida de César en una oficina cualquiera, creando bases de datos o haciendo facturas.

Amar lo que haces puede salvarte la vida.

Pilar me esperaba en el descansillo.

—Hola, preciosa —me saludó con su mejor sonrisa.

—Hola, guapa. —Yo había regalado sonrisas mejores.

Nos fundimos en un abrazo.

—Entremos.

La seguí hasta el salón.

Me maravillaban aquellos pasillos adornados con mapas de la ciudad, distintivos y condecoraciones. Pilar Ponce fue policía judicial de la Guardia Civil. Llevaba un tiempo jubilada. Pero yo me acercaba a su casa a pedirle consejo como si siguiera en activo. Toño no era santo de su devoción, por eso acudía sola. «Tu compañero es un lerdo», se sinceró conmigo la última vez que, por cuestiones ajenas a un crimen, me pasé a hacerle una visita: pensé que tomar un café con una amiga me levantaría el ánimo. Y ciertamente me animó, al menos durante el rato que estuvimos charlando.

—Esta vez tu visita no es por placer, ¿eh, Paloma? —presintió una vez que estuvimos sentadas en el sofá en un salón de muebles chapados a la antigua—. Estás aquí en busca de mi opinión profesional sobre quién ha sentado a esa pobre chica en un columpio de Vallecas.

Su instinto para destapar lo oculto rozaba lo sobrenatural. La había visto redactar un perfil en menos de media hora tras leer los expedientes de un caso sin resolver. Averiguó cómo se aproximó el criminal a la víctima, cómo accedió a la escena y cómo se fue, por qué eligió esa zona en particular, qué le motivó a matar, qué le gustaba, sus tendencias espaciotemporales… Sobra decir que, como todo hijo de vecino, se equivocaba, pero las más de las veces daba en el clavo. En nuestro trabajo no se es infalible. En algunos casos nos vemos obligados a seguir hipótesis o pálpitos que no conducen a ninguna parte.

—¿Una cerveza? —me invitó.

—No, gracias.

—Por una no pasa nada, mujer.

—No bebo estando de servicio, y lo sabes.

—Así me gusta.

—¿No te cansas de intentar pillarme con la guardia baja?

—Me gusta comprobar que eres una inspectora honrada. Pero al lío. ¿Qué me traes?

Antes de confiarle lo recabado hasta el momento, me fijé en las arrugas que encuadraban sus ojos marrones, en su pelo corto y blanco y en su nariz chata, en las venas azuladas que recorrían los dorsos de sus manos como riachuelos de aguas oscuras… «Algún día seré como ella, una expolicía que vive en el pasado», intuí melancólica.

Le describí la escena en profundidad y de seguido le mostré fotografías de la víctima en mi teléfono móvil, y la puse al corriente de los indicios obtenidos leyendo directamente del informe forense preliminar: la fibra y los restos de plantas hallados en las uñas de la víctima, el corte en el tobillo, los pinchazos en el cuello… Observó la carta que el Hombre de Escarcha le había enviado a la periodista de investigación con el ceño fruncido. «Es fascinante», se dijo en un susurro. Le hablé asimismo de mis sospechas sobre dónde, a grandes rasgos, se encontraba la escena primaria.

—Bien —profirió tras mis largas explicaciones—. Entiendo que quieres que proceda con un primer bosquejo, pues intuyes que no aparecerán más indicios.

—Acosta y Vera están en Molina de Aragón tomando declaración a padres y familiares. Vázquez y Lobo mantienen reuniones periódicas con el teniente Daniel Sans, de la sección de desaparecidos de la Policía Judicial de la Guardia Civil, en busca de indicios sobre el secuestro. Sin embargo, ni unos ni otros parecen estar logrando avances significativos. A mí se me ha ordenado acercarme todo lo que pueda a la identidad del asesino. Por eso estoy aquí, porque fuiste una pionera. ¿Cuándo fue, en el 95, cuando se creó la Sección de Análisis del Comportamiento Delictivo de la Guardia Civil, la SACD?

—En el 94. Sí, fuimos los primeros en realizar perfiles psicológicos en España. El primer caso en el que se utilizó la técnica de la perfilación criminal fue en 1997 con Joaquín Ferrándiz, el asesino en serie de Castellón. Pero no nos desviemos del tema. Dame un momento…

Cerró los ojos y respiró profundamente.

«Al estilo Ponce», pensé al borde del asiento mientras rezaba por que sus observaciones fueran más allá de donde yo había llegado.

—Asesino organizado —exhaló, sin abrir los ojos—. Metódico. Caucásico. Español. Los asesinos con ese tipo de comportamiento habitúan a matar a los de su misma etnia. De entre cuarenta y cincuenta años. Soltero. Le puso un localizador para rastrearla, lo que da a entender que la abandonó para que muriera de frío. Pero necesitaba su cuerpo para montar la escena en el parque infantil… Estar casado no le daría el tiempo que necesita. Dispone de una habitación en la que instalar los aparatos de aire acondicionado manipulados. Sí, está claro —se dijo, focalizada en los datos—: Soltero y sin hijos, de unos cuarenta y cinco años, con conocimientos de mecánica y electricidad.

»Padece un trastorno psicótico. En la carta aparece la palabra «frío» en mayúscula. Ha personificado al frío.

»Pretende mandar un mensaje, tal vez una advertencia, por eso le envió la carta a la periodista: necesita un emisario para propagarlo. Cree tener una misión que cumplir. No. —Pilar se había enfrascado en una conversación consigo misma—. Nos censura. —Negó mientras arrugaba la nariz—. Conduce un todoterreno o una furgoneta y vive o tiene una segunda vivienda en una localidad de las que forman el Triángulo de Hielo o limítrofe. Y pondría la mano en el fuego a que está traumatizado por un suceso asociado con el frío, a que perdió a una persona querida a causa de la hipotermia. ¿Abandono, negligencia, accidente...? El trauma no debería ser fruto de un suceso eventual. Puede que exista un crimen sin resolver o que ni siquiera se llegara a investigar, una injusticia que él trata de redimir. Un... —Se quedó unos segundos pensativa y abrió los ojos—. Te lo haré llegar por escrito. Ardo en deseos de prepararme una manzanilla y estudiar lo que me has dado más a fondo. Espero aportar algo a lo que ya tenías.

—Me has dado más de lo que esperaba.

—¿Esperabas menos de mí?

—Es un decir. Mi perfil es idéntico al tuyo, excepto en la parte en la que presientes que está traumatizado por un suceso relacionado con el frío. Es un dato interesante que ayudará a hilar fino.

«Sufre un trauma asociado con el frío —pensé esperanzada—. Más sabe el diablo por viejo que por diablo. Puede que dentro de veinte años sepa tanto como ella».

Me despedí de Pilar con dos besos y un abrazo, desanduve mis pasos hasta el coche por una calle azotada por el viento y conduje de vuelta a la comisaría.

Estaba a punto de sentarme en mi puesto cuando recibí una llamada de Pilar.

—Dime.

—Te he enviado un *email* con el perfil.

—¿Ya?

—Pero, ojo, nada tiene sentido si no vive en la zona conocida como el Triángulo de Hielo o en sus cercanías. Y ya sabes que un perfil geográfico erróneo puede mandar al traste el conjunto de un perfil y, en lugar de acercarte, distanciarte de la identidad del asesino. No obstante, pocas veces andamos sobre seguro, ¿verdad, inspectora?

—¿Pocas o ninguna?

La imaginé sonriendo al otro lado del aparato.

—Hablamos, Paloma.

—Gracias, Pilar.

—Es un placer sentirse útil.

Tras colgar, pasé a limpio mi perfil criminal y sumé el aporte de Pilar: «Trauma asociado con el frío».

Una vez terminado, fui al despacho de mi inspector jefe. Necesitaba ayuda para rastrear bases de datos, noticias de periódicos, autopsias que determinaron «muerte por hipotermia»...

Entré después de llamar con los nudillos.

—Dime, Del Moral. ¿Cómo vas con el perfil?

—De eso quería hablarle. Está terminado, pero necesito un puñado de compañeros que rastreen en las bases de datos en busca de un sujeto coincidente. No podemos dormirnos en los laureles o, cuando menos lo esperemos, aparecerá otra mujer asesinada por hipotermia.

—Pongo ahora mismo a cinco oficiales a analizar datos.

—Aquí tiene el perfil.

Le entregué el documento.

—Trauma relacionado con las bajas temperaturas —susurra cejijunto—. Asesino organizado de entre cuarenta y cincuenta años. Conduce un todoterreno o una furgoneta. Vive o tiene una vivienda en un lugar apartado, presumiblemente en un pueblo incluido en el Triángulo de Hielo o limítrofe... —Termina de leer para sí mismo—. Con esto vamos a hacer magia. Buen trabajo.

—No eche las campanas al vuelo, jefe, que solo son hipótesis.

—Todavía no me han dado un perfil criminal con el nombre del asesino.

—Solo digo que...

—Tranquila, que vamos a exprimir todas las posibilidades. Pero en casos como este el perfil suele ser importante. Vázquez y Lobo y Acosta y Vera no están sacando nada en claro. Todos los investigados hasta el momento tienen coartada y el secuestro fue limpio.

—Puede que alguien reconozca su locura en el escrito, su forma de pensar... Puede que tras la publicación alguien nos llame diciendo que sabe quién es el autodenominado Hombre de Escarcha.

TOÑO CASTRO

—No me lo puedo creer —susurró perplejo.

Observó al hombre cubierto por un chubasquero negro y una braga que ocultaba su rostro con la ayuda de la capucha mientras una cortina de agua velaba sus ojos, lo único a la vista, que aparecía en la grabación de una cámara de videovigilancia instalada en una de las posibles rutas que el asesino tomó para entrar o salir del lugar de los hechos. Con los ojos puestos en el suelo resbaladizo, el sujeto arrastraba una maleta gris. El inspector mantuvo la mirada fija en la pantalla hasta que el sospechoso dobló la esquina.

«Cómo no», pensó al comprobar que se protegía asimismo con unos guantes y unas botas de agua. La mirada atónita de Toño persiguió al siniestro sujeto por la acera, que recorría como una mancha atada a otra mancha. «Es el Hombre de Escarcha», se dijo. Tampoco dudó sobre el contenido de la gran maleta de la que tiraba con tesón. «Belén era una mujer menuda. Aparcó en las afueras y puso rumbo al parque infantil con una muerta de equipaje. El cotejo de la fibra no servirá de nada. —Observó la lista de nombres extraída de las matrículas, como si se encontrara ante una lata de refresco abierta y vacía. No obstante, tras el disgusto le sobrevino un pensamiento estimulante—. Con esta grabación podemos tomarle las medidas: un dato más, un poco más cerca».

—Eh, Palomita. —La inspectora despegó la mirada de una hoja en la que estaba escribiendo a mano.

—¿Qué?

—Acércate y alucina.

Paloma se colocó al lado de su compañero sin levantarse de su silla con ruedas.

—Mira.

Toño reprodujo en bucle los escasos diez segundos en los que el supuesto asesino pasaba ante la cámara.

—Lugar, fecha y hora coinciden —se fijó la inspectora—. ¿Crees que...?

—Movió el cuerpo con una maleta para no dejar constancia de la matrícula ni del modelo del vehículo. Las matrículas son fáciles de falsificar, pero no tanto las características de un medio de transporte. Sabe que Madrid está llena de cámaras y no quiso arriesgarse a que pudiéramos relacionarlo con el lugar de los hechos.

—Pues la falta de nitidez por culpa de la lluvia y la indumentaria que lleva hacen imposible su reconocimiento. Pero envíales la grabación a los de la Científica para que documenten las medidas. ¿Qué crees que mide, un metro ochenta?

—Utilizando como referencia las puertas de los bloques de pisos y las fachadas de las tiendas por las que pasa, yo diría que algo así. Pero los expertos nos darán las dimensiones exactas.

—Podría ser un hombre cualquiera que vuelve de un viaje de trabajo —desconfié.

—La gente no va por ahí arrastrando una maleta cuando cae el segundo diluvio universal. Una persona normal se desplaza en coche o coge un taxi. El hijo de perra ese al que ves pasando en bucle por la pantalla de mi ordenador es el Hombre de Escarcha, y dentro de esa maleta esconde el cadáver de Belén Rivera en posición fetal.

Toño Castro

Calle de Aldonza Lorenzo, Madrid

Es lo más bello o lo más atroz. Y, sin distinción, todos queremos romperla. No somos conscientes de que la monotonía y la repetición son la ley de la naturaleza y de muchas partes de nuestra vida, ni de que cuando desaparecen asoma la complejidad.

Las pullas iban y venían como cada noche, y como cada noche iban acompañadas de miradas cómplices. Inmersos en la rutina no corrían peligro: todo fluía en un aburrido bucle. Pero, como tantas veces había deseado Toño, la monotonía se rompió en mil pedazos y madre e hijo dejaron de actuar en un escenario seguro. No se dio cuenta de lo bien que estaban en aquel discurrir invariable hasta que Concha hizo «la pregunta»:

—¿Dónde está tu hermano?

—¿Quién? ¿César?

—¡Pues claro que César! ¡Quién, si no! ¿¡Tienes más hermanos acaso, mameluco!?

—César mu…

No fue capaz de terminar la frase. Fue entonces cuando quiso volver al tedio de la monotonía. Hubiera invertido todo su dinero sin pensárselo en más tiempo de rutina, pero ya era demasiado tarde para dar media vuelta. La complejidad se había llevado por delante a la monotonía, envuelta por una palabra, «demencia», que desfiló por la mente del hijo como un usurpador.

Toño no supo cómo reaccionar. No tuvo el valor de sumir nuevamente a su madre en dolor. Cómo darle de nuevo la peor noticia que había recibido.

—Mañana vendrá a vernos —mintió atormentado—. O eso me ha dicho hace un rato por teléfono.

—¿Con Paloma?

—Supongo.

—Tu hermano es un santo, y Paloma lo hace feliz, ¿verdad?

—Forman una pareja adorable, sí.

—A ver cuándo me dan un nietecito, caray, que no parecen por la labor. A ti ya ni te pregunto.

—Conmigo no cuentes. Ahora vuelvo. Tengo que ir un momento al baño.

Toño salió del comedor, entró en el baño como un fugitivo con la Policía en los talones y apoyó las manos en el lavabo para verse llorando en el espejo.

Sonó el telefonillo.

«¿Quién coño es ahora?».

Salió del baño mientras se enjugaba las lágrimas con el dorso de la mano.

—¿¡Quién llama!? —preguntó Concha desde el comedor.

Toño ignoró a su madre.

—¿Quién es?

—Soy Paloma.

Toño se abstrajo en el runrún que emitían los coches que pasaban por la calle; Paloma aguardó ante un portero automático que parecía haberse quedado mudo.

—¿Me abres?

—Sí, sí, perdona. Sube.

«Qué oportuna, joder —pensó tras colgar—. ¿Se pasa semanas sin venir a ver a su suegra y se presenta justo ahora?».

La esperó en el descansillo.

—Vuelve mañana —dijo en cuanto Paloma asomó por las escaleras—. Hoy mi madre no se encuentra bien.

—¿Ni siquiera puedo pasar un momento a saludar?

—No.

Paloma se fijó en que los ojos de su cuñado estaban enrojecidos.

—¿Has estado llorando?

—Los machotes como yo no lloramos. A no ser que nos pillemos la picha con la cremallera; entonces, lágrimas como puños.

—Me cuesta venir aquí, ¿sabes? Me cuesta verte a ti cada mañana. Pero no es por tu culpa. Eres un buen compañero. Y, aunque te cambiara por otro, te seguiría viendo todos los días en la comisaría. Además, eres un buen policía. El problema soy yo, que me enamoré locamente de tu hermano y murió sin que ni siquiera pudiera despedirme. Estoy perdida. No sé qué hacer desde que salgo del trabajo hasta que vuelvo al curro a la mañana siguiente. No me trago que Concha esté enferma. Pasa algo y no me lo quieres contar. ¿Y sabes qué? No pienso irme hasta darle dos besos.

—Pídele permiso a Rojas para acampar en la comisaría y se acabarán tus problemas.

—Lo tuyo no tiene nombre. ¿Nada enturbia tu ánimo?

—Oh, sí. A tu pregunta de antes…, sí, he estado llorando. Mi madre ha preguntado por César.

—Mierda.

—Sí, mierda.

Paloma abrazó a Toño, que no tuvo tiempo ni de abrir los brazos. No alcanzó a abarcarlo del todo. Apretó la cabeza contra su pecho y pudo notar los latidos de su corazón angustiado.

—Ahora mismo no sé qué hacer, Palomita.

—Habla con su médico de cabecera. Él podrá aconsejarte. La derivará a un especialista. Tú limítate a hacer lo que te digan. Eres hijo único y tienes un trabajo. Necesitas tu sueldo.

Paloma conocía bien a su cuñado, e intuyó que en algún momento se le pasaría por la cabeza dejarlo todo para cuidar a su madre.

—¿Sabes qué? Entremos. Actuemos como si no hubiera preguntado por su hijo muerto.

El final de la indelicada frase de Toño, el «hijo muerto», le cortó la respiración a la inspectora.

Lidia Trapé

Calle de Miguel Yuste, Madrid

Se dispuso a compartir la carta en las principales redes sociales por medio de su blog, donde divulgaba temas de actualidad desde un enfoque multidisciplinar. Acompañó la carta con una explicación: «Buenas noches, lectores. Esta mañana he recibido correspondencia del asesino de Belén Rivera, y me gustaría compartirla con vosotros». Fiel a su estilo directo. Sin alardes que desviaran la atención del asunto clave: la carta que un asesino le había remitido.

—Vamos allá.

Su móvil echaba humo. Pero no atendió a ninguna llamada. Cuando vio el nombre «Pedro Iglesias» en la pantalla, sonrió y pensó: «Demasiado tarde».

«Van a lloverme las ofertas para publicar mi próximo reportaje, o puede que me atreva con un documental. Prepararé un material completo y complejo que ahondará en mi historia con el Hombre de Escarcha y las oscuras entretelas de la actuación policial. Demostraré que en la Policía Judicial faltan mecanismos de transparencia, que investigan bajo una lamentable impunidad, que el Ministerio Fiscal es proclive a la inactividad y no solicita la práctica de diligencias de instrucción. Esos dos inspectoruchos se van a cagar. —Recordó las amenazas de Antonio Castro—. Que me aprieten las tuercas si se atreven, que me muestren la verdadera cara de la Policía».

Entonces le sobrevino un pensamiento perturbador. «¿Y si no recibo más cartas? ¿Y si todo se queda en una exitosa publicación en mi blog y un reportaje nada rompedor?».

Por un momento se sintió el ser más deleznable del mundo. El éxito de su futuro reportaje —o documental— implicaba más correspondencia del Hombre de Escarcha, más explicaciones del asesino, los cómo, los porqués…, más muertes. «Si no sienta a alguien en esa silla rodeada de aires acondicionados trucados no tendré la oportunidad de averiguar su nombre antes de que lo haga la Policía y no tendré suficiente material para concebir el trabajo más impactante de lo que llevamos de siglo».

Observó su móvil, que vibraba sobre la mesa.

Entre llamada y llamada —la mayoría de los números no los tenía guardados—, la pantalla mostró un nombre: Ernesto Rey.

Sonrió.

«Debería haberlo llamado tras dimitir», se regañó, y cogió la llamada de su antiguo cámara.

—¿Qué pasa, alopécico coletudo? —dijo en tono festivo.

—Eso digo yo, ¿qué pasa contigo, lesbi desertora?

—No he desertado: me han obligado a marcharme. Pero te puedes unir al equipo Trapé cuando quieras.

—No grabo vídeos porno, ya lo sabes.

—Qué más quisieras tú que grabarme montándomelo con una macizorra.

—Ahora en serio. ¿Estás bien? Te has metido en un buen lío. Sé que te va la marcha y que sin riesgo no hay recompensa, pero nunca habías metido las narices en casos criminales y juraría que nunca habías recibido correspondencia de un asesino.

—No me suena. Pero, ironías aparte, tengo entre manos lo que podría ser un reportaje irrepetible. Ese asesino chalado debe de creerse el Señor del Frío Implacable.

—¿Quién?

—Morozco, conocido como Ded Moroz, un anciano de barba larga que según una leyenda eslava trae consigo el hielo y la nieve, así como regalos para aquellos que demuestran su fortaleza frente a sus pruebas gélidas. En fin. Hace un rato he recibido una citación del Juzgado de Instrucción para comparecer mañana.

—Gajes del oficio. Ahora mismo tu nombre está en boca de todos.

—El primer paso para conseguir un buen precio por el reportaje es crear expectación.

—He dudado de si llamarte, ¿sabes? No quería parecer un oportunista.

—El oportunismo es mi credo, así que no te dé reparo sacar tajada de las circunstancias. Tú serás el camarógrafo elegido cuando necesite uno. Me vendrá bien uno con poco cerebro y muchas pelotas, que aguante la cámara hasta el último segundo.

—Gracias por lo de descerebrado. Curro no me falta, pero las emociones fuertes abundan cada vez menos. Bienvenida al periodismo *free lance,* Lidia. Mañana saldrás en todos los periódicos de España y en las noticias. Y en la puerta de tu casa van a amontonarse los compañeros. ¿No tienes miedo de que ese loco te ponga en su punto de mira?

—Me necesita.

—¿Y cuando no te necesite?

—Si me acobardara a las primeras de cambio, no estaría donde estoy —dijo, petulante—. Dudo que el Hombre de Escarcha me haya elegido al azar.

—En eso estoy de acuerdo. A Lidia Trapé le falta un tornillo, y el día que lo encuentre perderá su esencia.

—¿Quedamos la semana que viene y te pongo al tanto de mis intenciones mientras tomamos una cerveza?

—Eso está hecho.

Paloma del Moral

Avenida de San Luis, Madrid

Volví con el rostro de mi suegra tatuado en las retinas.

Aunque César no estuviera entre nosotros, seguía casada con él. «Hasta que la muerte os separe» no significa 'divorcio', por lo menos para mí. Por lo tanto, Toño era mi cuñado, y Concha, mi suegra. Y lo seguirían siendo hasta que volviera a casarme. Y Paloma del Moral no volvería a pisar el altar: no traicionaría al hombre que en vida me convirtió en la mujer más feliz del mundo, por mucho que supiera que él querría que siguiera adelante y buscara la felicidad con otro hombre.

«El muerto al hoyo y el vivo al bollo», me dijo una vez que tocamos ese tema delicado.

«Ni el muerto al hoyo —pensé, pues fue incinerado y sus cenizas esparcidas en la Dehesa de la Villa, donde nos dimos nuestro primer beso—, ni el vivo al bollo».

El problema es que él era la felicidad. El Hombre de Escarcha había personificado al frío y yo le había puesto cara a la felicidad.

—Y si yo la palmara, ¿seguirías con tu vida tan campante? —le pregunté cuando me salió con el fastidioso refrán.

—Una cosa es lo que yo haría, y otra, lo que querría que hicieras tú. Tú vas a ser la única.

76

Concha me preguntó por mi marido, por su hijo. Y yo reaccioné de un modo penoso. Tras quedarme en blanco, fingí que había recibido un mensaje importante y me excusé.

Salí del piso al borde del llanto.

—Lo siento —le dije a Toño cuando se acercó al descansillo a consolarme, si bien era él quien debía recibir mi apoyo—. Tenías razón: no estaba preparada. Nos vemos mañana en la comisaría, ¿vale?, y lo hablamos con calma.

—Eh, Palomita. —Me volví antes de poner un pie en el primer peldaño de las escaleras—. Lo tengo todo bajo control.

Toño me guiñó un ojo lleno de reflejos.

«¿Qué me pasa? —me dije pesimista en el momento en que dejé las llaves en el mueble del recibidor—. ¿Mi compañero necesita apoyo y yo salgo por patas? Doy pena, joder. Aunque no siempre de la mejor manera, él siempre ha estado ahí».

Me di una ducha de agua templada.

Me hice un sándwich y me fui a la cama.

«Trapé —pensé de pronto—. La carta».

Cogí mi tableta y entré en su blog, *Trapé, periodista de investigación*, con la espalda apoyada en el cabezal. Leí la entrada titulada «La carta del asesino». Me gustó comprobar que había sido comedida, mostrando lo recibido con un texto que se alejaba del sensacionalismo barato.

Entré en Twitter.

En «Tendencias de España» encontré lo esperado. En primera posición estaba «El Hombre de Escarcha», y en segunda, «#LidiaTrapé». En Instagram, Lidia ocupaba la primera posición, y el asesino, la segunda. En Facebook, la dupla asesino-periodista arrasaba.

«Puede que alguien conozca a un tipo obsesionado con el frío y llame a la comisaría para informar al respecto»: intenté ver el lado positivo de las cosas.

Estuve cuatro horas leyendo comentarios en busca de un llamémoslo desliz. Tenía la seguridad de que el Hombre de Escarcha había visto la entrada del blog. Como yo, se daría una vuelta por las redes sociales para comprobar —él, satisfecho, y yo, horrorizada— cómo los españoles no le hacíamos ascos a una historia morbosa.

Asimismo, entre comentario y comentario, la mayor parte de ellos del tipo «Dios santo, qué miedo», «Cada día hay más loco suelto», «Parece el guion de una película» o «Qué valiente eres, Lidia», leí varios artículos sobre el Triángulo de Hielo.

Un párrafo de uno de ellos llamó mi atención:

> Aquí lo que sucede es que hay una mayor predisposición por el perfil orográfico y, sobre todo, porque en condiciones como las ocurridas en el pasado mes de enero, después de un episodio de grandes nevadas, ocurre que hay tres factores que confluyen: que se despeja el cielo, el aire se queda en calma y el suelo está completamente nevado. Estos tres ingredientes dan lugar a una confluencia para que se genere un «efecto congelador» en la zona. Ocurre no solo por la noche, sino también por el día, cuando el termómetro no sube de los 0 °C porque la propia nieve hace que el manto de aire que hay encima sea muy denso, muy pesado, y al final se crea como un pantano de aire frío que descansa sobre la zona y hasta que no cambia la circulación atmosférica se queda como en una nevera.

«Efecto congelador, día y noche», pensé antes de darle el beso de buenas noches a la foto de César que tenía encima de la mesilla.

Me disponía a tumbarme cuando noté que brillaba la pantalla de mi móvil: mis padres querían hacer una videollamada.

No me apetecía en absoluto, pero hice el esfuerzo.

—Holaaaaa… —saludaron al unísono desde el sofá del comedor de la casa donde vivían, en Santa Cilia, en la provincia de Huesca. Los acompañaba mi hermana Lucía, seis años menor que yo, doña Siempre Sonriente.

—Hola. ¿Qué tal estáis?

Mi madre vestía una blusa sencilla de tres cuartos beis y una falda que le llegaba hasta la pantorrilla; por encima, un delantal con bolsillos que le recordaba de siempre.

—Pues hemos acabado de cenar hace un momento y nos hemos dicho: vamos a llamar a Paloma, a ver qué nos cuenta —dijo mi madre.

Mi padre, fiel a su costumbre, dejó que fuera su esposa quien llevara las riendas de la conversación. Me irritaba el rol al que mi madre lo había arrastrado con los años, el de «marido fiel que no abre la boca para no molestar». Dijera lo que dijera, ella levantaba la voz y lo mandaba callar. «Tú qué sabrás»: la réplica multiusos preferida de Adela Carballo.

Mi padre, taxista de profesión, vestía un camisa blanca de manga larga con sutiles rayas marrones y unos chinos azul marino de corte clásico.

Los tres llevaban zapatillas de ir por casa.

Mis padres no se ponían el pijama hasta un segundo antes de acostarse. Ni siquiera un chándal cuando llegaban a casa para estar más cómodos. No osaban pasar más allá de las pantuflas. Lo cierto es que no recordaba haberlos visto en chándal. ¿Por qué? Misterios de la vida que no pretendía resolver.

—Te vimos por la tele —dijo mi hermana, que llevaba un pijama negro con Minnie Mouse lanzando un beso al aire.

—¿Ah, sí?

—En Vallecas.

—Mejor hablemos de otra cosa, ¿vale?

—¿Cuándo vas a venir?

—Ahora mismo estoy hasta arriba de trabajo. ¿Para Navidad?

—¿Para Navidad? —espetó mi madre—. ¡Si estamos en enero!

«No iré a ninguna parte hasta que el desgraciado que ha matado a Belén Rivera esté entre rejas», me prometí.

—Intentaré ir antes, pero no prometo nada. No voy a pegarme cinco horas y pico de viaje para volverme al día siguiente. Os visitaré cuando pueda coger una semanita de vacaciones, ¿de acuerdo? Y os digo una cosa, si vais a llamarme para recriminarme esto y lo otro, mejor guardaos las videollamaditas.

Podría decirse que siempre fui la hermana borde y, tras la muerte de César, mis groserías no habían mermado precisamente.

Mi padre abrió los ojos de par en par mientras mi madre ponía cara de no entender nada.

Lucía sonrió.

—Calma, hermanita, que te van a salir arrugas —bromeó.

No podía enfadarme con mi hermana ni con mi padre ni aunque me lo propusiera. Pero mi madre era otra historia.

—Iba por ti, mamá —especifiqué—. ¿Puedes dejar de ser tan pesada?

—Si solo he preguntado —espetó ella, con cara de ofendida.

—Es un cúmulo de cosas, mamá. En fin. Estoy cansada. Me voy a dormir. Buenas noches, papá, hermana y compañía.

Colgué de sopetón y silencié el móvil.

«Yo no soy tu marido —me dije, susurrante—. A mí no puedes moldearme a tu gusto. Iré a Santa Cilia cuando me dé la gana».

Advertí que mi hermana me había enviado un mensaje de WhatsApp:

«Te quiero, hermanita. Ven cuando puedas, pero que sepas que te echo de menos».

«Yo también te quiero, hermanita. Hablamos mañana, ¿vale?».

«Claro. Ya sabes que estoy aquí para lo que necesites».

«Lo sé. Buenas noches».

Paloma del Moral

Comisaría General de Policía Judicial, Madrid

—La Guardia Civil de Molina de Aragón ha recibido una denuncia por desaparición y, dadas las coincidencias con el caso, nos la han remitido —informó Rojas, a medio camino entre nuestras mesas.

—¿Y quién es el desaparecido? —preguntó Toño.

—Adrián Guerrero, de cuarenta y seis años, soltero, en el paro, que reside en una casa en las afueras y conduce una Renault Master, furgoneta que, según el denunciante, el desaparecido tiene camperizada.

—Déjeme adivinar —dije, reflexiva—: ¿Alguien de su familia murió por hipotermia?

—En efecto. Perdió a su novia durante una excursión por la sierra de Albarracín, que se extiende entre las comunidades autónomas de Aragón, Castilla-La Mancha y Comunidad Valenciana, por si no lo sabéis. Los pilló una tormenta, se perdieron… Ella se precipitó por un terraplén y se rompió una pierna, con herida abierta… No dieron con ningún refugio de montaña… Un desastre. Cuando encontraron cobertura y llamaron a emergencias, solo pudieron darles una ubicación aproximada. El tal Guerrero denunció al

81

Servicio de Rescate e Intervención en Montaña de la Guardia Civil por negligencia. En fin. Las temperaturas bajaron bruscamente durante la noche. Se intentaron proteger del frío, pero lo único que consiguieron fue evitar el viento. Él perdió tres dedos antes de que los encontraran. Ella no vio el amanecer.

—Adrián Guerrero da el perfil o, lo que es lo mismo, constará en la lista de sospechosos que estamos preparando —adelanté—. ¿Creéis que intuyó que llamaríamos a su puerta y se ha dado a la fuga?

Tanto mi compañero como el inspector jefe se encogieron de hombros.

—¿Desde cuándo lo echan en falta? —preguntó Toño.

—La última vez que lo vieron por el pueblo fue el 9 de enero, el día que secuestraron a Belén Rivera. Es de esos que no salen demasiado, de ahí que hayan tardado en percatarse de su ausencia. La Renault Master no está en su garaje, su teléfono móvil, apagado... Y, según el denunciante, un amigo, se llevó una maleta y comida enlatada.

—Madre mía —dijo Toño—. Él mismo se ha puesto una diana en la espalda.

—En nuestro trabajo no se puede dar nada por sentado —nos recordó Rojas—. La sección de desaparecidos de la Policía Judicial de la Guardia Civil buscará a Adrián Guerrero. Si ellos no lo encuentran, es que nadie puede hacerlo. Según Tomás Lindo, quien ha interpuesto la denuncia, Guerrero conoce la franja conocida como el Triángulo de Hielo como la palma de su mano. Y eso no es nada halagüeño.

—Tendremos que hacerle una visita al tal Lindo —pensé en alto.

—Y ahora viene la buena noticia —anunció el inspector jefe—. Desde el Juzgado de Instrucción nos han hecho llegar un informe del Instituto Nacional de Toxicología y Ciencias Forenses con el resultado de los restos obtenidos del raspado de las uñas de la víctima. Parece que Almarcha les ha metido prisa, porque menuda velocidad.

—¿Y? —azucé, expectante. Necesitaba confirmar que el asesino había matado a Belén en el Triángulo de Hielo.

—Un botánico ha señalado el *Juniperus thurifera* como la planta que acabó en las uñas de Belén Rivera; una suerte que se hiciera la manicura y las llevara bastante largas.

—¿*Juni* qué? En cristiano —rogó Toño.

—*Juniperus thurifera,* conocido como enebro o sabina, común en la sierra de Albarracín. El Triángulo de Hielo, como sabéis, está flanqueado por dicha sierra. No creo que se deba a una casualidad: ese loco obsesionado con el frío eligió el lugar idóneo para matar a su víctima. Admitámoslo. El Hombre de Escarcha. El Triángulo de Hielo… No puede sonar más peliculero. Y gracias a la carta y a la escenificación en el parque infantil, sabemos que busca visibilidad. Y a este paso va a ser más mediático que el Asesino de la Baraja.

—Este hallazgo es importante —dije esperanzada—. Temía que el perfil cojeara en lo geográfico, pero esto apuntala que la mató en la zona que sospechábamos y que, por tanto, hay una alta probabilidad de que el asesino resida en uno de los pueblos próximos a dicha sierra.

—Solo tenemos un perfil confeccionado a partir de indicios e hipótesis —hizo constar Rojas—. Si has atinado, servirá para cerrar el cerco, para hacer descartes. Pero necesitamos pruebas. Un perfil no sirve ante un jurado.

Rojas trató de ponernos los pies en la tierra.

Era tarde para frenar mi optimismo.

Me uní a la búsqueda de personas que respondieran al perfil. Me puse en contacto con Luis Cacho, quien realizó la autopsia de

Belén Rivera, para rogarle que se encargara de buscar muertes por hipotermia certificadas en España.

«Pero el trauma no tiene por qué estar relacionado a la fuerza con una muerte», recelé. Un perfil criminal presenta una posible información acerca del asesino. Hipótesis sobre las características personales y demográficas que tratan de disminuir al máximo el listado de posibles culpables. Un punto de partida, por así llamarlo. Pero mi sensación era que todo pendía de un hilo. Un solo aspecto erróneo podía echarlo todo por tierra. ¿Y si no vivía en la franja señalada? ¿Y si no había sufrido un percance asociado con el frío? ¿Y si conducía un deportivo? Teníamos un punto de partida, pero ¿nos conduciría a la meta o nos alejaría de ella? Los agentes asignados a la búsqueda habían dado con tres sujetos prometedores. Yo encontré dos posibles asesinos, pero uno de ellos era uno de los suyos. Lo teníamos repe. Por tanto, contábamos con cuatro nombres que investigar si incluíamos al desaparecido Adrián Guerrero, residente en Molina de Aragón. Cuatro sujetos de entre cuarenta y cincuenta años, solteros, de alrededor de un metro ochenta en posesión de un todoterreno o una furgoneta, que vivían en las localidades que formaban el Triángulo de Hielo (Molina de Aragón, Calamocha y Teruel), y que, además, almacenaban en sus memorias un episodio traumático vinculado con el frío.

Me sorprendió que fueran tantos.

«Demasiados», pensé, con una sensación de desasosiego corriendo por mi cuerpo.

Antes de marcharme a casa revisé por última vez —aquel día— la lista de sospechosos:

RODRIGO ÁLAMO. Residente en Molina de Aragón, en la calle Río Tajo. Perdió a su hija por inmersión en agua fría. La niña sufría una afección médica (diabetes) que afectaba su capacidad para la regulación adecuada de la temperatura del cuerpo. Cayó a una acequia cuando los termómetros estaban por debajo de cero. Dos años después de la tragedia, su mujer le pidió el divorcio. Son pocos los matrimonios que superan la muerte de un hijo, aparece la culpa, las acusaciones…, y todo se va al traste.

Memoricé los tres nombres restantes:

ADRIÁN GUERRERO. Residente en Molina de Aragón. El desaparecido que perdió a su novia en la sierra.

Dos de los sospechosos tenían casas en el mismo pueblo en donde vivía la víctima. ¿Cuántas posibilidades había de que dos sujetos, en un pueblo tan pequeño, respondieran al perfil? Aquí pasaba algo raro.

JAVIER BUGALLO. Residente en Calamocha. El del robo.

DIEGO FRESNEDA. Residente en Teruel. «El hielo se quebró bajo los pies de su madre —recordé—. El forense dictaminó que la muerte se produjo por ahogamiento en aguas heladas».

En mi fuero interno no concebía otra posibilidad: uno de esos cuatro hombres era el Hombre de Escarcha.

El Hombre de Escarcha

Los copos de nieve se estrellaban contra la luna de la furgoneta. Su boca escupía nubes blancas. No se daba apenas contraste entre el interior y el exterior: la temperatura dentro del coche rondaba los cinco grados bajo cero.

Condujo por el camino previamente seleccionado.

Llegó al apartadero escogido.

Aparcó y sacó un móvil de prepago de la guantera.

Se puso una careta de plástico y se apeó en calzoncillos y zapatillas de deporte.

El viento amainó de un modo abrumador. Los árboles se quedaron inmóviles bajo capas de nieve. Las ramas parecían esculpidas en diamante, y el suelo, en mármol blanco. Los pájaros se resguardaban en las oquedades de los troncos. La naturaleza pareció contener la respiración.

Abrió la caja de la furgoneta.

La mujer había vuelto en sí.

Le sorprendió que no hubiera gritado durante el recorrido.

Lo miró con ojos de miedo y asombro.

Una careta de un monstruo de hielo cubría su rostro, a excepción de los dos agujeros por los que asomaba una mirada intensa. La máscara parecía haberse tallado directamente de un glaciar. Pequeños fragmentos de escarcha creaban la ilusión de que estaba constantemente cubierta por una capa de hielo recién formado. La nariz recordaba a las fosas nasales de un cráneo. La boca estaba abierta, con dientes afilados y puntiagudos que parecían estalactitas. A cada lado sobresalía un cuerno retorcido y cubierto de pequeños cristales de nieve, que se curvaban hacia atrás. Una mueca de permanente furia contenida.

—Al otro lado hay una casa de campo abandonada, con mantas, leña en la chimenea y cerillas —explicó el Hombre de Escarcha—. Si logras cruzar el bosque, vencerás a las bajas temperaturas. Si no… Nadie va a pasar por aquí. Dependes de tu tolerancia al frío, de si tienes el don o no.

La mujer apretó la espalda contra un mueble de la furgoneta.

—¡Estamos en el Triángulo de Hielo! —gritó, en tanto el cielo espolvoreaba su cuerpo con copos de nieve. La chica dio un respingo—. ¡Deléitate con las temperaturas heladoras del valle del río Jiloca! ¿¡Oyes cómo silban los vientos polares!? ¡Esto es lo que busco, que el frío no os controle! ¡Y tú eres la primera piedra que dará forma a la salvación! ¡Pero eso no significa que tenga que ser tu final! ¡Sobrevive o sirve de ejemplo! —Señaló con el mentón la marea de pinos que se alargaba a su derecha—. ¡He estudiado el lugar! ¡Veinte kilómetros en ambas direcciones, un camino remoto por donde casi nunca pasa nadie, jamás con este tiempo! ¡Pero cruza el bosque y encontrarás la salvación! ¡Eres libre de elegir el camino: veinte kilómetros de pista o cinco cruzando el bosque! ¡Pero, elijas lo que elijas, ten presente que el frío está en todas partes!

Belén bajó titubeante de la furgoneta y pensó: «Los árboles cortarán el viento». Su mirada de espanto no se desprendió de la de su secuestrador, hasta que abrazándose a sí misma y con los dientes castañeando se adentró en la espesura blanca en ropa interior y zapatillas tipo Converse, al acecho de la casa al otro lado del bosque.

Algo le dijo a Belén que no vería la siguiente puesta de sol.

«Morirás —intuyó asimismo el Hombre de Escarcha, tras perderse ella en el piélago de troncos—. Y tu muerte salvará vidas».

Abrió la aplicación que le permitía visualizar la ubicación de Belén en su teléfono móvil. Con la mirada puesta en el punto rojo que destellaba en la pantalla, se internó en el bosque en *slips* y zapatillas de deporte.

«Me enfrento de la misma manera que tú —se justificó, como si pudiera hablar telepáticamente con la mujer que, por delante de él, luchaba contra la hipotermia—. Pero yo no sucumbiré hoy al frío. Yo tengo el don. Y un propósito que me trasciende a mí mismo».

Toño Castro

Cuatro días después. Calle de Aldonza Lorenzo, Madrid

«Si no empeora demasiado podemos seguir como hasta ahora», le dijo Bruno cuando le preguntó por la enfermedad que padecía su madre. «No soy médico, pero he visto casos parecidos. Diría que se encuentra en la etapa media, que puede durar años. Pero tendrás que hablar con un especialista. Notarás que confunde palabras, se frustra y se cabrea o que, por ejemplo, se niega a bañarse. A medida que la enfermedad avance, tu madre requerirá de un mayor nivel de atención. Pero hasta entonces creo que podemos seguir como hasta ahora».

Las palabras del cuidador habían tranquilizado a Toño.

Al menos por un rato.

Su móvil vibró encima de la mesilla de noche cuando se cambiaba de ropa.

—Dígame, jefe.

—El Hombre de Escarcha ha llamado a la comisaría —lo informó, apresurado.

—¿Y qué ha dicho?

—Se ha presentado y después ha formulado una pregunta: «¿Logrará vuestra compañera superar la prueba gélida?». Y Paloma no coge el teléfono.

Paloma del Moral

Avenida de San Luis, Madrid

Entré con ganas de repasar las entrevistas de los sospechosos que había ultimado en la comisaría. Toño pasaría a buscarme a las ocho y cuarto para desplazarnos a Molina de Aragón. En los inicios de las investigaciones sin pesquisas claras no nos quedaba otra que actuar en base a hipótesis, investigar algo a tientas. Pero confiaba en que las entrevistas generaran puntos de luz que nos guiaran hasta la identidad del Hombre de Escarcha.

¿Cuáles son sus fantasías?, medité en medio del recibidor. No la raptó para torturarla con sus propias manos. No la agredió sexualmente. No se llevó ninguna parte de su cuerpo. No la marcó, más allá de las señales que dejó la hipotermia. ¿Esa es su firma, la hipotermia, el frío, los estragos que deja en el cuerpo?

¿Tendrá un cómplice?

Salí de mi abstracción y le di un beso a la foto de César, y caminé hacia la cocina. Al pasar por la puerta del salón, un bulto frenó mis pasos en medio del pasillo. Mis pulsaciones se elevaron. Vi una maleta delante de las cortinas que aplacaban la luz ambarina que subía de la calle. Una siniestra silueta rectangular con esquinas redondeadas.

Traté de desenfundar, pero él, desde el fondo del pasillo, ya empuñaba una pistola de madera con el rostro oculto por una careta de una especie de monstruo de hielo. Apretó el gatillo y un dardo se me clavó en el muslo. Y, como una aparición fantasmal, se adentró en la cocina con movimientos suaves. Caminé a su encuentro cuando debí disparar al aire. Tomé una mala decisión. Fui a por él cuando mi única opción era pedir auxilio por medio de disparos. Mis vecinos habrían llamado sin duda a la Policía. Con un poco de suerte, un par de oficiales lo habrían detenido antes de que me raptara.

Caí de rodillas a medio metro de la puerta de la cocina.

Todo me daba vueltas.

Es curioso lo que uno puede llegar a pensar en momentos de máxima tensión: «Ha fabricado una pistola casera. Tiene conocimientos de ingeniería mecánica. Pero me temo que no podré añadir ese dato al perfil. Va a meterme en una maleta y más tarde a sentarme en la silla de la habitación de los aires acondicionados».

Desperté, como preví, en el centro de una sala de paredes blancas con cuatro aires acondicionados apuntando hacia mi persona, semidesnuda, amordazada y maniatada a una silla atornillada al suelo. Lo que no esperaba encontrar fue una cámara sujeta por un trípode ante mis ojos.

La habitación parecía recién pintada.

Tuve claro que moriría aquella noche y, a pesar de ello, estudié la sala en busca de señales que nos condujeran al paradero del monstruo que me había transportado en una maleta hasta su guarida. Únicamente encontré paredes lisas, dos respiraderos y una puerta, y los cuatro aparatos de aire acondicionado de modelos diferentes que acabarían con mi vida a base de chorros de aire. Se percibía el leve sonido del motor de una máquina, como si uno de los aparatos ya funcionara. Pero los cuatro tenían las lamas bajadas.

El Hombre de Escarcha entró cargando con una silla sobre la que descansaban los mandos a distancia que iniciarían la prueba, cubierto con unos *slips* y su careta de monstruo helador. Busqué marcas en su cuerpo: tatuajes, cicatrices, lunares... Su piel era lisa y blanca; parecía haber nacido para ser irrastreable.

«En efecto, mide sobre un metro ochenta —confirmé—. ¿Quién eres? ¿Rodrigo Álamo? ¿Adrián Guerrero? ¿Javier Bugallo? ¿O eres Diego Fresneda?».

El enmascarado colocó la silla a mi lado, cogió los cuatro mandos, se sentó tranquilamente, los puso sobre sus muslos y habló con una voz suave, mitigada por el plástico que evitaba que le viera el rostro.

«¿Por qué se cubre la cara, si no saldré de esta?», pensé, resignada.

—La hipotermia se puede clasificar en cinco grados basados en los signos clínicos y su relación con la temperatura central —explicó mientras la mordaza me presionaba las comisuras de los labios y las cuerdas me constreñían las muñecas y los tobillos—. El grado uno es cuando el cuerpo alcanza una temperatura de entre 35 a 32 grados Celsius, cuando la persona afectada está consciente, temblorosa, con disartria y aumento de la frecuencia cardíaca. En este punto, toda la sintomatología es reversible con tratamiento de recalentamiento. —Parecía evidente que entendía del tema—. En el grado dos, de 32 a 28 grados, el paciente suele estar confundido y somnoliento, pero sin manifestar temblores. También se producen alteraciones en la conducción cardíaca que pueden desencadenar arritmias letales. El grado tres, de 28 a 24 grados Celsius, se produce ante el fracaso de los mecanismos termorreguladores corporales. La persona puede llegar a perder el conocimiento o estar inconsciente con signos vitales presentes. En el grado cuatro, entre 24 y 13,7 grados, se produce asistolia, por lo que habrá ausencia de signos vitales y muerte aparente. En este punto aún es posible la reanimación de la persona afectada. El grado cinco, inferior a 13 grados Celsius, se conoce como hipotermia irreversible, en la cual existe incompatibilidad con la vida. Tú tendrás que soportar el grado tres durante dos horas. Debería someterte al cuatro, pero el tres será suficiente para comprobar si tienes el don.

—¡No tengo ningún don! —me desgañité. Dudo que entendiera una sola palabra. La mordaza actuó como amortiguador. Solo oyó una sucesión de ¡mmm...!

Pulsó el botón de *rec* de la cámara. «Todo el mundo contemplará mi muerte», pensé mientras una luz roja parpadeaba ante mis ojos asombrados. Encendió asimismo los aires acondicionados, con la calma de un samurái. Las lamas se desplegaron como alas de carroñeros. Y arrojaron aire frío sobre nuestros cuerpos semidesnudos.

«No necesita cuatro aparatos modificados para matarme de frío —pensé aterrada—. La habitación no es tan grande. Pero así queda más chulo, ¿verdad, cabrón? Buscas que el asesinato perdure en las retinas del público».

El Hombre de Escarcha no se movió de su silla.

«Va a someterse conmigo», entendí, impresionada.

No tardaron en llegar los escalofríos. Mi cuerpo se defendió de la baja temperatura mientras él permanecía con la espalda recta y los ojos cerrados sin sufrir el más mínimo espasmo.

La habitación fue llenándose de un frío denso como la gelatina.

La cabeza se me bamboleaba, como una cortina mecida por un viento invernal.

Me entró sueño. Deseé morir dulcemente. Pero mi cuerpo se empeñó en mantenerse despierto y desorientado. No discernía si llevaba diez minutos o una hora recibiendo el aliento helado de las máquinas. El mundo se volvió una sucesión de lapsos confusos. Y él seguía a mi lado, quieto, con los párpados bajados, como si hubiera cambiado su piel por la de un oso polar.

—Necesito propagar un cambio de mentalidad —dijo de pronto, sin abrir los ojos—. Por eso te he elegido, inspectora: he de llamar lo más posible la atención. Aspiro a que recapacitéis antes de que sea demasiado tarde. No he encontrado otro modo de haceros entrar en razón. Debéis entender que es posible. Tú estás a punto de conseguirlo. Sobrevive y sirve de ejemplo.

«Si cree que he perdido el conocimiento, puede que se confíe y me desate», pensé entre el desconcierto.

Decidí, como último recurso, fingir que me había desmayado. Mis opciones eran prácticamente nulas. No obstante, trataría de averiguar su identidad hasta el último aliento, aun cuando me la llevara a la tumba. Pero el hombre que soportaba el frío de un modo sobrehumano no parecía haber dejado nada a la improvisación. Abandonó la sala tras apagar uno a uno los aires acondicionados.

«¿Ya han pasado dos horas?», me pregunté.

Entreabrí los ojos: nada había cambiado.

Los cerré cuando advertí que abría la puerta.

Percibí cómo se acercaba con sus pies descalzos.

Noté un pinchazo en el cuello.

«Mierda».

Entreabrí los ojos de nuevo y pude ver la jeringa en su mano, la careta, el cuerpo sin señales, los aparatos, las paredes blancas, los respiraderos...

No tardaron en volverse borrosos.

Antes de perder el conocimiento, esta vez de verdad, oí la voz apacible de mi secuestrador:

—Sobrevive, inspectora, y sirve de ejemplo.

Toño Castro

Molina de Aragón

Salió hacia Molina de Aragón sin pedirle permiso a nadie ni sopesar las consecuencias; no consintió en quedarse de brazos cruzados a la espera de la noticia del hallazgo del cadáver de su compañera. Dejó a su madre durmiendo en su cama y salió a buscar a Paloma, aun sabiendo que sería prácticamente imposible encontrarla. Entraría en las casas de los sospechosos a horas intempestivas y las registraría con o sin sus permisos. Fue una suerte que llevara consigo una lista. Sin aquellos cuatro nombres, el mundo habría parecido un inmenso depósito de escondrijos. Ella le había dado la única pista que tenía sobre su paradero.

Nunca le importó menos perder la placa.

«Aguanta, Palomita», se repitió cuando puso un pie en la calle Río Tajo, y una brisa helada arrastró a sus oídos el sonido del tráfico lejano.

Se aproximaba al muro del chalé de Rodrigo Álamo por una calle desangelada. Su dedo se abalanzaba sobre el timbre del potencial asesino cuando sonó su móvil, rompiendo el silencio de la noche cerrada. Rojas lo llamaba, y su corazón se encogió.

Imaginó a su superior dándole la mala noticia: «Ha aparecido el cuerpo de Paloma».

Contestó con un nudo en el estómago.

—Dígame, jefe.

—Ha aparecido con vida —informó, con emoción en la voz—. La han trasladado al Hospital Obispo Polanco de Teruel. Saldrá de esta, Toño. El asesino le ha perdonado la vida.

Se dejó caer sobre el escalón de la puerta con lágrimas en los ojos y la respiración acelerada.

—Es la hostia —dijo Toño, feliz—. Si ya era fan de Paloma, imagínese ahora.

—Te dejo, Castro. Salgo para Teruel en unos minutos.

—Nos vemos allí, entonces.

Colgó y se deshizo de la tensión a risotadas.

Subió a la planta de cuidados intensivos y preguntó por el doctor que había atendido a su compañera. De camino a la habitación de Paloma, el médico, que no tendría más de cuarenta años, le explicó que había llegado consciente. Toño pensó que la encontraría con algún aparato enchufado, tal vez un gotero…, pero la descubrió durmiendo con una bata de esas que al menor descuido te dejan el culo al aire.

—Está descansando —explicó el doctor—. Hemos calentado su cuerpo de forma progresiva empleando medidas de primeros auxilios. Es menos grave de lo que parece. La mantenemos en cuidados intensivos por precaución, pero en un par de días estará como nueva. —Se frotó el mentón con gesto pensativo—. Ese Hombre de Escarcha… Me pregunto qué enfermiza obsesión tendrá con el frío. Debería saber una cosa, inspector.

—¿Respecto a qué?

—Con relación a que algunas personas soportan mejor el frío que otras. Lo que escribió en la carta que le mandó a la periodista me dio que pensar: «El Frío no tolera a los débiles. Tengo el poder y la responsabilidad de haceros prosperar. Se avecina la próxima prueba». —Metió la mano en un bolsillo de su bata y extrajo su móvil, y trasteó con él durante unos segundos bajo la atenta mirada del inspector—. Escuche atentamente lo que encontré sobre un estudio publicado en la revista *American Journal of Human Genetics* en referencia a la proteína alfa-actinina-3. —Leyó en voz alta—: «No solo se ha explorado su implicación en el ejercicio físico, también en la resistencia al frío. Las conclusiones apuntan a que las personas que carecen de esta proteína —concretamente, que tienen una mutación en el gen que les impide expresarla— tienen una mejor capacidad para mantener su temperatura corporal cuando se exponen a situaciones de bajas temperaturas, como las inmersiones en aguas frías. En el apartado de casos extremos tenemos a Wim Hof, un hombre que ha batido varios récords gracias a su resistencia extrema al frío: ha escalado el Everest y el Kilimanjaro usando únicamente pantalones cortos, ostenta el récord del nado más largo bajo hielo… Tal es el interés que suscita este individuo que, para investigar su caso, un trabajo científico le hizo una resonancia magnética durante una exposición al agua fría y encontró que su cerebro es capaz de inducir una respuesta de estrés que le ayuda a resistir el frío. Los autores afirman a la revista de divulgación *Smithsonian Magazine* que "por accidente o por suerte, Hof ha encontrado una manera de hackear su sistema fisiológico y puede sentirse eufórico en un ambiente de frío extremo". Existen casos aislados de personas que han demostrado una resistencia extrema, sobrehumana incluso, al frío». —Paró y miró a Toño a los ojos—. La proteína alfa-actinina-3 está ausente en mil quinientos millones de personas en todo el mundo. Y no me cabe la menor duda de que su compañera es una de esas personas.

«Una maravillosa casualidad —pensó Toño mientras observaba a una Paloma durmiente—. Vas a ser la comidilla de España, Palomita».

Le sobrevino un posible titular: «Paloma del Moral, la inspectora que venció al frío».

Lidia Trapé

Calle de Miguel Yuste, Madrid

Nada más levantarse buscó en el suelo del recibidor. Revisó asimismo los buzones de entrada de sus correos electrónicos. Tras no encontrar nada, encendió el televisor en busca de noticias relacionadas con el Hombre de Escarcha. El Canal 24 Horas mencionó una lista de sospechosos redactada en base a un perfil criminal, pero ante todo informó sobre la mujer que había superado la prueba de los aires acondicionados.

«Hay que tener agallas para secuestrar a una inspectora de homicidios», pensó inquieta.

De la tele pasó a la prensa, y de esta, a las redes sociales. Paloma del Moral copaba las primeras noticias y los ránquines de popularidad.

—La inspectora te ha robado el protagonismo, Hombre de Escarcha.

«Es pronto —reflexionó—. Acaba de sentarla en la sala de los aires. ¿Por qué sigues con vida, Del Moral?».

Recordó a la inspectora sentada en la cheslón en la que ella le estaba dando vueltas al asunto.

—No puedo esperar más —se dijo venida arriba—. He de arriesgar. Pueden pasar meses hasta que vuelva a recibir una carta suya, y eso con suerte. Después de secuestrar a la inspectora, la búsqueda se intensificará. Puede que decida esperar a que las aguas se calmen. Si es tan listo como sospecho, sabrá que me vigilan, que han instalado cámaras en el edificio… Es hora de dar el primer gran paso.

Marcó el número de la inspectora Sandra Casas en su teléfono móvil.

—Ahora sí quieres hablar conmigo, ¿eh? —contestó Casas, directa, sarcástica e hiriente—. Cuando me enteré de lo de la cartita, me dije: a ver cuánto tarda en llamar la falsa de la Trapé. Sé lo que quieres y la respuesta es no. Busca a otra. O espera un poco, que en este mundillo todo acaba sabiéndose. Además, yo ni siquiera investigo el asesinato.

—No quiero esperar. Y aunque no te hayan asignado el caso, puedes averiguar los nombres de esa lista. No me trates como a una novata.

—Me utilizaste. ¿Y ahora vienes pidiendo favores?

—No seas llorica. Yo he recibido una carta del asesino y tú puedes conseguirme esa lista. Estaba escrito. El destino quiere que volvamos a lo nuestro.

Casas exhaló una risa ahogada.

—No quiero volver a nada; tuve más que suficiente. Y no es ninguna casualidad cuando te has trajinado a la mitad de las lesbianas del Cuerpo Nacional de Policía.

—A un veinticinco por ciento como mucho.

—Cachondéate todo lo que quieras, pero de mí no vas a sacar nada.

A pesar de la firmeza de la inspectora, Lidia conocía su punto débil, que no estaba lejos de su punto G.

—Si me haces ese favorcillo, te haré pasar un buen rato. Ya sabes cómo me gusta encajar la cabeza entre tus piernas…

Un silencio agudo entró en la conversación.

—¿Te has quedado muda, inspectora?

—Trato hecho.

—Eres una salida de mucho cuidado, ¿lo sabes, Sandra?

—Mira quién fue a hablar. En un rato tendrás la lista de sospechosos. En el correo ese que me diste, el de las siglas…

—Perfecto. Gracias.

—Pronto me pasaré por tu casa a cobrarme el favor.

—Y yo te pagaré encantada. Mmmm…

Lidia colgó tras ronronear como una gata.

Se fue a la cocina con el ánimo mejorado y se preparó un vaso de leche. Regresó al salón con la bebida caliente en una mano y una magdalena en la otra, que mojó en el líquido blanco mientras rumiaba.

«Tengo que empezar a moldear el reportaje. Es una carrera de fondo, pero lo ideal es ponerse a correr cuanto antes. Y necesito un cámara que corra conmigo».

Llamó a Ernesto Rey, el operador de cámara *free lance* con el que había estado trabajando en *La Verdad*.

—¿Qué pasa, Lidia?

—Necesito hablar contigo en un lugar concurrido. Me da que estoy bajo vigilancia.

—Lo normal, ¿no crees? «El que no quiera polvo que no vaya a la era», decía mi padre.

Recordó la toma de declaración que completó en el despacho del juez de instrucción. Almarcha —haciendo honor a su cargo— le dio instrucciones sobre cómo proceder tras recibir la correspondencia del asesino, si es que volvía a contactar con ella. En presencia del fiscal, Trapé asintió a todo lo que le ordenó su señoría, mientras pensaba: «Lo que tú digas, chato».

—Dime cuándo y dónde —rogó Ernesto, que parecía tener prisa por zanjar la conversación.

—En la plaza de la Independencia, en el Cappuccino Café. A las cuatro. Estaré esperando en la barra.

—En esa cafetería nos van a sablear.

—En los locales que tú frecuentas todo está manga por hombro. No quiero tener a un desconocido pegado a la espalda. Podría ser de la pasma, ¿lo pillas, coletudo alopécico?

—Lo pillo, lesbi tocapelotas.

Salió de la boca del metro; de haberse tratado de una boca humana, habría emergido velada por un manto de vaho.

Un hombre la golpeó en el hombro al pasar por su lado.

—Disculpe.

—Nada.

«Haga frío o calor, Madrid siempre está lleno de turistas», pensó quejosa, abrumada por el gentío.

Clavó la mirada en la Puerta de Alcalá sin dejar de caminar. Su parecido con los arcos de triunfo romanos la transportó por un segundo a otra época. Se quitó el gorro y la braga mientras observaba sus tres arcos de medio punto y sus dos adintelados, sus lemas, armas, banderas y cornucopias, el escudo de España…

Entró en el café y se sentó en la barra.

—Buenas tardes —la saludó una camarera desde el otro lado, ataviada con un traje oscuro y una pajarita que le daba un toque alegre al conjunto—. ¿Desea tomar algo?

—Estoy esperando a un amigo.

La joven asintió y se retiró a atender a otros clientes.

El interior combinaba la elegancia clásica con toques modernos. Techos altos adornados con lámparas colgantes, sillas de terciopelo, mesas de mármol, paredes decoradas con obras de arte y espejos… Una cafetería refinada y, por lo tanto, cara.

Ernesto entró como si fuera un aldeano obligado a pernoctar en el castillo del conde Drácula.

—A vaya sitio de pijos me has traído —espetó antes de sentarse en el taburete de al lado.

—Yo invito, así que deja de quejarte.

Llevaba el pelo recogido en una cola de caballo. «Mucho por detrás y poco por delante», pensó la periodista. A Lidia no le entraba en la cabeza que Ernesto se mirara en el espejo y no se escandalizara ante aquel flagrante «quiero y no puedo». «Rapado estarías más guapo», le había aconsejado en más de una ocasión. «Cuando tú te quites la cresta de gallo esa que llevas, yo me cortaré la coleta», había contestado en todas las ocasiones. Y la periodista exhaló un *«touché»*. Lo mismo que le sorprendía que le gustase verse con aquellas pintas de viejo que no sabe envejecer le impresionaba su personalidad. Lidia no consentía que nadie se inmiscuyera en su vida privada y le gustaba juntarse con personas afines a su filosofía.

Pidieron dos cervezas y se sentaron a una mesa.

—Bueno, pues cuéntame —rogó Ernesto tras dar un sorbo.

—Hay que entrar en el meollo de la cuestión —dijo Lidia en un tono de voz conspirativo—: Quién es el Hombre de Escarcha.

—Pero ahora ¿no colaboras con la Policía Judicial? —preguntó el camarógrafo con retintín.

—El juez de instrucción cree que me tiene atada en corto. Hace un par de días instalaron cámaras en mi bloque de pisos. No vi a nadie colocándolas ni he visto las jodidas cámaras, pero sé que están ahí.

—¿No estarás un poco paranoica?

—No. Tengo la oportunidad de completar un reportaje único que nos dé los galones que merecemos. Daremos los primeros pasos entrevistando a los sospechosos que baraja la Policía. Y se…

—Dices que empezaremos haciendo entrevistas —la interrumpió—. O sea, nada del otro mundo. Pero al mismo tiempo hablas de un reportaje sin precedentes. ¿Qué me ocultas? No dejaste *La Verdad* para seguir haciendo lo mismo. Querías carta blanca, ser tu propia jefa. ¿Y me hablas de entrevistas? Desembucha, anda. Y mide bien tus palabras; si me tomas por gilipollas, tendrás que buscarte a otro operador de cámara, y ninguno será tan cabeza hueca como para seguirte. Solo hay un Ernesto Rey.

—Ser paciente no va contigo. ¿Tienes que entrar siempre a saco? ¿Por qué crees que todo el mundo confabula a tu alrededor?

—Gajes del oficio.

—Ya. Pues si me hubieras dejado explicarme un poco más, te habría informado de que tú grabarás la entrevista que le haré al asesino.

—¿Pedirás cita en la cárcel?

Lidia no supo distinguir si estaba siendo sincero o irónico.

—Entrevistaremos al asesino antes de que lo detengan.

—¡Te has vuelto loca! —Lidia chistó mientras apretaba el brazo de Ernesto, que bajó el tono—. ¿Y puede saberse cómo piensas lograr esa temeridad, que además puede mandarte a la cárcel?

—Con muxo cuidao. Y si yo voy a la cárcel, tú te vienes conmigo.

—Será si acepto.

—Pues claro que vas a aceptar.

—A regañadientes.

Sonrieron.

—Ya pensaremos en los cómo cuando desenmascare al Hombre de Escarcha. La piedra angular del documental será mi relación con el asesino y cómo descubrí su identidad, y lo decoraremos con datos incriminatorios sobre la mala praxis que esconden las investigaciones policiales. Por el momento entrevistaremos a quienes constan en la lista que me ha conseguido una de mis fuentes. Tiraremos de la lengua de algún inspector retirado... Me vienen a la cabeza un par de corruptos que podrían dar bastante juego. Les prometeremos que no desvelaremos nuestras fuentes, y bla, bla, bla, y los untaremos si hace falta. Mientras tu amigo piratea los terminales invertiremos nuestro tiempo en hacer lo de siempre.

—¿Quieres que JM *crackee* los ordenadores de los sospechosos?

Lidia no conocía el nombre real del amigo *cracker* de Ernesto.

—No. Quiero que instale un *software* espía, de esos que pueden instalarse de forma remota en un teléfono inteligente. Al estilo de Pegasus. Quiero tomar el control del dispositivo, incluido el acceso a mensajes desde aplicaciones como WhatsApp, y encender el micrófono y la cámara cuando se me antoje.

—¿En qué momento se te ha ido la olla del todo? Se va a negar.

—De eso nada.

—Y tanto que sí. Se cagará encima cuando averigüe que esos tipos son sospechosos de asesinato. No se va a manchar las manos por un par de miles.

—Adiós al coche nuevo —murmuró Trapé.

—¿Qué?

—Nada. Los *crackers* que actúan en la *dark web*, donde tu amiguito hace sus pinitos, pueden conseguirte documentos falsos, incluidos permisos de conducir igualitos que los de verdad, por cuatrocientos pavos. Un documento de identidad europeo cuesta unos quinientos, un pasaporte americano, unos cuatro mil quinientos… Yo le pagaré veinte mil. Entiendo el riesgo, y se lo compensaré.

—Por veinte mil me rapo al cero y me hago monje.

—No me tientes.

—¿Y si el Hombre de Escarcha no consta entre los sospechosos que baraja la Policía?

—Pues habré perdido veinte mil euros y un tiempo valioso. Pero así funciona la investigación periodística.

—No creo que JM rechace esa cantidad. Más tarde iré a hacerle una visita.

—Pues de momento es todo. Te llamaré si averiguo algo interesante. Si me llamas por teléfono, no nombres el reportaje. No me apetece rendirle cuentas a ningún juez.

Lidia se incorporó y caminó hacia la barra.

—¿Qué le debo?

—Quince euros.

—¿Quince? —refunfuñó Ernesto.

Lidia abrió su bolso para sacar el monedero.

—No puede ser —susurró. Los ojos de la periodista no podían despegarse del interior del bolso.

«¿El tipo que me ha golpeado en el hombro al salir del metro? —sopesó, conmocionada—. Ni siquiera le he visto la cara».

—¿Qué pasa? —preguntó el camarógrafo con la frente arrugada mientras la camarera esperaba su dinero.

—Ha estado tan cerca de mí que podría haberme susurrado al oído —pensó en alto.

—¿Quién?

Lidia se inclinó hacia su amigo y le habló en voz muy baja al oído:

—El Hombre de Escarcha.

—¿Qué?

—Ha metido un sobre en mi bolso sin que me percatara.

—Dios santo.

Lidia cogió veinte euros del monedero con precipitación y los dejó sobre la barra.

—Quédese con el cambio.

—Gracias —dijo la currante con una reluciente sonrisa por encima de su pajarita.

—Y encima le da propina —renegó Ernesto una vez más.

—¿Podemos ir a tu casa a ver qué contiene? Palpo algo rígido dentro; podría ser un *pendrive*.

—Ábrelo y salgamos de dudas.

—Ni de coña. No me fío de la mitad de los clientes. Esos dos de ahí, los que han entrado cuando nos servían las cervezas…

Lidia señaló a dos tipos sentados a una mesa esquinada que parecían conversar amigablemente.

—No seas paranoica.

—¿Podemos ir a tu casa o no?

—Pues claro.

Paloma del Moral

Hospital Obispo Polanco, Teruel

Un hombre me encontró en ropa interior en el arcén de la N-211.

Volví en mí dentro de la ambulancia.

Cuando me tumbaron en la cama del hospital caí en un sueño profundo. Soñé con César, con sus últimas palabras: «¡Sal por la ventanilla!». Pero, al despertar, ni el mal sueño ni el recuerdo del Hombre de Escarcha me causaron más amargura de la que llevaba arrastrando desde el accidente. Más bien lo contrario.

La mente es extraordinaria.

«Me narcotizó y me metió a presión en una maleta», pensé. Costaba creerlo.

Me dieron el alta al día siguiente. Más que dármela, la exigí.

—Del hospital a la casa del sospechoso —dijo Toño en cuanto me acomodé en el asiento del copiloto—. Sí, señora, con un par. No puedo ser más fan de la Chica de Hielo. ¡Nunca sospeché que tenía a una superheroína de compañera!

Toño rompió a reír como un descerebrado al tiempo que giraba la llave en el contacto y yo ponía los ojos en blanco. Pero, por primera vez desde la muerte de su hermano, a mi gesto lo acompañó una sonrisa.

La mente es extraordinaria.

Me explicó lo que le había contado el cuidador, un tal Bruno, mientras conducía hacia la residencia de Diego Fresneda, quien, a causa de mi repentino secuestro, había pasado del último puesto del calendario al primero.

—Disfrutaré de ella el tiempo que me quede. —Parecía haber asumido que tarde o temprano su madre lo olvidaría.

Mi prisma cambió en todos los sentidos. Su insistente preocupación por mi bienestar dejó de molestarme. No volvería a llamarlo pelmazo.

—¿Y qué tal es viajar dentro de una maleta? —me preguntó.

—Se va un poco apretada, pero no está mal. A ti tendría que haberte descuartizado y usado tres maletas, una solo para la cabeza.

Mi humor negro también parecía estar de vuelta.

Toño esbozó una sonrisa cómplice.

El Hombre de Escarcha había supuesto un antes y un después.

Mi *affaire* con la muerte me había sentado mejor de lo esperado.

No consentí coger ni uno de los días de descanso que me ofreció Rojas. Pasamos por alto la burocracia, la visita de rigor al psicólogo… ¿Por qué tomarme unas vacaciones si me encontraba bien y un asesino andaba suelto?

No hubo trauma más allá del escalofriante recuerdo ni más estrés policial del acostumbrado. Lo único que el Hombre de Escarcha dejó en mi cuerpo fue un frío momentáneo y ganas de salir del agujero. La mente es extraordinaria, insisto. En vez de disuadirme con su prueba de frío, me dio el empujón que pedía a gritos. Soportar lo que experimentó Belén me regaló un motivo para alcanzar mi mejor versión, la que tanto echaba Toño de menos. Me propuse cambiar el pasado por el presente, sin olvidar. Nunca dejaría de besar la foto de César antes de marcharme y al llegar a casa, pero los besos de amor tristes pasarían a ser besos de amor felices, por haberlo tenido. Es mejor amar y perder que no haber amado nunca.

«Te voy a cazar —pensé mientras circulábamos por la calle Llanos de San Cristóbal, una vía estrecha flanqueada por fincas de olivos y parcelas invadidas por hierbajos en la que, de vez en cuando, aparecía un chalé cercado por muros—. Rodrigo Álamo, Molina de Aragón. Adrián Guerrero, desaparecido en el mismo pueblo. Javier Bugallo, Calamocha. Diego Fresneda, Teruel…

»Empezamos por ti, Diego».

—Que empiece la fiesta —dijo Toño tras tirar del freno de mano, como si me hubiera leído la mente.

Paloma del Moral

Calle Llanos de San Cristóbal, Teruel

—Es raro no haber visto furgonetas de la tele —me maravillé.

—Ya, bueno, dales tiempo. Los nombres de la lista aún no se han filtrado. Pero tranquila, que no se les resistirán.

—¿Te encargas de hacer las preguntas?

—Claro.

—Yo me dedicaré a analizar sus gestos y...

El recuerdo de su cuerpo en calzoncillos, de la careta, del aire helado atacando mi cuerpo por los cuatro costados, de la cámara grabándome sobre un trípode... consiguió que no terminara la frase.

—¿Estás bien? —se preocupó Toño.

—Sí.

Antes de apearnos cogimos de la guantera una bolsa para pruebas y dos pares de guantes de nitrilo. Haríamos las veces de criminólogos y criminalistas. Tanto Toño como yo habíamos realizado un curso de perito judicial criminalístico, por lo que teníamos algo de experiencia. Jugaríamos a lo que nosotros llamábamos «El Indicio». Pocas veces un asesino te deja husmear en su casa, tomar muestras. Y nosotros andábamos sin una orden de registro. La predisposición a dejarnos investigar por su casa era signo de inocencia. Le pediríamos una coartada y, de no tenerla preparada, le rogaríamos que nos dejara inspeccionar la casa y el maletero de su todoterreno, y su propia actitud se encargaría de fijarlo o apartarlo de nuestros puntos de mira. Jugaríamos a El Indicio. Cada pareja de inspectores tiene su manual particular, y Toño y yo lo usábamos en función de los componentes del caso; y en esa ocasión, no teníamos ni una sola prueba inculpatoria, solo un puñado de indicios que habían dado como fruto una lista.

Toño llamó al portero automático.

Esperamos, pero no obtuvimos respuesta.

«Nadie puede ser tan idiota», pensé ante su supuesta ausencia.

—Estaba avisado —dijo Toño—. Empezamos bien si se ha dado a la fuga. Y no estoy siendo irónico: Almarcha lo declarará en busca y captura, y además sin despeinarse. Es lo bueno que tiene el Torcido, que no vacila.

—No te burles de los problemas de espalda del juez; él podría llamarte Gordo Cabrón y no lo hace.

—No voy a enfadarme si Almarcha me llama Gordo Cabrón, porque estoy gordo y soy un cabronazo, ni él debería molestarse porque yo lo llame el Torcido, porque anda más inclinado que la Torre de Pisa.

—Menuda filosofía…

La puerta corredera se abrió lenta y chirriantemente.

—Le ha costado sacar los cadáveres del armario —susurró Toño, sonriente.

—¡Pueden aparcar el coche delante del garaje! —gritó Fresneda desde la puerta de la casa.

—¡Gracias! —chilló mi compañero, con su característico aire despreocupado.

Toño entró con el coche; yo anduve por el camino adoquinado que conducía a las escaleras del porche. La parcela tenía al menos dos mil metros cuadrados, con un espacio reservado para el césped y los árboles frutales, otro, para una piscina desmontable, otro, para un pequeño invernadero…

Procedimos con las presentaciones y los estrechamientos de mano de rigor.

—Entremos, que aquí hace fresco —dispuso mientras se frotaba las manos.

La serenidad de Fresneda me llamó la atención.

Nos condujo hasta un gran comedor con vigas barnizadas a la vista, cestas decorativas de mimbre, cortinas y cojines de lino rojizos y verde oliva, paisajes naturales y bodegones colgando en las paredes… Me fijé en sus facciones. Moreno, con el pelo corto y abundante. Ojos grandes. Nariz de tabique recto y boca pequeña… Si estábamos allí era porque daba el perfil, pero ¿hasta qué punto? Examiné el tamaño de su cabeza, el color de sus ojos —pude ver los del Hombre de Escarcha a través de los agujeros de su careta de monstruo de hielo, azules como un zafiro—, su altura, sus manos, su cuello… Cuarentones con aquellas facciones los había a puñados. Pero Diego Fresneda tuvo un percance asociado con el frío que acabó en muerte, y eso lo hacía especial. Conducía un todoterreno, medía en torno a un metro ochenta, vivía en una casa alejada del mundanal ruido, en una de las tres localidades que formaban el Triángulo de Hielo…

«Pudo ponerse lentillas», pensé.

Sentados en una larga cheslón, mientras él lo estaba en una poltrona, empezó la entrevista:

—¿Sabe por qué estamos aquí? —preguntó Toño.

—Supongo que creen que soy el tarado ese que mata de frío. Me he enterado por la radio de que la Policía ha creado un perfil del asesino. Y ahora están ustedes aquí. Blanco y en botella… Soy de Teruel, vivo solo y en una casa a las afueras… Supongo que me ajusto al perfil. Sobra decir que yo no he matado a nadie…

Tenía una voz parecida a la del hombre que me secuestró, pero no era idéntica. «La voz puede modificarse. Puede fingirse una voz gruesa o una voz más fina. Y el Hombre de Escarcha llevaba puesta una careta de plástico, factor que se la alteraba ligeramente».

—¿Dónde estuvo los días nueve y diez de este mes?

—Aquí. Trabajando, cuidando del huerto, viendo la tele… Supongo que habrán visto afuera el invernadero, donde cultivo lechugas, tomates… Me gusta saber lo que como, al menos de vez en cuando.

—¿Estuvo con alguien?

—Más solo que la una. Entre semana no suelo salir de casa. Con el frío que hace, mejor quedarse en casa calentito, ¿no creen?

«La chimenea está apagada —advertí, recelosa—. Y la calefacción no parece estar encendida. No puede decirse que haga frío, pero ninguno de los dos nos hemos quitado los abrigos. A causa de su patología, el Hombre de Escarcha no encendería ningún tipo de climatización, por lo menos estando a solas. Yo misma he contemplado cómo le gusta enfrentarse al frío. No obstante, un tipo inteligente habría encendido la chimenea para despistarnos. O no, para hacernos creer que su comportamiento no cuadra con el de un asesino inteligente. Antes de entrar se ha encogido y frotado las manos aparentemente aterido… Y el Hombre de Escarcha ni siquiera tembló durante la prueba. ¿Finge?».

Empezaba a sentirme perdida en un laberinto de posibilidades.

—¿A qué se dedica, señor Fresneda? —prosiguió Toño.

—Soy programador. Desarrollo *software*, principalmente.

—Tengo entendido que de los trabajos que se pueden desempeñar desde casa es de los mejor pagados.

—Me gano bien la vida, no lo negaré.

—¿Esta casa tiene sótano? —pregunté.

—No.

—¿Nos permitiría echar un vistazo por la casa al terminar la entrevista?

—Pueden husmear todo lo que quieran.

—Se lo agradecemos. —Intenté mostrarle una sonrisa, pero me salió una extraña mueca a caballo entre la incomodidad y la confusión.

—Pero antes de dejarnos husmear —dijo Toño—, ¿puede hablarnos de la muerte de su madre?

Fresneda suspiró mientras los ojos se le empañaban.

—No me gusta hablar de aquella desgracia. Pero dado quiénes son ustedes, haré un esfuerzo. —Mi compañero levantó el pulgar—. Yo tenía nueve años. Pero hay partes que se han grabado en mi mente. Mi madre quiso ir a la laguna de Bezas, en la sierra de Albarracín. Mi padre estaba trabajando en aquel momento y ella era bastante impulsiva. Aquella semana hizo un frío terrible, y eso que los turolenses estamos acostumbrados a las bajas temperaturas. Se me quedó incrustada una de sus frases: «¿Nos vamos a dar un garbeo por la sierra?». Yo contesté que sí, claro. Me encantaba, y me encanta, estar en comunión con la naturaleza. Cuando el tiempo acompaña, no con el frío que hace estos días. La cuestión es que llegamos a la laguna de Bezas y le pareció divertido caminar por encima del hielo. Cuando apenas nos habíamos distanciado de la orilla, se coló por un agujero. Estaba y de pronto no estaba. No es que el hielo cediera, como publicaron los medios locales, sino que alguien hizo un boquete y mi madre no se percató. Siempre me he arrepentido de no haberme sumergido a buscarla, pero, no les mentiré, me entró un miedo paralizante. Empecé a llamarla a gritos, entre llantos… En fin. Pueden imaginárselo. Cuando entendí que no iba a salir, corrí en busca de ayuda. Encontré a una pareja que hacía senderismo. Él corrió a su coche y condujo hasta un restaurante cercano y llamó a la Policía. Según la autopsia, se dio un golpe en la cabeza con el borde del hielo y una corriente interna hizo el resto. Tardaron tres días en encontrar su cadáver. No somos nada. Lourdes Montilla Fernández murió porque a alguien le pareció divertido hacer un boquete en el hielo. —Los ojos de Fresneda flirtearon con las lágrimas, pero ninguno llegó a derramar una—. La fatalidad se cebó con mi familia. Tres años antes, mi hermano Carlos había muerto a causa de una afección crónica de las vías respiratorias. Mi padre y yo nos quedamos hechos una piltrafa tras la muerte de mi madre. Nos dio la puntilla, por así decirlo. La convivencia no fue nada buena con mi padre a partir de entonces. En cuanto pude independizarme, lo hice.

Conocíamos el fallecimiento de su hermano Carlos a los cinco años de un ataque de asma. Me sorprendió que Fresneda lo llamara «afección crónica de las vías respiratorias». No obstante, se trataba de un hecho aislado sin relación con el frío.

—¿Dónde está ahora su padre? —interrogó mi compañero.

—Murió de cáncer hace unos siete años.

—Lo siento. Ha dicho que nos dejaría echar un vistazo por la casa, ¿me equivoco?

—No se equivoca.

—¿Y nos permitiría también tomar una muestra de tejido de su todoterreno?

—Lo que necesiten. ¿Les parece que empecemos por el garaje?

Nos mostró su conformidad levantándose de la poltrona.

Recogimos muestras de fibra de su Land Rover.

Fresneda nos observó proceder con el gesto relajado.

Nos dejó seguir con la inspección ocular mientras él trabajaba en el salón. Fresneda era un hombre ordenado. Puse especial atención en el tamaño de las habitaciones y en si alguna había sido pintada recientemente, pues, de no haber usado masilla y pasado la brocha, se apreciarían las marcas de haber quitado los aires acondicionados. Ninguna coincidía con la sala en la que me sometió a la prueba de frío. Ni siquiera el garaje, más pequeño incluso.

«Podría haber utilizado un emplazamiento distinto a su vivienda habitual».

Jugamos a El Indicio y no dio síntomas de culpabilidad. Si Fresneda era el Hombre de Escarcha, era sin duda el mejor jugador al que me había enfrentado.

Paloma del Moral

Calamocha, Teruel

Tardamos tres cuartos de hora en llegar al pueblo más frío de España, que se alza en medio de la extensa llanura del río Jiloca. Uno de los principales polos productores del jamón de Teruel, con una población en torno a los cuatro mil quinientos habitantes.

Pisamos poco sus calles: como el anterior sospechoso, Bugallo vivía a las afueras del pueblo.

—¿Y a este qué le pasó? —preguntó Toño mientras conducía por la estrecha y bacheada calle Carretera Morata—. Refréscame la memoria.

—¿Refréscame la memoria o es que no te has leído el informe que redacté sobre los traumas de los sospechosos?

—Lo segundo.

—Mira que eres perro. En fin. Cuando tenía dieciocho años, Javier y su hermano Pedro, de veinte, se pusieron hasta el culo de droga y tuvieron la brillante idea de ir a robar jamones a unas instalaciones frigoríficas para curado que hay a las afueras de Calamocha. Su hermano se quedó encerrado en los secaderos y en aquel momento la temperatura rondaba los tres grados. Javier corrió hasta una comisaría de la Guardia Civil con las pupilas dilatadas, pero cuando la ambulancia llegó su hermano ya la había diñado. El muchacho entró a robar en camiseta de tirantes y pantalón corto. Días más tarde, el forense diagnosticó un trastorno metabólico que ni el mismo fallecido conocía que aceleró su muerte por hipotermia. Que fuera hasta arriba de drogas y alcohol tampoco ayudó demasiado. De aquello han pasado casi treinta años, pero seguro que Javier no lo ha olvidado.

—Mira, tus amiguitos —dijo Toño, irónico—. ¿No los echabas de menos?

Aparcadas en fila india en el arcén, invadiendo medio metro de calzada, tres furgonetas de canales de televisión me alteraron el ánimo. Los periodistas y los camarógrafos aguardaban nuestra llegada a las puertas del chalé de Javier Bugallo, como perros rabiosos atados en corto.

—Tú aparca ahí mismo. —Señalé un apartadero delante del muro del chalé—. Déjame hablar a mí.

—Claro: la estrella de la función.

En cuanto pusimos un pie en el arcén, arremetieron con preguntas: ¿por qué el asesino la ha dejado con vida, inspectora Del Moral? ¿Qué vivió durante esas tensas horas de secuestro? ¿La sentó en la silla de la sala de los aires acondicionados? ¿Por qué el Hombre de Escarcha le envía correspondencia a la periodista de investigación Lidia Trapé?…

—Me encuentro bien, gracias —contesté, aunque nadie se hubiera preocupado por mi bienestar—. Por favor, despejen la entrada. No haremos ningún tipo de declaración. El gabinete de prensa los mantendrá al corriente de los avances en la investigación.

—¡Desalojen la zona! —ordenó Toño.

Los periodistas se apartaron unos metros, pero siguieron grabándonos.

Llamé al timbre mientras los periodistas seguían haciendo preguntas a nuestra espalda.

Bugallo abrió en persona con gesto de agobio y nos instó a entrar con un ademán hostil.

Nos colamos dentro con la soltura de una lagartija.

El ruido de los periodistas quedó aplacado por la puerta corredera de acero.

—Perdonen mis prisas, inspectores, pero es que llevan un rato ahí dándolo todo y…

—Tranquilo, señor Bugallo —dijo Toño, comprensivo—. Sabemos bien a qué se refiere.

Dejando a un lado los pequeños detalles, la casa de Bugallo y la de Fresneda eran de aspecto parejo. Aquellos muros eran más altos y el jardín estaba algo más descuidado y no disponía de piscina, pero destilaba más color gracias a las flores plantadas en las esquinas del cercado. La casa de Bugallo estaba pintada de color blanco hueso, y la de Fresneda, de un sutil pajizo…

—Buenos días —saludé yo una vez dentro, y paseé la mirada por su cuerpo—. Discúlpenos un momento, señor Bugallo.

Con un gesto de cabeza, le pedí a Toño que nos distanciáramos del sospechoso.

—Es demasiado grueso —le comenté, a unos metros de Bugallo.

—Pues *next*.

No hay mal que por bien no venga. Si el Hombre de Escarcha no me hubiera secuestrado, Bugallo habría dado el perfil y nos habría hecho perder un tiempo valioso. Me volví, por tanto, hacia el hombre demasiado rechoncho y hablé resuelta:

—Cambio de planes, señor Bugallo. No da usted el perfil.

—¿Se van, entonces?

—Sí.

—¿Y piensan volver o…?

—No cuente con ello.

—Pues es un consuelo.

—Imagino.

Nos despedimos y sorteamos una vez más la marabunta de periodistas.

Paloma del Moral

Molina de Aragón

Siguiendo el horario previsto, comimos en un restaurante de carretera. Tras saciar nuestro apetito, retomamos las entrevistas. ¿El siguiente de la lista? Rodrigo Álamo.

Toño condujo mientras el río Gallo se alargaba a lo lejos.

Tardamos una hora en plantarnos ante la puerta de metal negra encajada en un muro de piedra rojiza. Agradecí no encontrar a la prensa dando la murga. El chalé del sospechoso se encontraba entre dos campos de trigo, al borde de una carretera angosta sin arcén ni línea divisoria. Una vivienda solitaria, que encajaba a la perfección con lo que andábamos buscando.

Llamamos al timbre, nos presentamos…

El día empezaba a parecer un prolongado *déjà vu*. Carreteras, muros, jardines, fachadas, hombres semejantes. El frío tampoco parecía dispuesto a aportar un cambio de escenario; seguía provocando escalofríos en quienes se interponían en su camino. La nariz de Toño se puso roja tras recibir el viento helado que mecía las copas de los árboles del huerto de enfrente.

Las medidas de Álamo coincidían. Lo dejé en gayumbos mentalmente y le coloqué la careta de monstruo de hielo. «Este y Fresneda sí podrían ser el Hombre de Escarcha», medité mientras el sospechoso nos acompañaba adentro vestido con un pantalón de chándal gris y una sudadera negra, abrigado con una chaqueta acolchada y una braga.

Al entrar en la casa, Toño se quitó el abrigo. Yo me deshice del mío con apuro. Álamo, de su chaqueta y la braga… Dentro hacía un bochorno exagerado.

«Tiene la calefacción a tope —pensé—. El Hombre de Escarcha no consentiría esta temperatura. Tiene la casa como el puto infierno».

Nos sentamos en un sofá de tres plazas amarillo. Él, en una butaca del mismo color. La decoración y los muebles eran más modernos que los de la casa de Fresneda. No llegamos a pisar la de Bugallo.

«Tiene los ojos azules, como el asesino, y es rubio».

«Pudo ponerse lentillas». Tuve el mismo pensamiento que en el salón de Fresneda.

Empezaba a sentirme agobiada, y el calor que hacía en aquella casa incrementó mi malestar.

Toño procedió con las preguntas de rigor.

No pudo darnos una coartada. «Estuve solo», y bla, bla, bla.

Álamo trabajaba en las oficinas de una cadena de supermercados. De lunes a jueves teletrabajaba y el viernes se desplazaba a las oficinas de Teruel a currar desde un cubículo.

«Pero a Belén Rivera no la secuestraron ni la mataron un viernes», discurrí, acalorada. Me fijé en que el sospechoso tenía la frente empapada cuando Toño se secaba la suya con el dorso de la mano.

Cuando mi compañero le preguntó por su infortunio con el frío, contestó con tristeza en la voz:

—Mi hija tenía diabetes, que, por si no lo saben, afecta a la hora de regular la temperatura del cuerpo. Hace ocho años se cayó a una acequia cuando los termómetros marcaban bajo cero, mientras jugaba con sus primas. Aquel día estaba a cargo de mi hermana y ella…, en fin. Dejémoslo en que tuvo mala pata. Un detalle insignificante, un paso en falso y todo se va a la mierda. —La mirada de Álamo se perdió en las vetas del parqué—. A los dos años, mi mujer me pidió el divorcio. Y con razón. Aquello ya no era un matrimonio, sino un entierro que se estaba alargando demasiado.

A pesar del tema delicado, Toño meó fuera del tiesto; no obstante, lo consideré una meada inevitable.

—Usted mismo está sudando como un cerdo. ¿Se puede saber a qué viene este bochorno?

Toño parecía un miura rasgando la tierra con las patas.

—Voy a bajarla —dijo Álamo con apuro—. Me gusta la calefacción alta, pero si a ustedes les molesta…

—No. —Lo frené cuando se incorporaba—. Lo de la calefacción no ha sido buena idea. Ha querido sacudirse nuestras sospechas, ¿verdad? En cuanto se le notificó que íbamos a venir, se puso a investigar sobre el Hombre de Escarcha, sobre el asesino del que habla todo el mundo. Entendió que daba usted el perfil y trató de no darlo. Si el asesino ama el frío, yo amo el calor, pensó, ¿cierto?

—¿En serio? —preguntó Toño, retórico, con cara de no poder creérselo. El sospechoso se mantuvo en silencio, con gesto tenso, mientras pasaba con la mirada de mi rostro al de mi compañero—. ¿Ha puesto usted la calefacción a *full* para no ajustarse como sospechoso? ¿Es usted lerdo, señor Álamo? ¿Ha intentado engañarnos? Porque eso puede traerle problemas, y graves…

Toño se puso en modo aprietatuercas.

—Lo siento. Supongo que veo demasiados *true crimes*. —El sospechoso intentó quitarle hierro al asunto, pero ninguno de los dos cambiamos nuestras caras de malas pulgas—. A veces, la Policía se empecina en que alguien es el asesino y le hunden en la miseria. Como le pasó a Dolores Vázquez o… —No pareció venirle a la cabeza ninguna persona más acusada injustamente por un tribunal—. Yo mismo busqué a Belén por el monte cuando desapareció.

No soy el Hombre de Escarcha. Entiendo que dé el perfil, porque vivo solo y esas cosas, pero no me parece lógico que un hombre que ha perdido a su única hija por hipotermia someta a mujeres a pruebas de frío, como hizo con usted misma, inspectora. ¿A ustedes sí les cuadra?

No contestamos a su pregunta. Álamo parecía estar realmente aterrado por verse envuelto en un juicio mediático que dañara gravemente su imagen. Sin embargo, durante el devenir de mi carrera me había cruzado con auténticos maestros de la interpretación.

Le dejamos que bajara la calefacción. Tener ocurrencias estrambóticas no estaba penado por ley, siempre y cuando esas idioteces no le causaran daño a nadie. Y a nosotros solo nos habían causado un sofoco. No teníamos nada en su contra al margen de una hipótesis sobre ciertas características del Hombre de Escarcha. No obstante, su modo de actuar me suscitó una pregunta: «¿Es un lerdo con ideas de bombero o más listo que el hambre?».

Su casa sí tenía sótano.

Como Fresneda, nos dejó tomar muestras de su todoterreno y echar un vistazo por la vivienda. Tras pillarle con el engaño de la calefacción, se desvivió por enseñarnos hasta el último rincón de su casa. Incluso abrió cajones y armarios. Pero el tamaño de las habitaciones tampoco coincidía con el de la sala de los aires acondicionados, ni siquiera el sótano, grande, con estanterías llenas de trastos y cañerías rojas por las paredes.

«Pudo colocar un muro de pega —me dije—. Pero algún tipo de señal perduraría…».

Como en la vivienda de Teruel, ninguna sala parecía haberse pintado en las últimas semanas.

También jugamos a El Indicio con Rodrigo Álamo y, a pesar de su desliz con la temperatura, nos puso cara de póker.

Antes de entrar en el coche recibí una llamada de Tomás Lindo, el denunciante de la desaparición de Adrián Guerrero. La Guardia

Civil se empleaba a fondo, pero Guerrero, quien daba el perfil tanto o más que Álamo y Fresneda, no daba señales de vida. Tras las dos entrevistas y el descarte de aquella mañana, Guerrero se postulaba como principal sospechoso, a un indicio sustancial de convertirse en imputado.

—Mi perro ha comido algo y no se encuentra bien —me informó Lindo—. Temo que pueda haber ingerido veneno o…, no sé. —Se le notaba desbordado—. ¿Podemos retrasar la entrevista?

—No se preocupe. ¿Le viene bien mañana a las once?

—Estupendamente, gracias.

Colgué y Toño me miró con ojos cansados.

—¿En serio, estando aquí, nos vamos a marchar sin completar las entrevistas?

—Tomás Lindo no da el perfil. Y necesitamos hacerle las preguntas correspondientes e inspeccionar la casa de Guerrero, que ahora mismo es nuestra mejor baza. No me apetece ir con prisas. La Policía Científica investigó la vivienda del desaparecido, o del fugado, llámalo como quieras, pero a veces cuatro ojos ven más que una decena.

—Sobre todo cuando esos ojos son de lince.

Sonreí de medio lado.

—Necesito hablar con Almarcha.

—¿Por?

—Quiero pedirle que proceda con un par de diligencias.

Lidia Trapé

Calle de Enrique García Álvarez, Madrid

El domicilio de Ernesto era un cliché de las películas de terror. La periodista no imaginó un piso de soltero reluciente, menos aún cuando su amigo no esperaba visita, pero tampoco latas de refresco aplastadas encima del sofá.

—Si algún día quieres deshacerte de una mujer, tráela a este cuchitril —le aconsejó antes de apartar una silla de la mesa del comedor.

—La mujer de la limpieza pasa los jueves.

—¿En serio?

—No.

La periodista puso los ojos en blanco mientras negaba con la cabeza.

—Abre el sobre y deja de comportarte como mi madre.

—Eh, relax. Tendré que avisar al juez. Una cosa es ir a mi aire, y otra, desobedecer a su señoría. —Pronunció la palabra «señoría» con mofa—. Y no creo que ese arrogante de mierda me dé permiso para publicarlo esta noche. Eso si no cambia de idea y me lo prohíbe. Pero salga o no a la luz, el contenido de este sobre aparecerá en el reportaje.

—Voy a por unas birras —anunció Ernesto—. Por cierto, me han costado cincuenta céntimos cada una.

—Mira que estás pesadito con el precio de las cervecitas…

—Odio que me sableen.

—¡Pero si he pagado yo!

—Aun así.

Lidia volvió a poner los ojos en blanco.

—Ve a por las cervezas, anda, y déjame un rato tranquila.

Aprovechó la ausencia de Ernesto para abrir el sobre con la meticulosidad de un cirujano. Despegó la solapa con cuidado mientras la lengua le asomaba por la boca. Hizo caso omiso al juez de instrucción, que le había ordenado por activa y por pasiva que le llevase el sobre «sin abrir y cagando leches».

Vació el contenido sobre la mesa. Dos hojas DIN-A4 y un *pendrive* aterrizaron en la madera de roble.

—Espero que ese chisme no almacene un vídeo *snuff* —dijo Ernesto a la espalda de la periodista con una lata de cerveza en cada mano.

—No me extrañaría —dijo Lidia mientras se ponía los guantes de lana que siempre llevaba en el bolso para protegerse del frío.

Desplegó una de las hojas y encontró un escrito a máquina.

Leyó en voz alta mientras el camarógrafo se sentaba en la silla de al lado:

Hola, Lidia:

Seamos sinceros: no movéis un dedo por los demás, ni siquiera por vosotros mismos. Pasáis del trabajo a las redes sociales y de estas a las plataformas de *streaming,* y os quedáis a verlas venir. Disculpa la expresión, pero el ser humano solo aprende a hostias. Tras darle vueltas al asunto durante años, he decidido obligaros. Algún día me lo agradeceréis.

El colapso de la circulación de vuelco meridional del Atlántico Norte y la consecuente glaciación en Europa es inminente, y requiere de una acción inmediata. El clima dará un giro de ciento ochenta grados en Europa haciendo que sea prácticamente inhabitable para quienes no tengan el don. Estudios de universidades de prestigio advierten que el desastre sucederá en la próxima década, lo que desencadenará una nueva glaciación en gran parte de Europa. Las ciudades que no están acostumbradas a condiciones invernales tendrán que adaptar sus infraestructuras para hacer frente a la nieve y el hielo. Yo ya me he adaptado.

El colapso es inminente. Los datos indican que, si continúan las tendencias actuales de emisiones y calentamiento global, la circulación de vuelco meridional del Atlántico Norte podría colapsar entre 2025 y 2095. Y el ser humano no piensa cambiar. 2025 está a la vuelta de la esquina, Lidia Trapé.

La adaptación a los efectos del frío será crucial para asegurar un futuro sostenible y habitable para el continente europeo y el mundo entero.

Sal cuando haga frío. Nada de guantes, gorro, bufanda o chaqueta. A medida que la temperatura te afecte menos, podrás ir deshaciéndote de más prendas hasta ser capaz de caminar por la calle en pleno invierno en camiseta de tirantes y pantalón corto. Conduce con la calefacción del coche apagada. Para enfrentarte a un reto mayor, baja las ventanillas. Dúchate con agua muy fría. Al principio te resultará incómodo, pero es una buena manera de empezar a desarrollar tu tolerancia a las bajas temperaturas. Sube de peso. Aumenta un poco tu grasa corporal; aun así debes comer sano y de forma equilibrada, con un ligero aumento en la cantidad de calorías que consumes a menudo será suficiente. Ingerir alimentos ricos en proteínas, carbohidratos y grasas saludables, como las carnes magras, productos lácteos, alimentos integrales y aceites vegetales, es una manera comprobada de subir de peso sin estresar demasiado tu corazón y sistema digestivo. Apaga el termostato. Llena tu casa de frío y acostúmbrate a andar por ella en ropa interior. La temperatura corporal baja ligeramente por naturaleza cuando duermes, así que si quieres aumentar rápido tu fuerza de voluntad, prepárate a dormir destapada en pleno invierno. Toma agua helada. Lleva agua helada a todas partes, incluso en invierno. Ingerir bebidas heladas disminuye tu temperatura interna ligeramente, lo que obligará a las respuestas adaptativas de tu cuerpo a compensar el cambio. Aunque la mayoría de las personas recurren al café o al chocolate caliente en los meses más fríos, debes hacer lo opuesto. Al final, ni siquiera sentirás la necesidad de calentarte.

Si no tienes el don, has de empezar a prepararte cuanto antes. Es un proceso lento y el Frío se acerca rápido.

Volverás a tener noticias mías.

—¿Qué diantres es el don? —preguntó Lidia.

—Ni idea. Pero, visto lo visto, pretende salvar vidas. No esperaba un motivo que trascendiera al de siempre, a estar mal de la cabeza. Está loco, sí, pero...

—¿Me estás vacilando?

—Le fallan las formas, es evidente, pero tiene buenas intenciones.

—En este caso, el fin no justifica los medios.

—Eso no hace falta ni que lo digas. Pero admitirás que se han perpetrado genocidios con menos argumentos. En fin. Y la otra hoja ¿qué contiene?

La periodista desdobló el papel en cuestión para descubrir el dibujo esquemático de un arcón congelador con la silueta de una persona en posición fetal en su interior.

Ernesto se asomó por encima del hombro de Lidia.

—Pobre de la próxima que caiga en su red. En fin. Mete el *pendrive* en la tele y terminemos con esto de una maldita vez —rogó mientras trasladaba las latas a la mesa de centro. Lidia ni siquiera había tirado de la anilla de la suya—. Esta noche tendré pesadillas con un hombre de hielo o vete tú a saber qué se inventará mi subconsciente.

—A lo mejor te ataca una bayeta de hielo untada en jabón... Uh...

—Me parto contigo.

Introdujo el dispositivo negro en la ranura USB del televisor mientras el camarógrafo corría las cortinas para deshacerse de los reflejos de la pantalla.

Reprodujo el único vídeo que contenía y contuvo el aliento.

—Es Paloma del Moral —susurró Lidia, impactada—. El asesino grabó la prueba. Esto es oro puro.

No se movieron durante las dos horas de grabación, que carecía de audio. La imagen fija los engulló. El encuadre mostraba a la inspectora sobre un fondo blanco, atada en ropa interior a una

128

silla atornillada al suelo. La observaron siendo sometida a la prueba de frío entre tiritones y espasmos hasta perder el conocimiento.

Lidia extrajo el dispositivo y se sentó sombría a la mesa. Dobló las hojas con esmero y las introdujo en el sobre.

—¿Tienes pegamento de barra?

—Creo que sí. Un momento.

El camarógrafo se ausentó unos segundos y regresó con el adhesivo. Lidia selló el sobre circunspecta.

—¿Y el *pendrive*? —preguntó Ernesto.

—Esto me lo quedo.

Lidia se guardó el dispositivo en un bolsillo.

—No me hagas esto. ¿Quieres hundirme en la miseria? Si no vas con todo al juez, me conviertes en cómplice de ocultación de pruebas y vete tú a saber de cuántos delitos más.

—Yo jamás te delataría.

—¿Y si la Policía averigua que abriste la carta en este piso?

La periodista se encogió de hombros.

—*C'est la vie.*

—Eres una egoísta de mierda.

—Eso ya lo sabías cuando aceptaste el trabajo.

—En eso tienes razón.

Paloma del Moral

Área residencial Las Tablas, Madrid

Madrid se transforma en invierno. Las calles bulliciosas del verano se vuelven más tranquilas. Para desarrollar una buena investigación se necesita tiempo y calma. El Hombre de Escarcha le había transmitido sus intenciones a una periodista: sometería a una persona a su prueba de frío por medio de un arcón congelador.

Carecíamos de tiempo y calma.

Almarcha nos puso al tanto durante el trayecto. Según la periodista de investigación, el asesino le había metido el sobre en el bolso sin que se diera cuenta, lo que confirmaba que andábamos tras la pista de un hombre astuto y paciente.

El juez de instrucción nos citó en un asador vasco. Aguardaba apoyado en la fachada con aire pensativo, envuelto en un abrigo negro.

—Tú deberías estar de baja —me dijo con tono represor sin mediar saludo o apretón de manos, si bien con cara de guasa. Se separó del muro y se echó la mano a un costado, y exhaló un quejido gutural—. Esta espalda va a acabar conmigo.

—Estoy bien, señoría —me defendí.

—¿Seguro?

—Totalmente.

—En las redes sociales te llaman Chica de Hielo.

—Eso escapa a mi control.

—He de admitir que te di por muerta, Del Moral. No sabes lo que me alegra verte sana y salva.

—Gracias.

—En fin. Veréis qué pastel de puerros y qué brandada de bacalao hacen ahí dentro. —Señaló el interior del local con la cabeza—. Y unas tartas caseras para chuparse los dedos.

—Pero ¿es que vamos a cenar? —preguntó Toño.

—Un poco de cañeo y tapeo mientras hablamos de temas serios. Estoy hasta el gorro de dramas.

El juez de instrucción entró en el establecimiento justo después de que nosotros asintiéramos.

Aquel no era un asador clásico, vetusto, lleno de vigas de madera, sino que tenía una decoración vanguardista. Un espacio agradable a la vista que albergaba distintos ambientes, desde una gran barra para picoteo hasta una zona de pinchos con mesas altas. Al fondo, un gran comedor y un reservado, y en el otro extremo un salón para comer a la carta. Nosotros nos sentamos en las mesas dispuestas para el cañeo y tapeo.

Almarcha y yo pedimos una copa de vino y pastel de puerros; Toño, una caña y unos *pintxos* de chistorra.

—La Trapé me ha llamado hace una hora. He enviado al secretario judicial a por la carta. No la ha abierto, como le ordené. De momento, se está portando bien. Le he mandado una copia para que la publique mañana a las diez de la noche. Cuando llegue a casa os haré llegar una a vosotros. No me ha parecido apropiado traerla aquí y, si os digo la verdad, he ido de puto culo todo el día. No obstante, os adelanto que el asesino pretende poner a prueba a otra persona usando un congelador. Y que, según él, lo hará por nuestro bien. Expone datos sobre un inminente colapso de la circulación de vuelco meridional del Atlántico Norte que va a degenerar en una glaciación que nos va a congelar los meados a todos. Ese cabrón ha logrado que me informe sobre el tema de los cambios en corrientes

131

oceánicas y esas paparruchas. Pero yo, cuando llegue el tsunami, aguantaré la respiración, como hará todo el mundo.

—No puedo decir que me sorprenda —confesé—. Quiere que fortalezcamos nuestro sistema inmunológico para que no sucumbamos cuando llegue el frío extremo que cree que se avecina sobre el mundo. Mira si es buena persona —dije sarcástica.

—Estoy hasta el moño del Hombre de Escarcha, de la Trapé y del calentamiento global. Cuando el mundo se vaya a la mierda, os diré «hasta nunca». Pero a lo que íbamos. El piso de la Trapé está vigilado. Le tomé declaración y le dejé claro que la mandaría a la cárcel si nos hacía alguna jugarreta. Cuatro agentes se turnan para vigilarla. Hoy se ha visto con un tal Ernesto Rey, el camarógrafo autónomo con el que trabajaba en *La Verdad*. Está claro que pretende sacar tajada del asunto. Yo lo haría, qué demonios. Cuando el asesino de Belén Rivera esté entre rejas, no os quepa duda de que venderá su historia al mejor postor a modo de reportaje o de documental. Va a hacerse de oro a costa de un asesino.

—Necesito que ordene un par de diligencias. —No me anduve por las ramas—. Una rueda de reconocimiento con Fresneda y Álamo en calzoncillos y que les ponga a ambos vigilancia.

—¿Algo más, o solo son esas dos minucias?

—Solo esas dos minucias.

—Pues no, ni a lo uno ni a lo otro.

—¿Por qué? —preguntó Toño, con la boca llena.

—Porque habéis tomado una mala dirección. Para qué una rueda de reconocimiento si no te mostró su cuerpo tal y como es. Es un asesino organizado. Vete a saber cuánto tiempo lleva planeando su… campaña de concienciación. Se taparía los lunares con maquillaje, se pondría lentillas… Acéptalo: la has cagado con el perfil. Y cuidado, que no te lo recrimino. El perfil es coherente, pero ya sabes cómo funciona el tema: un dato incorrecto puede alejarte más de lo que te acerca. El perfil geográfico es erróneo. El tipo montó la habitación de los aires en su casa y vosotros habéis estado en los garajes y sótanos de los sospechosos poco después de que te sentara en esa silla. Nadie puede deshacerse de todas las huellas en tan poco tiempo. Y me apuesto una cena a que las fibras no demostrarán que Belén Rivera estuvo en esos coches. Te has equivocado. Buscad otras vías. Ni siquiera han llegado los resultados toxicológicos. La Guardia Civil sigue buscando a Adrián Guerrero con la ayuda de especialistas del Seprona, drones y Protección Civil. Él es el Hombre de Escarcha. —Entendí de pronto sus reticencias: había dictado sentencia en su fuero interno—. Si no, ¿por qué desaparecer de la noche a la mañana en su cámper, cargado de ropa y comida? La Guardia Civil está revisando las grabaciones de las gasolineras de la zona; en algún momento tendrá que repostar. No digo que tengamos que quedarnos de brazos cruzados hasta que aparezca Guerrero, pero no voy a perder el tiempo con ruedas de reconocimiento ni vigilancias sin sentido.

—La rueda de reconocimiento se realizaría en dependencias policiales, con el fin de orientar la investigación, sin efecto en el proceso penal.

—He dicho que no.

«Maldito Torcido de los…».

Tuve que morderme la lengua.

—¿Puedo hablarle con franqueza, señoría?

—Claro.

—Se equivoca. ¿Dónde diantres me metió Adrián Guerrero? ¿Montó una habitación en medio de la sierra de Albarracín? Vamos, no me joda.

—No me joda, señoría. Que lo mío me ha costado el titulito.

—Pues no me joda, señoría.

—Andas por un cable muy fino, Del Moral. A ver si se te quita la tontería con otro vinito. ¡Aitor, dos vinos más por aquí! ¡Al grandullón, agua, que tiene que conducir!

Toño lo miró con cara de querer estrangularlo allí mismo.

—¿No os estáis dando cuenta? —preguntó mi compañero—. El Hombre de Escarcha lo está consiguiendo. Usted mismo lo ha dicho hace un momento: «Ese cabrón ha logrado que me informe sobre el tema de los cambios en corrientes oceánicas…».

Nos miramos en silencio. El juez puso cara de agobio; yo, de inquietud, Toño, de incertidumbre.

—Lo que voy a decir va a sonar fatal —dijo Toño—, pero…

—Mejor cállate —lo interrumpí de mala manera: intuí por dónde iba a salirnos.

—Cállate tú, imbécil. —No recordaba que Toño me hubiera insultado nunca—. No sabes lo que voy a decir.

—¿Que tendremos que esperar a la siguiente escena del crimen y rezar para que el asesino meta la pata?

Toño hizo un aspaviento.

—Haya paz —medió Almarcha—. La presión está haciendo mella.

Asentimos.

Charlamos un rato más, pero el juez viró la conversación hacia temas triviales.

Tomé *goxua* de postre.

Salimos del establecimiento con la panza llena.

—Siento haberte llamado imbécil —se disculpó Toño mientras me llevaba a casa.

—Ya era hora, ¿no crees?

Sonrió.

—Pero, cuéntame, ¿qué te pasa? Nunca te había visto ese mal genio. Bueno, sí, muchas veces, pero no conmigo. ¿Es por tu madre?

—Supongo. Va de mal en peor. El otro día fui un momento al baño y cuando salí no estaba. Fui corriendo al descansillo y la encontré bajando las escaleras en camisón y pantuflas, como Pedro por su casa. Le pregunté que adónde iba y contestó que «abajo, a comprar en la tienda de la Paqui y el Rafael». No hay ninguna tienda de ninguna puta Paqui ni ningún puto Rafael en el barrio, y menos «abajo».

—Supongo que hablaba de una tienda de Aranjuez.

—Se fue de Aranjuez cuando yo ni siquiera había nacido. ¿No recuerda que su hijo murió y sí a la Paqui y al Rafael de los cojones?

—Es lo que tiene la demencia, Toño. Está confusa. Cree que su marido está vivo, pero nunca llega del trabajo; cree que su hijo está vivo, pero nunca va a verla… Se siente sola, aunque esté con un cuidador y contigo. Está perdida en un mundo que cambia a su alrededor cada dos por tres. No poder hacer cosas que hacía antes, como cocinar o salir a hacer la compra, también la debe de entristecer… Me pongo en su pellejo y se me cae el alma a los pies.

—Ha ido todo demasiado rápido. —Mi compañero no era de los que dejan que una lágrima resbale por su mejilla, no al menos en presencia de otros. Él, como yo, era más de llorar hacia dentro; nuestras lágrimas resbalaban por nuestras almas. Y no me cupo la menor duda de que en aquel momento Toño derramaba lágrimas como puños—. Empezó con tonterías, como guardar comida en los armarios en lugar de en el frigorífico. Es verdad que la notaba dispersa, pero es que ahora se pierde entre el pasado y el presente, se olvida hasta de mi nombre. Bruno, el chico que la cuida, dice que debería ir pensando en ingresarla en una residencia. Pero eso sería como abandonarla, ¿no crees?, como darle una patada en el culo, como a un perro que te molesta para irte de vacaciones. Ella ni siquiera nos llevó a la guardería. Se pasaba el día con nosotros. César y yo éramos unos niños enmadrados, de los que ponen de los nervios a sus abuelas. ¿Cómo voy a meterla ahora en una triste residencia?

—No la abandonas. Ni la residencia tiene por qué ser triste. Tú tienes un trabajo. Y ella estaría cuidada por profesionales. Además, podrás ir a verla todos los días. Ingrésala en una buena residencia, en una bonita en la que tenga habitación propia. Vende su piso y con lo que saques, que no será poco, y la pensión de tu madre podrás pagarla. Y tú vuelve a tu piso, que es donde debes estar. Yo también me pasaré un par de veces a la semana a hacerle una visita. Acepta y fluye, cuñado.

—Llevabas una eternidad sin llamarme cuñado.

—También iba siendo hora, ¿no crees?

Paloma del Moral

Avenida de San Luis, Madrid

Cogí el retrato de encima de la mesilla de noche —tengo varios repartidos por la casa— y le hablé a mi marido:

—Un médico le ha explicado a tu hermano que algunas personas están dotadas de una variante genética que mejora la tolerancia al frío. ¿Te lo puedes creer? Y está convencido de que yo tengo esa mutación. No me han hecho pruebas ni nada, pero él lo tiene claro. Y razones no le faltan, la verdad. Pero no creas que soy la única que tiene ese «superpoder», como lo llama el flipado de tu hermano. El asesino, en cambio, lo llama «don». Esta vez, me quedo con el apelativo del malo. En torno al dieciséis por ciento de la población mundial lo «padece». De vuelta a casa, tu hermano ha insistido tanto en el tema que me he vuelto una experta en la materia. Cree que soy como un tal Wim Hof, un atleta extremo holandés conocido como Iceman. Supongo que por eso el apodo Chica de Hielo, que me han puesto los medios. Hof es famoso por su capacidad de tolerar temperaturas heladas. Ha batido récords Guinness en nado bajo hielo y no sé qué locuras más. Él atribuye sus hazañas al «método Wim Hof», una combinación de exposición al frío y técnicas de respiración y meditación. No sé si le habrán hecho pruebas o no, ni me importa, pero supongo que también carece de la proteína alfa-actinina-3. Yo no voy a coronar el monte Kilimanjaro en pantalón corto, pero nunca he utilizado guantes, ni bufanda, ni gorro... Incluso, a veces, como ya sabes, he salido a la calle sin chaqueta con temperaturas bajo cero. ¿Cuántas veces me dijiste aquello de «¿ande vas sin chaqueta, mujer, con el frío que hace!». ¿Recuerdas cuando, en pleno invierno, tú te tapabas con dos mantas y yo dormía con una sábana? ¿O cuando te quejabas de la potencia del aire acondicionado del cine y yo estaba en la gloria? Pues me da que hemos desvelado el misterio. Soy la Chica de Hielo —bromeé—: La mujer que superó la prueba del Hombre de Escarcha. En fin. Bromas aparte, pertenecer a ese dieciséis por ciento de la población me ha salvado la vida. Y me ha hecho entender que es demasiado corta como para pasársela llorando por las esquinas.

«Sobrevive, inspectora, y sirve de ejemplo», recordé, empoderada. No obstante, me sobrevino un bajón anímico al recordar el cadáver de Belén Rivera. Ella no superó la prueba.

Rechiné los dientes.

—El ejemplo lo voy a dar yo cuando te meta en la cárcel.

Paloma del Moral

*Doce días después. Comisaría General
de Policía Judicial, Madrid*

El caso pasaba por momentos de investigación sistemática. Todas las indagaciones recorren dicha senda, pero mis sensaciones eran que seguíamos vías muertas; si aguzábamos la vista, podíamos ver los callejones sin salida que esperaban al final de cada trayecto.

Nos trasladamos a Molina de Aragón para tomarle declaración a Tomás Lindo, el denunciante de la desaparición de Adrián Guerrero, según él, su mejor amigo. El tal Guerrero encajaba como un guante en mi perfil. Su novia murió por hipotermia durante una excursión por la sierra de Albarracín. Vio con sus propios ojos cómo se apagaba lentamente a causa del frío. Denunció al Servicio de Rescate e Intervención en Montaña de la Guardia Civil por negligencia. Perdió tres dedos antes de que los encontraran los servicios de rescate… Conducía una cámper equipada para vivir en ella. Desapareció el mismo día que secuestraron a Belén Rivera. Soltero. Casa en las afueras. Complexión coincidente…

Me negué a dejarlo todo en manos de la Guardia Civil, que no tenía un mísero indicio sobre su paradero. Mi teoría era que se ocultaba en la casa de un compinche. Pero la Guardia Civil había sondeado esa vía y no había descubierto nada.

Así que, mientras ellos daban palos de ciego, yo me dediqué a lo mío. Llevé a cabo un análisis de predicción utilizando datos de crímenes anteriores y *software* de modelado predictivo para estimar dónde podría ocurrir el próximo crimen. Una técnica útil en ciudades grandes. No obstante, en nuestro caso no aportó nada a lo que ya teníamos. Estudié en profundidad la vida de la víctima, sus hábitos y sus interacciones sociales para identificar patrones o características que pudieran haber atraído al delincuente, en busca de potenciales víctimas. Pero tampoco conseguí nada significativo.

Investigamos la localización de los móviles de los sospechosos mediante las antenas repetidoras de telefonía móvil cercanas al lugar de los hechos y del secuestro, pero dichos móviles ni siquiera habían salido de las residencias de sus dueños. No obstante, un tipo listo jamás se llevaría un teléfono a un secuestro o a un asesinato. Revisamos las coartadas, las grabaciones de las cámaras de videovigilancia y de seguridad, tanto de Madrid como de Molina de Aragón; sin embargo, no logramos volver a detectar al hombre de la maleta. La Policía Científica peinó mi piso sin éxito en busca de restos orgánicos o huellas. Las matrículas recabadas por Toño no coincidieron con las de los todoterrenos de Guerrero, Fresneda ni Álamo. Nos encontrábamos a la espera de los resultados de las fibras, pero el instinto —y la lógica— me decía que tampoco iban a alegrarnos el día.

No saber dónde murió Belén resultaba un hándicap importante. Presentí que en el suelo del lugar de la sierra de Albarracín donde supuestamente la había abandonado a su suerte en bragas y sostén permanecían unas huellas de neumático a la espera de ser encontradas. Pero a esas alturas dudaba mucho que llegáramos a encontrarlas nunca.

Recibimos denuncias de ciudadanos. Decenas se acercaron a una comisaría a dar la identidad del Hombre de Escarcha. «Mi vecino sale al jardín en tirantes en pleno invierno»; «Tengo un primo que se mete en agua helada cuando yo no puedo ni meter un pie»;

«Mi cuñado tiene una careta como la que sale en los periódicos»... Resultó casi cómico el montón de denuncias que llegaron hacia los «cuñaos». Todas y cada una fueron investigadas. Las más llamativas quedaron a cargo de Acosta y Vera. Los señalados fueron descartados a golpe de coartada o perfil criminal. Puede que Almarcha tuviera razón y mi perfil cojeara en lo geográfico, pero seguíamos teniendo unas medidas y unas características biográficas y del estilo de vida que no admitían discusión.

En cierto momento se me pasó por la mente una frase que odiaba: «Espero que la próxima vez meta la pata». Sentí pena de mí misma por resignarme de aquella manera. Era pronto para usar la palabra «estancados», pero no tanto para usar «perdidos».

Y entonces llegó la prometida muerte por hipotermia.

Y la escena del crimen nos invitó a usar la palabra «optimismo».

Paloma del Moral

Fresno de Torote, Madrid

Aceras que reflejaban el paso de las inclemencias del tiempo y del tiempo en sí mismo. Farolas oxidadas. Ventanas rotas, persianas desgarradas que les daban a las casas el aspecto de rostros sufrientes. Árboles desnudos donde antaño hubo un parque, con retales oscuros allí donde estuvieron los bancos, como sombras proyectadas en la maleza.

Tomé una calle de pavimento agrietado mientras fachadas mancilladas con grafitis de palabras ilegibles se inclinaban peligrosamente hacia el derrumbamiento. Fresno de Torote me sobrecogió por su silencio aplastante, hasta que llegamos al bullicio de la escena.

—Esta vez se ha curado en salud —dijo Toño desde el asiento del pasajero. Solía ir él al volante, pero aquella mañana me levanté con ganas de intercambiar posiciones—. Sabe que estrechamos el cerco y ha optado por un lugar apartado y vacío. No se me ocurre mejor sitio que un pueblo abandonado para deshacerse de un cadáver.

—¿De verdad crees que estrechamos el cerco?

—Puede que no lo parezca, pero sí, estoy convencido. En cualquier momento llegará la pista clave, que no nos diría nada de no ser por todo el trabajo que habremos hecho hasta ese momento.

—Y mientras tanto van muriendo personas —lamenté, descorazonada—. De cualquier manera, para meter a una persona en una nevera horizontal se necesita espacio. No puedes meter un aparato tan grande en una cámper llena de muebles y electrodomésticos. Según Tomás Lindo, la furgoneta de Guerrero está equipada con una minicocina, un baño… Por fuerza ha de disponer de un garaje para proceder con los asesinatos.

—Cuadraría que fueran dos tíos. Uno las rapta mientras el otro vigila, y lo mismo para deshacerse de los cadáveres. Pero el tipo de la maleta iba solo. Y a ti te secuestró un único enmascarado…

Resoplé antes de apearme.

Dejamos atrás la maraña de periodistas.

Nos identificamos.

Superamos el cordón policial…

Encontramos el congelador con la tapa abierta, con la chica dentro, ante una casa con las entrañas a la vista. Me asomé. Una mujer joven, de pelo moreno y con marcas en la piel parecidas a las que mostraba Belén Rivera en el parque infantil de Vallecas, encajonada en un espacio rectangular. Los expertos tomaban fotografías y medidas embutidos en monos blancos. Cacho conversaba con Almarcha a unos metros del equipo de refrigeración. Forense y juez nos saludaron con la mano y prosiguieron tomando decisiones sobre el levantamiento del cadáver.

—Me sorprenden dos cosas —dijo Toño, con la mirada clavada en el cadáver encogido—. Por un lado, que haya pasado de la capital a un pueblo deshabitado. Por otro, que no la haya colocado de un modo, digamos, llamativo.

—La primera estaba en un columpio en un parque infantil de Vallecas; la segunda, dentro de un congelador, en la calle desangelada de un pueblo fantasma. A mí me parece que son puestas en escena bastante llamativas.

—No sé.

—Buenas tardes, inspectores.

Nos dimos la vuelta para ver quién nos saludaba. Era el teniente Daniel Sans, de la sección de desaparecidos de la Policía Judicial de la Guardia Civil. Un cachas de ojos azules y pelo castaño de alrededor de un metro noventa. Tenía lo que para muchas es un físico perfecto. Yo era más de cuerpos «no definidos en el gimnasio». No me interesaban los abdominales llamados «tabletas de chocolate» ni los glúteos de acero. Me gustaba la tripita cervecera de César, su nariz imperfecta, sus ojos simplemente marrones, sus canas, sus orejas un poco de soplillo. Cuando uno es hermoso por dentro, la envoltura es lo de menos.

—Buenas tardes —respondimos a coro.

—Los padres de Sonia García denunciaron su desaparición ayer por la tarde —nos informó Sans, yendo directo al grano—. La chica es de Valencia.

—¿De Valencia?

No podía estar más sorprendida.

—La han encontrado unos *fumetas*. En esa zona de ahí —señaló el fondo de la calle con el mentón— hemos encontrado huellas de neumático recientes. Estamos comparándolas con las ruedas de la furgoneta del novio.

—¿No se corresponden con los neumáticos de la furgoneta de Adrián Guerrero? —preguntó Toño con la frente arrugada.

—Averiguamos el modelo de los neumáticos de la furgoneta con la que supuestamente huyó Guerrero con una simple visita a su taller habitual. Y no, no coinciden. Puede verse a simple vista. Es lo primero que hemos comprobado.

—No lo entiendo —susurré.

—A lo mejor llevaba de repuesto en la cámper. —Sans se encogió de hombros—. Estamos investigando las cámaras de tráfico de la A-3 a ver si aparece la maldita cámper, pero no tengo demasiadas esperanzas. Seguro que circuló por carreteras secundarias. O

144

puede que no haya sido Guerrero, quién sabe. Jamás me había cruzado con un chalado como el Hombre de Escarcha. Es inteligente y, lo más preocupante, paciente. Preparó un escondite con tiempo. Estoy convencido. Mientras lo buscamos por el Triángulo de Hielo, debe de estar riéndose de nosotros en la tranquilidad de una casa de campo en vete a saber dónde. —Levantó los hombros por segunda vez—. Hemos establecido decenas de controles de carretera, pero me temo que sabe dónde los ponemos. Si eres un buen buscador, las redes sociales te soplan muchas cosas. La gente comenta que la han parado en un control, por ejemplo. Siguiendo ciertos *hashtags,* con paciencia, puedes marcar todos los controles en un mapa. Internet nos ayuda, y mucho, pero a veces es un lastre.

—Nos vamos a Valencia —dije, decidida—. Hablaremos con los padres. Registraremos su habitación…

Nos despedimos de Sans y nos acercamos a hablar un momento con el forense y el juez sobre las circunstancias del asesinato. Las primeras hipótesis apuntaban a que, tras someterla a la prueba en otra parte, llegó, descargó y se marchó, como si fuera un mero repartidor.

Nos despedimos asimismo del juez de instrucción y del forense.

«Espero que los informes no solo aporten indicios», rogué, antes de ponerme al volante.

—Voy a llamar a la empresa de cuidados para que Bruno o quien sea se quede hasta más tarde con mi madre —dijo Toño con cara de agobio, cuando dejábamos atrás el cartel que marcaba el final del término del municipio despoblado.

—Tienes que solucionar el tema de tu madre, y ya sabes cómo. Tu trabajo exige pasar tiempo fuera de casa, llegar a veces a las tantas, salir de madrugada… Y Concha necesita cuidados especiales. Cualquier día de estos le prende fuego a la casa.

—No vuelvas a decirme eso o te juro que le compro un traje ignífugo de esos que usan los especialistas de cine.

Toño hacía esfuerzos por no perder su habitual —y a veces inclasificable— sentido del humor. Pero lo traicionaban sus gestos involuntarios. A veces lo descubría negando con la cabeza o discutiendo consigo mismo...

—Todo se arreglará.

Traté de subirle el ánimo con una frase comodín. Lo único que podía hacer era tenderle la mano. Toño debía tomar una decisión difícil que, por desgracia, también era una decisión ineludible.

Paramos a repostar. Aproveché para cederle el asiento: me entraron ganas de comprobar qué se cocía en los periódicos digitales de España.

«Una nueva víctima del Hombre de Escarcha».

«El asesino cumple con su amenaza y mata por hipotermia a otra mujer».

«La Guardia Civil y la Policía Local de Teruel buscan a Adrián Guerrero por tierra y aire en un amplio dispositivo que cuenta con una decena de patrullas y un helicóptero».

«Valencia, consternada por la muerte de Sonia García».

«Las fuerzas y cuerpos de seguridad del Estado no logran cerrar el cerco en torno al asesino que ya se ha cobrado dos vidas».

—Nada nuevo bajo el sol —suspiré.

—¿Qué?

—Nada.

Tardamos cuatro horas en llegar a la avenida Hermanos Maristas, donde la víctima residía con sus padres.

Un grupo de reporteros aguardaba en la puerta.

—Esos padres acaban de perder a su hija de un modo terrible —me quejé mientras Toño buscaba un hueco donde aparcar—. ¿No pueden darles un poco de tiempo para que se recompongan?

Toño encontró un espacio en la acera de enfrente tras dar la vuelta en una rotonda.

—¿Vas a aparcar en una plaza para discapacitados?

—No hay otro hueco ni veo párquines de pago... —Hizo un aspaviento—. Y si me hacen pruebas, seguro que puedo aparcar aquí.

—Si te hacen pruebas, me quedo sin compañero. Mentalmente no estás para llevar placa.

—Pero guárdame el secreto, ¿eh, Palomita?

Me apeé con ganas de abofetear a mi compañero. Negué con la cabeza mientras miraba la rueda derecha delantera, que pisaba el aparcamiento para minusválidos.

Acondicionaba mi espíritu para afrontar la maraña de periodistas que aguardaba al otro lado de la calle con mediana ajardinada cuando sonó el móvil de Toño.

—Dime, Sans.

Mi compañero prestó oídos durante unos segundos.

—Espera un momento, que entramos en el coche y pongo el manos libres.

Con un movimiento de cabeza, Toño me rogó que volviera a sentarme.

—¿Ya? —preguntó el teniente de la Guardia Civil.

—Adelante —autoricé—. Te escuchamos.

—Nadie ha matado a la chica.

Paloma del Moral

Avenida Hermanos Maristas, Valencia

—Los inspectores de Valencia han ido a por el de siempre —explicó Sans.

—El marido —dijo Toño.

—Novio, en este caso. La chica vivía con sus padres. Acaban de confirmarme que el dibujo de los neumáticos de su furgoneta coincide con las huellas encontradas en la escena. Los...

—¿Y por qué la víctima ha aparecido en un congelador? —lo interrumpí, confusa.

—Deja que me explique, sin cortarme, y lo entenderás.

—Claro. Perdón.

—Los inspectores de Valencia se han puesto las pilas. Han inspeccionado la habitación de la víctima y han encontrado recortes con las cartas del Hombre de Escarcha y un libro, *El método Wim Hof: trasciende tus límites, activa todo tu potencial.* El Wim Hof este es un...

—Sabemos quién es Wim Hof —le informó Toño mientras yo empezaba a entender por dónde iban los tiros.

—En resumidas cuentas: el novio ha confesado hace una media hora. Faltan flecos, pero el asunto parece claro. Hablamos de un accidente y de una decisión desastrosa.

—Ya me parecía a mí que la puesta en escena estaba poco elaborada... —dijo Toño con las cejas arqueadas—. Pero, si no te

148

importa, ¿me puedes aclarar el motivo? Es que yo no soy tan avispado como los guardias civiles.

Sans soltó una risa ahogada mientras a mí se me pasaba por la cabeza un posible titular: «El Hombre de Escarcha se cobra otra vida, esta vez sin necesidad de secuestrar a la víctima».

—Parece ser que Sonia García le tenía un miedo atroz a la muerte —expuso Sans—. Hasta tal punto que pensar en ella le provocaba ataques de pánico. Según Mario Bel, el novio, quiso seguir los consejos del Hombre de Escarcha. Y resulta que el mejor amigo de Mario trabaja de repartidor de productos cárnicos. Lo llamaron para que se acercara con el furgón térmico... Yo siempre digo que cuando algo tiene que pasar pasa; ya se encarga el demonio de que todo coincida. —Me sorprendió que un teniente de la Guardia Civil nombrara al demonio. Pero enseguida entendí que se refería a la «calamidad»—. Se fueron a un descampado y efectuaron la que, en principio, sería la primera sesión de acondicionamiento al frío, por llamarlo de alguna manera. Él asegura que la temperatura dentro del furgón era soportable, pero ella sufrió un paro cardíaco o... —Lo imaginé encogiéndose de hombros—. El informe forense nos sacará de dudas. La cuestión es que el novio y el amigo entraron en pánico y tuvieron la demencial idea de hacer pasar a Sonia por una víctima del asesino de moda. Gracias a la carta, sabían que el Hombre de Escarcha pretendía someter a una persona a la prueba del congelador, y se fueron a la casa del amigo, que tenía un arcón congelador en el garaje, lo vaciaron y lo cargaron en la furgoneta, y luego metieron a la chica dentro. Ya sabéis cómo acaba la historia. Si el forense demuestra lo que ha declarado Mario Bel, les caerán como mucho tres años por homicidio involuntario.

—Y por hacerles perder el tiempo a las fuerzas y cuerpos de seguridad del Estado ¿cuánto les caerá? —pregunté retórica y cabreada, no sé si por culpa de la estupidez del novio o porque no hubiéramos avanzado en el caso—. Yo lo metía veinte años en la

149

cárcel y, así, el próximo se lo pensaría dos veces antes de tratar de endosarle el muerto a un asesino mediático.

—Yo no apruebo las leyes, inspectora. Pueden volver a Madrid a seguir con lo que estaban haciendo. Les avisaré si hay novedades.

Me despedí con un «gracias, teniente»; Toño con un «que la fuerza te acompañe».

—Nos podíamos haber ahorrado el viajecito —se quejó Toño.

—¿Tú sabías lo que iba a pasar? Porque si lo sabías, la cul…

Un grito me interrumpió.

—¡Es Paloma del Moral!

Miré al frente para ver cómo un tipo me tomaba una fotografía.

—Puto fotógrafo… —farfulló Toño mientras giraba la llave en el contacto.

Una marea de periodistas y camarógrafos cruzó la calle por nuestra derecha con micrófonos en alto y cámaras al hombro. Toño salió por poco quemando rueda antes de que llegaran a lanzarnos sus predecibles preguntas. El fotógrafo que prendió la mecha tuvo que apartarse para no salir despedido.

Mi compañero rompió a reír a un centenar de metros.

—¡Ni que fueras Meryl Streep!

A pesar de mis esfuerzos, no logré contener una risa nerviosa.

El verdadero crimen llegó una semana después, y la escena no tuvo nada que ver con lo que adelantaba el dibujo esquemático. Una chica de veintiséis años residente en Calamocha apareció colgando semidesnuda de un puente de piedra sobre el río Gallo, antes siquiera de que nadie la echara en falta. En principio, el Hombre de Escarcha la secuestró por la mañana y la mató de hipotermia por la tarde, haciendo uso de un arcón congelador. Y, como hizo con Belén Rivera, la trasladó lejos de la escena primaria y preparó una escena de abandono espeluznantemente llamativa. Dos arcos robustos se alzaban sobre las aguas oscuras que arrastraban hojas se-cas, haciéndole de marco a la muerta junto con la corriente. Tres focos portátiles resplandecían por encima del cuerpo, y sobre estos, la luna llena. A ambos lados del río se retorcían árboles hacia el agua, como si tuvieran boca y anduvieran sedientos. La niebla flo-taba sobre las piedras como polvo denso mientras los presentes hun-dían las manos en los bolsillos… Una escena dantesca que aportó una evidencia. Tras la sospechosa desaparición de Adrián Guerre-ro, la Guardia Civil requisó de su garaje una bobina de hilo de po-liéster de quince milímetros a la que le faltaban unos tres metros de longitud: el mismo modelo de hilo con el que el Hombre de Escar-cha había colgado a Mireia Preciado de aquel puente.

Temí que el cuerpo mecido por el viento se congelara en mi memoria.

El Hombre de Escarcha

Salió desnudo.

Los altos muros le otorgaron la privacidad que buscaba.

Cerró los ojos y gritó:

—¡Lo estoy consiguiendo, viejo amigo! ¡No podrás matarlos por hipotermia! ¡No a todos! ¡Quienes se adapten a tu intensidad esquivarán la muerte!

Un viento feroz se levantó y agitó los árboles y la puerta del jardín, que traqueteó sobre su guía. La tierra se levantó en un baile de corriente circular hasta atraparlo en el epicentro de una nube embudo.

—No lo entiendes —dijo el Frío—. Sois una plaga. Y vuestro tiempo de hegemonía se acerca a su final. El viento helado y la nieve tomarán el control y el planeta volverá a respirar.

—¡El ser humano todavía puede cambiar!

—No tenéis remedio. El colapso es inevitable. Reduciré la plaga hasta que la Tierra pueda soportarla.

—¿¡Dices que no hay vuelta atrás!? ¡Entonces, trataré de salvar al mayor número posible!

El Frío rompió a reír.

El viento amainó mientras su risa malévola se perdía como el eco.

«No hay atajos hacia el éxito —se dijo emocionado—. Solo sacrificio. Sé lo que aguarda al final del camino».

Lidia Trapé

Días antes. Madrid

Miguel Hernández los citó en una habitación de hotel de Gran Vía. La entrevista les costó dos mil euros, que sufragó Ernesto; una minucia comparado con el sobre que Lidia le dio al camarógrafo para que pagara a JM. Llevaba años guardando dinero en casa como una hormiguita para, en casos como el del pago del *crackeo,* no tener que rendir cuentas con Hacienda. Mientras el misterioso JM pirateaba los móviles de los sospechosos en el caso Escarcha, decidieron avanzar con las entrevistas no relacionadas estrechamente con la investigación. Habían estado desplazándose a Molina de Aragón, pero aquel día le tocaba el turno a un policía de los que cargan con acusaciones de prácticas corruptas.

La habitación era bonita. Como Hernández no pagaba, se decantó por la más cara, a la que seguro daría buen uso tras marcharse la periodista y el camarógrafo.

«Capaz de traerse a una fulana», pensó Trapé.

La cara de Hernández era de las que suscitan desconfianza. Su mirada de ojos marrones estaba llena de rencor y pena, como la de un perro mil veces apaleado. Con una barba canosa de cuatro días y un pelo negro despeinado, vestido con una camisa negra de manga larga y unos vaqueros azul oscuro, habló de espaldas a la cámara y de frente a un ventanal con las cortinas corridas.

—¿Qué puede contarnos sobre la corrupción policial, en concreto en las investigaciones de los homicidios?

—Existe la obstrucción a la justicia, la omisión del deber de seguir indicios, la coacción y el cohecho, con la intención de incriminar a un falso culpable. Sé que algunos de mis antiguos compañeros han asistido a fiestas con sexo, alcohol y drogas en la sala VIP de una discoteca de Madrid, con las que los agasajaron a cambio de deslices en una investigación. No obstante, debo matizar que ese tipo de prácticas son aisladas. Pero el Servicio de Asuntos Internos está al tanto de la corrupción policial. Creo que fue en 2021 cuando arrestaron a dos miembros del instituto armado en Cádiz por colaborar activamente con una poderosa organización de narcotraficantes marroquíes, los hermanos Al Moudi. Y no es un problema del sur. En 2022 condenaron a dos mandos de la Policía Nacional por liderar una banda de narcos en el puerto de Barcelona. En las investigaciones de homicidios pasa algo parecido a lo del narcotráfico. No tan acusado, pero pasa. El juez dio carpetazo a las pesquisas sobre posible corrupción policial en el caso de la mafia china, la llamada operación Emperador. Aparecieron implicados tres comisarios, tres inspectores y varios agentes de la Policía Nacional y Municipal de Madrid. No digo más. La corrupción existe en las comisarías. Es un hecho probado.

—¿Puede darnos algún ejemplo concreto de mala praxis en la investigación de un homicidio?

—Más que de mala praxis, de hijoputismo. —En aras de su credibilidad, Lidia habría preferido que no usara palabras inventadas. No obstante, no interrumpió su arranque de confesión—. Recuerdo un caso algo rocambolesco en el que colaboré en 2014. En principio, un robo que acabó en homicidio. El arma, cuchillo o navaja, según el forense, no apareció por ningún lado, pero en la escena se encontraron muestras de ADN que acabaron contaminadas: se mezclaron accidentalmente con otras, de modo que era difícil discernir si el resultado del análisis se debía a las características del indicio o se había visto afectado por el material contaminante. Se barajaron varios sospechosos, pero, hoy en día, nadie ha sido acusado. No tengo la menor duda de que la sangre pertenecía a Borja Pinillos. Y yo sé quién contaminó la prueba y por qué lo hizo. Pero no pude demostrarlo. El caso no trascendió a los medios. Cometí un error de principiante: debí filtrar mis sospechas a la prensa desde el principio. Luego el caso se enfrió y dejó de interesarles. El asesinado era un don nadie… —Hizo una mueca que reflejó su frustración—. Pero supongo que aún estamos a tiempo de darle vidilla al asunto. —De pronto, Lidia entendió por qué había aceptado contestar a sus preguntas sin mostrar apenas reticencia. Solo a cambio de dinero. Se necesitaban mutuamente: ella buscaba ingredientes para cocinar un documental único, y él, arrancarse una espina que llevaba clavada desde hacía mucho tiempo—. Realicé una investigación del entorno de Pinillos —prosiguió Hernández— y descubrí que una de las criminalistas que manipuló la muestra era amiga de la mujer del principal sospechoso. Supongo que sigue siéndolo. No creo que hagan falta más explicaciones. Es un caso que me persigue. No solo me jode que el maleante de Pinillos no pisara la cárcel; me jode todavía más que la arrogante de la criminalista, Abril Rayo, se saliera con la suya.

Hernández siguió hablando de la corrupción policial, pero ninguno de los datos que siguieron a los del caso de Pinillos resultaron novedosos. No obstante, consiguieron una entrevista que le daría masa al documental junto con las de los familiares de Belén Rivera y las de los sospechosos que barajaba la Policía.

—¿Qué opinas de Hernández? —le preguntó Ernesto a Lidia, ya en el coche.

—Que es un cínico: critica lo que ha hecho más de una vez. Y seguro que exagera: cree el ladrón que todos son de su condición. Pero su cinismo y sus excesos nos vienen de perlas para el documental. Nosotros sacamos la información a la luz y nos lavamos las manos.

—Y de paso nos las frotamos…

—Exacto. Las leyes protegen el derecho al secreto profesional y la no revelación de las fuentes.

10 días después. Molina de Aragón

Empezaron la entrevista a Tomás Lindo, denunciante de la desaparición del principal sospechoso, Adrián Guerrero, en el comedor de su casa. Los días anteriores habían procedido con Diego Fresneda, Rodrigo Álamo y Javier Bugallo. Entrevistas monótonas y aburridas que aportarían poco para el documental. Básicamente, Fresneda, Álamo y Bugallo se dedicaron a defender su inocencia a capa y espada. Lidia tenía claro que por la senda del reglamento no lograría indicios de asesinato. Necesitaba observarlos cuando pensaran que nadie los estaba mirando. Pero el *software* espía se hacía de rogar.

Aprovechó el tiempo entre entrevistas para definir el tono y estilo visual del documental. Escribió una escaleta con las futuras escenas, entrevistas, archivos y secuencias. Planificó el hilo narrativo… Puede que fuera pronto para todo eso —necesitaba más material, y mejor—, pero no podía quedarse de brazos cruzados durante los tiempos muertos.

Ernesto grabó a Lindo, sentado en un sofá marrón que estuvo de moda antes de que ellos dos nacieran. Estanterías de madera junto a aparadores de metal que parecían sacados del desmantelamiento de una carnicería. Muebles modernos cerca de otros que podían estar en un museo. La mesa del comedor era de un modelo, y las sillas, de otro… La periodista se sintió en un fumadero de *crack* lleno de pufs deformados. No obstante, a pesar de su horrible gusto para la decoración —o a lo mejor no tenía ni un duro—, Lindo parecía haber pasado el plumero y fregado antes de que llegaran.

—Les dije lo mismo a los inspectores Del Moral y Castro —contestó Lindo tras preguntarle Lidia «¿Cree que Adrián Guerrero es el Hombre de Escarcha?»—. Conozco a Adrián desde que éramos unos niños, y para mí es una buena persona. No sería su amigo de lo contrario. Sin embargo, no conozco a ningún amigo de un asesino que después de la detención de este les diga a los periodistas: «Se veía venir. Siempre pensé que era un psicópata».

—¿Usted tiene llaves de la casa de Guerrero?

—Tenía: me las requisó la Guardia Civil. Si quieren entrar en su casa, tendrán que acercarse a la comandancia de Guadalajara.

—¿Tiene fotos del interior de la vivienda?

—Sí.

—¿Podría enseñárnoslas?

Lindo hizo una mueca de oposición.

—Podría meterme en un lío.

—Usted es libre de enseñarnos las fotos que quiera. Si la Guardia Civil no se las ha llevado ni le ha pedido expresamente que no las enseñe…

De nuevo, su gesto reflejó rechazo.

—No puedo con esto. —Lindo se levantó agitado y se arrancó el micrófono del cuello de la sudadera—. He de pedirles que se marchen.

—Siento si…

—Por favor —cortó a la entrevistadora con rotundidad—, márchense.

Lidia respiró hondo y se dijo: «Se acabó por hoy».

—Le agradecemos que haya contestado a nuestras preguntas —aseguró con hipocresía.

Ernesto cortó la grabación y recogió los bártulos.

—¿Es normal que tarde tanto? —le preguntó a Ernesto cuando salían de la casa, en referencia a JM y el pirateo de los móviles.

—JM no es de Anonymous. No trabaja con un equipo de *crackers*. Si quieres rapidez, busca por la *dark web,* a ver qué encuentras.

Iniciaron una acalorada conversación delante de la puerta del jardín. Los bañaba una brisa digna del Ártico, mientras el coche esperaba —con su calefacción— en un apartadero lejano.

—Ya. Pues que me devuelva los veinte mil pavos —dijo Lidia, iracunda—. Tenía pensado cambiar de coche, ¿sabes? Al final, después de los descartes, solo son tres teléfonos de nada, el de Diego Fresneda, el de Rodrigo Álamo y el del gilipollas que acaba de echarnos de su casa. ¡Llámale y que se ponga las pilas!

—¡¿Tres teléfonos de nada!? ¡No pienso llamar a nadie! ¡Ten paciencia! ¿Tú sabes lo complicado que es lo que le pediste? Da gracias de que conozca a un *cracker* tan bueno. Es un milagro que accediera a hacerlo. La mayoría de los *crackers* se dedican a piratear tarjetas de crédito o cuentas de Instagram. Lo que va a conseguir es de otro nivel.

—¿Y si no lo logra?

—Si ha dicho que lo hará, puedes estar tranquila. Pero necesita tiempo.

Lidia se dio cuenta de que estaba siendo injusta con su camarógrafo.

—Lo siento. Es que estoy hasta el moño de entrevistas. Llevamos días saltando como pulgas de una casa a otra. Los padres y amigos de las víctimas, los sospechosos que barajó la Policía antes de centrarse en Adrián Guerrero, las confesiones de Hernández sobre la mala praxis en las investigaciones policiales…. No son suficiente. Ni siquiera como complemento para las cartas. A cualquier periodista de investigación le parecería un material cojonudo para montar un documental para Netflix, pero yo no soy cualquier periodista. Y tú no eres un operador de cámara cualquiera. Si conseguimos ayudar en la investigación, le ponemos la guinda al documental. Y menuda guinda. Guardo la esperanza de que Lindo esté en el ajo, por mucho que nos haya asegurado por activa y por pasiva hace un momento que no está al corriente de la ira homicida de Guerrero. Por eso necesito acceder a los teléfonos: creo que pueden ser la llave del éxito.

—Volvamos a casa. Estoy molido. Y aquí hace un frío que pela.

Caminaron por un arcén blanco y traicionero. Las ramas de los árboles soportaban el peso de la nieve a duras penas.

«No viviría aquí ni por todo el oro del mundo», pensó Trapé.

Ernesto metió en el maletero la maleta con ruedas con la que transportaba su cámara de una entrevista a otra mientras Lidia se sentaba al volante de su viejo Audi A4. Sujetó el volante con ambas manos, pensativa, entretanto su aliento se condensaba en el aire. Se dispuso a meter la llave en el contacto y entonces un susurro escapó de su boca: «Ahí estás», al tiempo que se sobrecogía, como cuando le dieron el primer beso con lengua. Ernesto entró con aire despreocupado y, tras mirar donde apuntaban los ojos abiertos del todo de la periodista, exclamó: «¡Hostia puta!».

Un sobre sujeto por el limpiaparabrisas.

El tercero que le hacía llegar el Hombre de Escarcha.

Lidia Trapé

Calle de Miguel Yuste

«Te lo llevas a casa y lo vacías allí, por tu cuenta y riesgo. Si abres el sobre en el coche, te quedas sin camarógrafo y le cuento a la poli que te quedaste el *pendrive* con la grabación de la inspectora superando la prueba».

«No serías capaz».

«Pruébame, a ver qué pasa».

—Cagón —susurró mientras abría la puerta de su piso tras recordar parte de la conversación que mantuvo con Ernesto de regreso a Madrid.

Se puso unos guantes de lana, para no dejar huellas, se sentó a la mesa de la cocina y abrió el sobre con el mismo cuidado que el segundo, en el piso de Ernesto.

Dos hojas se deslizaron sobre la mesa del salón.

«Esta vez no hay vídeo».

Leyó lo que contenía la primera, como siempre, escrita a máquina:

Algunos os preguntaréis cómo es posible que el planeta se esté calentando y que al mismo tiempo haya olas de frío. Aunque parezca extraño, las olas de frío son perfectamente

160

compatibles con el cambio climático que estamos padeciendo y que eleva la temperatura media de nuestro planeta año tras año. De hecho, es un ejemplo perfecto de los eventos extremos que vamos a experimentar de manera cada vez más intensa, con más frecuencia y en lugares más inesperados.

Existe una relación entre el calentamiento global y las olas de frío en el hemisferio norte: el calentamiento del Ártico (cuatro veces más rápido que en el resto del mundo) debilita y desacelera el vórtice polar ártico y la corriente de aire a la altura de la estratosfera que mantiene separadas las corrientes de aire polares de las templadas. El calentamiento del Ártico está reduciendo la diferencia entre las temperaturas frías del norte y las cálidas del sur, lo que da lugar a una corriente en chorro más débil y ondulante que empuja el aire muy frío hacia el sur. Esas corrientes más onduladas hacen que lleguen más lenguas de frío hacia los trópicos en invierno. Estas lenguas de aire frío son las que producen episodios de mayor frío u olas de frío, o episodios como la gran borrasca Filomena, que cubrió de nieve el centro de la península ibérica en 2021.

Y el día menos pensado llegará la glaciación.

Las temperaturas gélidas aplastaron a Napoleón y a Hitler en Rusia. ¿Lección? No subestimes al Frío. Témelo, y hazle frente con las armas de que dispongas. La ciudad de Yakutsk se encuentra sobre el permafrost, en el norte de Siberia. Los yacutos soportaron en el invierno de 2022 los −64,4 °C. Un ejemplo a seguir. Os aseguro que sus cuerpos soportan el Frío mucho mejor que los vuestros. El cuerpo humano no está diseñado para el frío polar. La mayoría de nosotros vive en climas templados donde el termómetro rara vez baja de los cero grados centígrados. Pero algunas poblaciones se han adaptado a los extremos polares, como los inuits en el Ártico canadiense y tribus como los nenets en el norte de Rusia. Nuestro ingenio y pericia nos han permitido fabricar ropa que soporta todo menos las más violentas de las tormentas árticas, y eso es lo que se acerca. ¿Y si las calefacciones dejan de funcionar? El frío congelará hasta la última tubería. ¿Y qué sucederá cuando se acabe la leña y el coche no arranque y tengáis que salir a buscar madera con temperaturas por debajo de los veinte grados bajo cero? La exposición al frío, respaldada por estudios científicos, mejora el sistema inmunológico. La adaptación es la clave de la supervivencia. Os suplico que no esperéis de brazos cruzados al Frío inclemente. Quienes ignoren mis ruegos estarán en desventaja.

Volverás a tener noticias mías.

«El mensaje es cristalino», se dijo Trapé.
Desdobló la segunda hoja.

Descubrió la representación gráfica de un barril cargado de cubitos de hielo con una persona sumergida hasta el cuello con dos cadenas que la sujetaban por los hombros evitando que pudiera escapar de la prueba casi seguro mortal.

«Esta vez ha optado por la inmersión en hielo. No puedo esperar a mañana para avisar al juez. Maldita sea. No podría perdonarme que una chica muriera durante esta noche por retrasar la comunicación».

Hizo copias de las dos hojas.

Puso al tanto a Almarcha.

El juez envió a su secretario a por el sobre, un tipo rechoncho que parecía ir siempre con prisa.

Llegó en torno a las nueve.

Lidia le dio el sobre protegido con una funda de plástico.

—No lo has abierto, ¿verdad? —le preguntó el secretario en el recibidor.

—No. Pero supongo que podré publicarlo. Dejará de enviar cartas si no me lo permitís.

—El juez de instrucción se pondrá en contacto contigo.

El secretario judicial se marchó con la urgencia con la que había llegado.

Aquella noche, Lidia soñó que estaba dentro de la bombona mientras Ernesto la grababa con su cámara. «Esto va a quedar genial en el documental», no dejaba de repetir mientras el foco la deslumbraba al tiempo que el camarógrafo giraba a su alrededor como un coche que hace trompos.

El Hombre de Escarcha los observaba desde una esquina. No lo vio en ningún momento, pero sabía que acechaba entre las sombras.

Se desveló sobre las seis y media con la sensación de haber superado la prueba.

Ernesto la llamó horas después para hablar y colgar:

—JM te lo ha dejado en el escritorio.

Ni siquiera le dio tiempo a preguntarle.

«¿JM se ha metido en mi ordenador sin mi permiso? —se preguntó, cejijunta—. Es *hacker,* o más bien *cracker,* y mi portátil no es que esté a la última en ciberseguridad… Espero que ese mamonazo no me haya birlado nada».

Subió la tapa del ordenador sentada en la cheslón y accedió al escritorio. Tardó segundos en encontrar los iconos: tres teléfonos móviles antiguos con los nombres de los espiados.

Rodrigo Álamo   Tomás Lindo   Diego Fresneda

—Qué retro nos ha salido el JM… —murmuró mientras se sentía vigilada.

Clicó sobre el icono que le daría acceso al teléfono de Fresneda. Encontró una interfaz sorprendentemente simple. Toda la gestión se llevaba a cabo a golpe de clic. Bastaba con pulsar, por ejemplo, el área de «micrófono» para activarlo a su antojo sin que el *smartphone* espiado diera pistas a su propietario. Un trabajo de diseño estético poco currado pero intuitivo. Tenía sus propios sistemas de reproducción, por lo que era posible acceder a los datos de forma sencilla. Las funciones más destacadas del servicio de espionaje eran activar el micrófono para escuchar todo lo que ocurría alrededor del dispositivo en tiempo real, activar la cámara para tomar imágenes, grabar y almacenar el contenido de llamadas telefónicas entrantes y salientes, leer mensajes de texto, acceder a aplicaciones como WhatsApp…

—Es una pasada.

* * *

Solo llevaba tres días de investigación, pero sus ansias por descubrir una prueba que le diera categoría al documental la llevaron al borde de la insania. Ser el Gran Hermano la absorbió. Solo le faltó mear en una botella. Lo dejó todo de lado para sumergirse en la intimidad de tres personas.

Acceder a los móviles le dio más información que si hubiera registrado sus casas. Ubicaciones en tiempo real, historiales de desplazamientos, horas de sueño, con quién se veían y durante cuánto tiempo, de qué hablaban, quiénes eran sus amigos y familiares, gustos, aficiones, ideas políticas… No solo tuvo acceso al momento presente. Podía husmear en sus historiales de búsqueda, mensajes y anotaciones antiguas, por lo que se enteró de lo que habían estado haciendo mucho antes de que se hiciera con el control de sus teléfonos.

Álamo era el que menos socializaba. Hablaba a menudo de temas triviales con un tal Bueno y un tal Martínez y quedaba con ellos en su bar de confianza para succionar cerveza como si no hubiera un mañana.

Fresneda conversaba con compañeros de trabajo y poco más. No tenía WhatsApp, lo que sorprendió a la periodista de investigación. No salía apenas de casa, o al menos no se llevaba consigo el móvil, que por lo general pasaba del salón a su habitación.

Lindo hablaba con mucha gente, amigos, familiares…, y salía a tomar copas con los amigos casi todos los días. Tenía novia, a la que le envió una fotopolla al segundo día.

Los tres entraban a menudo en distintas redes sociales y en periódicos digitales a informarse sobre los avances del caso Escarcha. Normal, cuando dos de ellos habían sido tachados de sospechosos y el tercero era el mejor amigo del principal sospechoso.

Durante los tres primeros días de espionaje, ni Fresneda ni Álamo sacaron a relucir su turbulento pasado, uno de los factores que los había puesto en el punto de mira de los investigadores. Asimismo, le pareció razonable: no solemos compartir nuestros traumas, ni siquiera con los más cercanos; somos más de guardárnoslos y permitir que nos carcoman por dentro. Rodrigo Álamo no nombró a la hija que cayó en una acequia y Diego Fresneda no habló con nadie del agujero en el hielo que succionó a su madre. Ni siquiera Lindo habló de la muerte de la novia de Guerrero cuando se perdieron durante una excursión por la sierra de Albarracín y los atrapó una tormenta.

No detectó signos de criminalidad a pesar de haber entrado en sus vidas como una perforadora. Pero cuando estaba a punto de empezar a darse por vencida, una de las cámaras de los móviles enfocó hacia un termómetro de pared en un comedor. Segundos después, mostró una ventana abierta de par en par. «Hay que estar mal de la azotea para abrir las ventanas en el Triángulo de Hielo», pensó. El termómetro marcaba una temperatura heladora: −3 °C. Gracias a internet, averiguó que coincidía con la que en ese preciso momento hacía al otro lado de las ventanas abiertas del domicilio.

Uno de los sospechosos se encontraba a gusto bajo cero.

Paloma del Moral

Avenida de San Luis, Madrid

El primer grafiti lo encontré de camino a la comisaría, en un muro medio derruido: «Enfréntate al Hombre de Escarcha», en letras azules que imitaban pedazos de hielo. El segundo, en el metro, que por poco era arte urbano, pero ¿cómo llamar arte a un grafiti que anima a seguir las doctrinas de un asesino?: «Adáptate al Frío». El tercero fue el que más me sorprendió: mi cara —muy bien hecha, además— con el sobrenombre que corría por las redes sociales, la Chica de Hielo.

Toño se pasó el día haciendo bromas a cuenta del grafiti.

Todos los días me cruzaba con algún periodista que intentaba sacarme una entrevista.

Y luego llegó el despropósito de las *escape rooms* y los grupos en redes sociales donde la gente quedaba para hacer ejercicios de adaptación al frío. «El laberinto de hielo» era el nombre de una de esas salas de escape, donde un grupo de jugadores se encerraban a solucionar enigmas y rompecabezas para desenlazar una historia relacionada con el Hombre de Escarcha —o eso prometía la web— antes de que finalizara el tiempo disponible. No cupe en mi asombro al comprobar que el cuarto donde se encerraban estaba ambientado en la habitación conocida como «la sala de los aires acondicionados».

«Yo sí que estuve en una verdadera *escape room,* tontolabas». Me costaba digerir la imbecilidad que habían alcanzado ciertas personas. ¿No se daban cuenta de que jugaban a un juego inspirado en un hombre que había matado a dos mujeres y hundido en la miseria a sus familias?

Netflix había anunciado una serie documental sobre los crímenes del Hombre de Escarcha…

La gente se abrigaba menos.

O puede que fueran imaginaciones mías.

Aquella noche dormí intranquila. El dibujo de la bombona cargada de hielo se me apareció en sueños.

Me desperté temprano, cansada de dar vueltas en la cama.

Me disponía a darme una ducha de agua caliente —no volvería a ducharme con agua fría para llevarle la contraria a Adrián Guerrero— cuando el inspector jefe Rojas me telefoneó para darme una noticia más difícil de digerir que la imbecilidad que habían alcanzado ciertas personas:

—La Guardia Civil ha encontrado la furgoneta de Adrián Guerrero en la sierra de Albarracín.

—¿Abandonada?

—No. Guerrero ha muerto, junto a la víctima. El Hombre de Escarcha no ha superado su propia prueba.

—No puede ser.

Paloma del Moral

Sierra de Albarracín, Teruel

Habíamos completado unas tres horas de trayecto. Mayormente en silencio. Yo, recapitulando los puntos principales del caso. La impactante escena del crimen en un parque infantil de Vallecas. La sorpresiva primera carta y el primer dibujo que anunciaba cómo aspiraba a matar a la siguiente víctima. Cuando me sentó en la sala de los aires acondicionados. Las entrevistas a los sospechosos. Cuando dos descerebrados trataron de fingir que una muerte por hipotermia accidental era obra del asesino que estaba en boca de todos. La chica colgando de un puente de piedra…

Parecía mentira que todo hubiera acabado.

Llamamos al teniente Sans. Las piezas encajaban. Si las fibras halladas en las uñas de Belén Rivera coincidían con las de la cámper de Guerrero, el caso estaría visto para sentencia. Sin nadie a quien sentar en el banquillo de los acusados, pero cerrado.

—Siento haberte arrastrado hasta aquí —me disculpé, taciturna.

—He venido porque me ha dado la gana —afirmó Toño, al volante—. No puedo dejar que inspecciones una escena sin escuchar mis sublimes comentarios. No tendría gracia. Pero hablando en serio. Por poco te mata. Y a mí me dio un susto de muerte. Es normal que quieras ver dónde se ha hecho justicia poética. —Toño suspiró de una forma inusitada. Un aliento largo y quejumbroso que lo hizo parecer un hombre derrotado—. Mañana por la mañana llegaré más tarde a la comisaría: ingreso a mi madre en una residencia.

Pensé que lo mejor era mostrarle únicamente mi apoyo, olvidarme de frases comodín como «es lo mejor para todos» o «todo irá bien» o «es normal que te sientas así».

—¿Quieres que te acompañe?

—Gracias por el ofrecimiento, pero no quiero que te lleves todo el protagonismo, Chica de Hielo.

Si me hubieran dado un euro por cada vez que mi compañero me empujó a negar con los ojos en blanco, podría haberme cogido un año de suscripción a cualquier plataforma de *streaming*.

En la A-1512, un cartel indicó ALBARRACÍN 7. TERUEL 44. La sierra se abría a nuestro paso; nos acercábamos al lugar que Guerrero había seleccionado para, a la postre, su última prueba de frío. Los pinos se amontonaban a los lados de la carretera como verdosos mantos ondulados. Durante algunos tramos, las laderas opositaban a desfiladero. De vez en cuando aparecía una granja arcaica con sus silos y cobertizos o almacenes a cielo abierto, llenos de balas de paja redondas. Si bajabas la ventanilla, podías inspirar el reconfortante aroma a campo que traía el aire helado, de la hierba húmeda, la tierra mojada y la madera de bosque, de las hojas… El frío mantenía la nieve en los bordes de la carretera como una marca vial extra.

Dejamos atrás las localidades de Frías de Albarracín y Royuela sin llegar a entrar en ninguna de ellas. No me hubiera importado echarles un ojo.

—Es ahí —advirtió Toño.

Un todoterreno de la Guardia Civil nos señaló el camino. Me sorprendió no ver a ningún periodista.

Toño se detuvo ante la barrera que cortaba una pista en mal estado. Los agentes nos dieron los buenos días y nosotros les respondimos mientras sacábamos las placas por la ventanilla. Tomaron nota de nuestro ingreso en la pista estrecha y bacheada y retiraron la valla.

—Ya verán el perímetro más adelante —indicó el más esbelto, y señaló hacia el bosque con la barbilla.

Toño circuló por una vía que no tardó en ser devorada por un sinnúmero de pinos. Un par de kilómetros más adelante aparecieron los primeros todoterrenos rotulados y el furgón de los criminalistas, y la cinta que cortaba el acceso a la escena del crimen.

Los hombres y mujeres del SECRIM llevaban horas estudiando el lugar de los hechos. No esperaba tener el placer de contemplar el cadáver de Adrián Guerrero ni de estremecerme con el de la turolense Stella Castaño. Éramos unos meros espectadores.

Un guardia civil uniformado nos apartó la cinta tras identificarnos de nuevo. La casa de piedra se encontraba a la derecha del camino, al fondo de un claro de bosque ligeramente inclinado. Subimos la leve elevación sin perder de vista la construcción que el asesino había seleccionado para proceder con la tercera prueba, la que le daba el título de asesino en serie.

El teniente Sans llamó nuestra atención desde debajo del arco de piedra donde un día hubo una puerta, por el que asomaba el morro de la cámper. Los árboles se cernían sobre los muros cubiertos de musgo y ennegrecidos por el tiempo. Desde fuera podían verse restos de vigas carcomidas por insectos, que se aferraban a las esquinas de un tejado semiderruido.

El aire se respiraba húmedo…

Tras los saludos de rigor, Sans nos puso al tanto de los pormenores del asesinato y de la muerte del asesino.

—Los padres de la víctima estaban de viaje y ni siquiera se había interpuesto una denuncia por desaparición. Puede que Guerrero estudiara sus movimientos. El morro de la furgoneta estaba mimetizado con ramas y arbustos. No era fácil de detectar. Seguidme.

Pasó por el espacio que quedaba entre el marco de piedra y la puerta de la cámper. Toño se atascó por culpa de su tripa.

—Vamos, que tú puedes —lo animé con retintín.

Las puertas traseras de la furgoneta se encontraban abiertas, y ante ellas estaban las dos bombonas de plástico con cadenas colgando de sus extremos. Los cadáveres viajaban en aquel momento al Instituto de Medicina Legal de Aragón.

—Como veis, acopló dos bombonas de plástico de doscientos litros.

Me asomé a la caja de la cámper mientras Sans daba explicaciones. El vehículo estaba equipado con un aire acondicionado, nevera y congelador —que por fuerza llenó de cubitos de hielo—, una pequeña cocina, mesas extensibles, muebles en los laterales… No podía sacársele más partido a un espacio.

—La chica salió a correr y no volvió a casa —escuché a mi espalda—. Esta noche las temperaturas han caído en esta zona por debajo de los diez grados. Todo cuerpo tiene un límite. Es irónico, ¿verdad? No ha podido superar su propia prueba. Es lo que pasa cuando crees que tienes superpoderes.

—¿Sigue aquí la forense? —pregunté.

—La mujer rubia del fondo. —Señaló hacia una esquina de la habitación sin apenas techo llena de técnicos del servicio de criminalística de la Guardia Civil—. Irene Escolar. Un maquinón.

Me acerqué cuando anotaba algo en su tableta.

Me presenté, aunque a aquellas alturas no necesitara presentación.

No me anduve por las ramas.

—Me gustaría que durante la autopsia de Guerrero le realizase una prueba poco habitual.

Paloma del Moral

Sierra de Albarracín, Teruel

Iniciamos el viaje de regreso a Madrid tras haber inspeccionado una escena del crimen sin cadáver.

—Bueno, pues caso cerrado —celebró Toño—. No me esperaba este final, pero bien está lo que bien acaba.

—¿Sabes qué fue lo último que me dijo tu hermano? —pregunté sin venir a cuento.

Sentí la necesidad de contárselo. El cuerpo me exigía quitarme ese peso de encima. Y, por primera vez, me sentí preparada.

—No.

—Sal por la ventanilla.

—¿Sal por la ventanilla?

—Aquella mañana me sorprendió con un viaje al delta del Ebro.

—Lo sé.

—Aun así, deja que te lo explique.

—Claro.

—Yo quería pasar unos días en la playa y él en el campo, y buscó una zona que reuniese los dos ambientes. Ni siquiera recuerdo el nombre del hotel en el que íbamos a hospedarnos. La cuestión es que circulábamos por una carretera ancha y con buen arcén, con un canal de agua enorme que se alargaba a nuestra derecha. Las vistas eran preciosas… Entonces, un inconsciente adelantó sin mirar y tu hermano tuvo que salirse de la carretera para no darnos de frente. Estuvo a punto de enderezar el coche, pero este perdió tracción, giró como una peonza y caímos al canal. De lado, con el techo contra una pared y la ventanilla de César contra el fondo. Tu hermano mantuvo la calma. Él sí era un superhéroe. Yo empecé a chillar como una histérica mientras el agua se colaba por todas partes. —Negué con la cabeza—. No pude hacerlo peor.

»César se quitó el cinturón, sacó el reposacabezas del asiento y usó la parte metálica para introducirla por el borde lateral y romper el cristal de mi ventanilla haciendo presión. Antes de que el agua entrara a chorro, gritó: "¡Sal por la ventanilla!".

»Me costó horrores salir del coche. Creo que hasta le di una patada. Cuando emergí, la corriente me empujó canal abajo. Nadé hacia el coche, pero se había convertido en una mancha borrosa. Traté de sumergirme, pero la corriente, aunque no era demasiado fuerte, me… En fin. Ya sabes cómo termina la historia. A tu hermano lo sacaron los buzos de la unidad acuática de los Mossos d'Esquadra.

»Si hubiera salido más rápido…

Dos lágrimas rodaron por mis mejillas.

Toño puso los cuatro intermitentes y se detuvo en el arcén, y se inclinó hacia mí con un brillo especial en los ojos. Pensé que iba a darme un abrazo de consolación, pero solo susurró en mi oído:

—Te contaré un secreto, Palomita: mi hermano murió feliz.

Toño Castro

Calle de Aldonza Lorenzo, Madrid

Toño se asomó al cuarto de baño.

Su madre se acicalaba ante el espejo, absorta en sus rizos.

—¿Qué miras?

—Nada. Pero las he visto más rápidas. Llevas diez minutos ahuecándote el pelo. Enga, que es para hoy.

Toño no estaba para bromas, aun así intentó que aquella mañana pareciera normal. No le gustaba mentirle a su madre, pero durante los últimos días se había hartado de hacerlo. Cada vez que le preguntaba por su padre o por su hermano, le decía: «No creo que tarden», y cuando lo hacía por un vecino de su otra vida, le salía por peteneras.

—Y yo los he visto menos tontos —contratacó Concha.

El inspector había acudido recientemente a una entrevista con el equipo asistencial de la residencia. Les rogó por teléfono no hacerlo en compañía de su madre. Le informaron sobre los servicios y el reglamento y qué enseres personales y documentos debía llevar el día del ingreso.

La noche anterior había llenado una maleta con ropa de temporada mientras su madre le hacía una visita a una vecina. La sensación de estar tendiéndole una trampa le dolía en el alma. Pero creía conocer a su madre y no encontró un modo mejor de hacerlo. Los miembros del equipo de asistencia le recomendaron una adaptación gradual, que Concha realizara visitas previas a la residencia.

«Conozco a mi madre mejor que nadie. Háganme caso. A la segunda visita viene con un bidón de gasolina y un mechero debajo del abrigo», los advirtió Toño durante la entrevista.

Tras su insistencia, el centro aceptó —a regañadientes— proceder como el inspector consideraba oportuno.

—Vamos —dijo Concha tras el último retoque.

Creía que iban a pasar el día por la zona del Retiro, que su hijo había cogido un día libre para llevarla a dar un paseo. Lo hacían de vez en cuando, pero siempre en fin de semana: un detalle del que Concha no se percató.

Bajaron cogidos del brazo, Concha midiendo cada paso; cada escalón era un tormento para sus caderas.

El inspector la ayudó a meterse en el coche. Antes de ponerse al volante, observó las ventanas del piso de su madre, encajadas en una fachada vieja.

«Puede que lo esté haciendo de pena —contempló—. Ni que la llevara a una cárcel. Otro día volveremos y que se despida del piso. O tal vez sea mejor cortar por lo sano…».

Lo atacó la culpa, la sensación de ser una mala persona.

Madrid le pareció más gris que nunca, más incluso que cuando recorría sus arterias tras investigar la escena de un crimen espantoso.

Aparcó cerca de la puerta de la residencia.

—¿Dónde vamos? —preguntó Concha con la frente arrugada.

—Es una sorpresa.

—No me gustan las sorpresas.

—Pues te aguantas.

—¿Vamos a ver a César y a Paloma?

—No.

La residencia le pareció un bloque de pisos de ladrillo cualquiera. Pero había estado dentro, observado la amplia habitación de su madre y recorrido el espacioso jardín por el que podría pasear con sus compañeras de residencia.

Se apearon del coche y caminaron por la acera al bajo ritmo de Concha.

—¡Dime dónde vamos, hostia!

—Ya está, es aquí.

El inspector se detuvo ante una puerta de metal. Concha vio el letrero con el nombre de la residencia y habló con más calma de la que había previsto su hijo, y con menos piedad:

—Era cuestión de tiempo. ¿César sabe esto? Es lo único en lo que le superas, en la sangre fría. Cría cuervos y te sacarán los ojos.

Toño exhaló un suspiro de resignación y llamó al portero automático.

—Soy Antonio Castro. Vengo a ingresar a mi madre.

La puerta se abrió y una gran cristalera apareció al final de un camino de piedra delimitado por flores. Podía verse la recepción a través de la reluciente cristalera al final del sendero. Tuvo la sensación de estar en el último tramo de un largo trayecto.

A Toño le impactó la docilidad con la que su madre entró en la residencia. Concha sacó adelante a dos hijos con cuatro duros y un marido borrachuzo que no daba palo al agua; y pasó por la puerta de la recepción con la cabeza gacha y los ojos tristes.

Una joven con uniforme de enfermera les rogó que aguardaran. Concha no miró a su hijo durante la espera. Clavó los ojos en el suelo de mármol en silencio, como el acusado que asume con dignidad su sentencia.

Una cuidadora se la llevó finalmente a enseñarle las instalaciones. Concha no se despidió de su hijo. Mientras se alejaba con pasos cortos, Toño escuchó un ruego con voz temblorosa:

—Llamad a mi hijo César. Seguro que no está al corriente. Él arreglará este desaguisado.

—Luego lo llamamos —dijo la cuidadora con voz melosa.

El inspector volvió al coche a por la maleta de su madre.

Al regresar a la recepción, lo esperaba la directora del centro. Sus ojos marrones desprendían la paz de un salto de agua y la sonrisa que le dedicó antes de estrecharle la mano le robó un pedazo de amargura:

—Puede irse tranquilo, señor Castro. La vamos a cuidar como si fuera la madre de todos nosotros.

Paloma del Moral

Avenida de San Luis, Madrid

Antes de acostarme fui incapaz de no poner las noticias y embriagarme con imágenes sobre los crímenes del Hombre de Escarcha.

Sentimos interés por lo desagradable y morboso. La popularidad de los *true crimes* es la muestra de un rasgo psicológico presente en los seres humanos: la curiosidad macabra. Y no hablamos de un rasgo moderno. Un buen ejemplo de ello es el Coliseo romano, donde la gente pagaba para ver combates y otro tipo de espectáculos violentos y sangrientos. Leí un curioso artículo en la sala de espera de mi dentista que, si mal no recuerdo, atribuía nuestro interés por lo macabro al instinto de supervivencia. El mundo es un lugar bastante peligroso, y tener curiosidad por lo violento, por aquello que genera miedo, es una manera de aprender sobre esos riesgos para poder evitarlos o lidiar con ellos. No obstante, contemplar tanta violencia puede hacernos creer que vivimos en un mundo más peligroso de lo que realmente es, lo que puede estimular todavía más nuestra curiosidad macabra y hacer que busquemos con más ansia ese tipo de material, adentrándonos en un círculo vicioso. Los pilotos de avión practican en simuladores de vuelo; los médicos, con cadáveres… De un modo inconsciente, hacemos simulacros de miles de escenarios ficticios para poder analizar cómo reaccionaríamos en uno real. Ahora, con internet y las redes sociales, podemos acceder a casi cualquier situación macabra cuando lo deseemos. Podemos practicar tanto como queramos.

El Sacamantecas. El crimen de la calle Fuencarral. El crimen de la plancha. Los asesinatos del huerto del francés. El crimen del expreso de Andalucía. El caso de Carmen Broto. El crimen de Tardáguila... Qué tiempos aquellos, en que únicamente la radio y los periódicos aireaban los asesinatos, cuando un crimen aún no era un circo de tres pistas en el que el público se deleita desde las gradas de sus casas con los detalles, sin pensar en lo que sufren las familias y los amigos de las víctimas.

«He de esperar al resultado de la prueba antes de ponerme en lo peor», me dije antes de apagar el televisor y darle el beso de buenas noches a la foto de César.

Dormí poco y mal. El cierre de un caso nunca me había dejado tan insatisfecha. En mi profesión, cerrado significa «bien atado», pero a mí me daba la sensación de haber dejado cuerdas sueltas por el camino.

Desayuné cereales con leche y partí hacia la comisaría dispuesta a investigar un caso que se nos resistía desde hacía más de un año, el mismo en el que colaborábamos antes de que apareciera una mujer muerta en un parque infantil de Vallecas. La falta de pruebas estaba consiguiendo que el asesinato de Lorena Marqués de una puñalada por la espalda mientras caminaba sola por la calle fuera considerado por los medios como «perfecto». Pocas palabras compuestas me producían más repugnancia que «crimen perfecto». Alguien la siguió y la apuñaló cuando se encontraba a pocos metros de la puerta de su casa. Un trabajo limpio, sin dejar huellas ni dejarse captar por cámaras. Mi punto de mira estaba fijo en una compañera de trabajo a la que Marqués le hacía *mobbing*, pero, a pesar de que no pudo darnos una coartada e incurrió en contradicciones durante su declaración, no habíamos podido demostrar su autoría con pruebas. Ni siquiera teníamos el arma homicida. No creía que anduviéramos tras la pista de una extraordinaria mente criminal, sino de una asesina con suerte y una sangre fría óptima para salir indemne.

Encontré a Toño en la sala de descanso.

—Hola, Palomita. —Llevaba un par de semanas decaído por culpa de la enfermedad de su madre. Pero aquella mañana lo noté especialmente sombrío—. ¿Te preparo un café?

—Sí, gracias.

Me senté a una de las mesas: intuí que necesitaba desahogarse.

—¿Cómo fue el ingreso? —le pregunté después de que se sentara al otro lado del tablero—. Hoy tenía pensado pasarme a verla, pero si te parece demasiado pronto…

—Espera una semanita o así. Si vas hoy, es capaz de pedirte que le cueles una lima.

—¿Tan mal se lo tomó?

—No soltó ni un solo grito. Y lo hubiera preferido, la verdad. Entró quejándose, pero tranquila. Resignada. Me dijo que en lo único que superaba a César era en frialdad. ¿Y sabes qué es lo peor de todo? Que cuando llegué a mi piso tuve la sensación de haberme quitado un peso de encima. Y eso me mata por dentro. ¿Qué clase de persona soy?

—Una buena. Es normal experimentar ese tipo de sensaciones. Eso no significa que no quieras a tu madre; simplemente, que una persona dependiente es una carga mental y que dejarla bien cuidada en una residencia te libera un poco de esa carga.

—Hubieras sido una buena psicóloga.

—Creo perfiles psicológicos.

—Cierto. Esta tarde-noche me pasaré a hacerle la primera visita formal: la prueba de fuego.

—Mi consejo es que actúes como cuando llegabas a su piso.

181

—No voy a hacer un drama de todo esto; para eso ya está ella. Me llevo el café a la mesa.

—Sí, vamos, que hay un caso que desatascar.

Llevaba poco más de una hora redactando una lista de preguntas que hacerle a la principal sospechosa cuando mi móvil vibró encima de la mesa. Me chocó ver el contacto «Forense Escolar» en la pantalla.

—Buenos días, Escolar. No me digas que ya tienes los resultados —dije con tono de asombro. No concebí otro motivo para su llamada.

—Así es.

—Menuda velocidad.

—La he realizado yo misma. No es una prueba compleja. Entiendo el motivo, y por eso me he dado prisa. No existe mutación en el gen ACTN3, que da lugar a una copia truncada de la proteína alfa-actinina-3. Me pediste que comprobara si Guerrero tenía deficiencia de la proteína y la respuesta es no.

Por poco se me sale el corazón del pecho.

—Te debo una, Escolar.

—Solo he hecho mi trabajo.

Me levanté de la silla y enfilé el pasillo de cubículos rumbo al despacho de Rojas, como un ciudadano ejemplar hacia un teléfono tras presenciar un crimen. El hallazgo me ardía en la garganta.

Le di un toque a Toño.

—Sígueme.

Toño se incorporó y siguió mi estela.

—¿Qué pasa? —preguntó a unos metros del despacho.

—No me hagas explicarlo dos veces.

Arqueó las cejas mientras yo llamaba con los nudillos.

—Adelante —autorizó nuestro inspector jefe.

»¿Algún avance en el caso? —preguntó en cuanto pusimos un pie dentro.

—¿En cuál? —respondí.

—¿Cómo que en cuál? —Rojas me dedicó una de sus miradas precabreo—. En el caso Marqués.

—En ese no, pero sí en el caso Escarcha.

Noté cómo Toño me miraba de soslayo con cara de asombro.

—El caso Escarcha está cerrado a cal y canto. El cuerpo de Gue…

—No —lo corté con firmeza.

—No ¿qué?

—Que Guerrero no era el Hombre de Escarcha. Únicamente su mano derecha.

—Deberías haber incluido algún «creo» en esas frases, ¿no te parece? —dijo bruscamente.

—Le pedí a la forense que comprobara si tenía deficiencia de la proteína alfa-actinina-3. El Hombre de Escarcha habló de un don, y estoy convencida de que se refería a esa deficiencia, que en el fondo es una habilidad. Él estaba seguro de tener dicha ventaja contra el frío. Estoy convencida de que se hizo algún tipo de prueba.

—¿Nombró esa proteína cuando habló contigo? —me preguntó Toño.

—No, pero ¿a qué pudo referirse, si no?

—Entonces, según tu hipótesis —inquirió Rojas—, ¿mató a su compinche para cargarle el muerto?

—En otro caso —expliqué meditabunda—, lo consideraría una estratagema para quedar impune. Ya sabe lo que dicen: el crimen perfecto no es aquel que no se resuelve, sino el que se resuelve con un falso culpable. Pero el Hombre de Escarcha pretende que creamos que ha sucumbido a su propia prueba de frío para actuar a sus anchas. Nadie lo busca. No hay controles de carretera en la zona, más allá de los habituales. El Triángulo de Hielo, su gran escenario, ha quedado despejado.

183

—¿Quieres decir —preguntó Rojas de nuevo— que en estos mismos instantes, mientras discutimos si sí o si no, el Hombre de Escarcha está planeando un nuevo asesinato usando el frío como arma homicida, bajo la tranquilidad que le otorga ser dado por muerto?

—Jefe, no ha podido resumirlo mejor.

—Digamos que te creo, Del Moral. Sin embargo, ningún indicio apunta hacia otra persona. Te basas en una corazonada. Que tenga o no la proteína esa no exime a Guerrero de ser el único asesino. Es una pista endeble, basada en supuestos.

—Los pálpitos, el instinto… no deben pasarse por alto.

—No he dicho que vayamos a ignorar tu intuición. Después de todo, tiene su lógica. Pero, insisto, ¿qué crees que deberíamos hacer en adelante? Los demás hemos dado el caso por resuelto…

—Si estoy en lo cierto y Guerrero solo fue una marioneta del Hombre de Escarcha, y mi plan sale mal…

—¡Hasta tiene un plan!

Toño se echó las manos a la cabeza con una impertinente mueca de sorpresa. No me gustó el gesto, fuera de lugar. Tampoco a Rojas, que le echó una mirada represora.

Estuve tentada de darle un guantazo allí mismo.

—Tengo un plan, sí, zoquete, y es de lo más descabellado. Pero lo único que se me ocurre es adelantarnos a su próxima jugada. O, en su lugar, protegernos. Desde que le pedí la prueba a la forense no he hecho más que darle vueltas a la posibilidad de que nos hubiera dado gato por liebre. Creo saber cómo piensa el hombre que tiene el don. Creo saber cuál será su siguiente paso.

Paloma del Moral

Comisaría General de Policía Judicial, Madrid

Toño se acercó a mi mesa cuando yo revisaba las grabaciones de las cámaras de vigilancia próximas a la calle donde Lorena Marqués fue asesinada.

—¿Quieres acompañarme a ver a mi madre?

—¿Has cambiado de idea?

—Lo he estado pensando y creo que necesitaré refuerzos.

—Ya viene siendo hora de que le haga una visita. Lo he pospuesto demasiado tiempo. Entrar en su piso me llenaba de tristeza, ¿sabes? No es excusa, pero… La culpa… En fin. Es lamentable que haya tenido que esperar a que esté ingresada en una residencia.

—Todos tenemos nuestros malos tiempos. No te fustigues. Solo cruza los dedos para que tenga un buen día.

—¿Qué pasa contigo, *number one*? —saludó Toño, enérgico.

La encontramos leyendo en su habitación, sentada en un sillón encarado hacia la ventana que llenaba el dormitorio de una tenue luz. Sus ojos, rodeados de arrugas, aún mostraban parte de la chispa de la juventud. Pero no miraban como antaño: parecían perdidos, buscando mientras te repasaban. Vestía una falda negra y un suéter blanco, y un chal tejido a mano que le había visto otras veces.

—Ni *number one* ni hostias, mala bestia, que me tienes contenta.

Le dimos dos besos y nos quedamos a los pies del sillón.

Intuí que no me había conocido.

—Ya se te pasará el enfado —dijo Toño—. Al menos no estás en plan dramático… Que tengas ganas de meterte conmigo es buena señal. Además, aquí estás en la gloria. ¿Lo vas a negar?

—Es lo que te va a salvar, mameluco, que no me has metido en una residencia deprimente.

—Yo nunca haría eso.

—Ya. ¿Y hoy qué pasa, que vienes acompañado? —le preguntó—. ¿No me vas a presentar a esta chica tan guapa? ¿Es tu novia?

Concha puso cara de guasa mientras yo sentía una extrema tristeza y Toño me miraba con cara de circunstancias.

—¿Esta pipiola? No, mamá. Es Paloma. La mujer de César.

—Ven. Acércate.

Di un paso al frente y Concha me cogió de las manos. Su piel seca y áspera, delgada, quebradiza y llena de pliegues y manchas, me recordó lo frágiles que nos vuelve el tiempo.

Puso sus ojos sobre los míos, como si tratara de encontrarme en la profundidad de mis pupilas.

—Paloma —susurró—. Ay, sí, Paloma… La de mi César. —Se incorporó y me abrazó. Y enseguida volvió a sentarse—. Se me va la cabeza, hija mía. No sé qué me pasa. A veces olvido dónde estoy, qué día es… —Su gesto cambió—. ¡Esto no me gusta, es una mierda! ¡Una mierda! No me gusta, no me gusta… Tengo que comprar huevos. ¡Que tengo que comprar huevos, joder!

Concha empezó a mecerse en el sillón mientras susurraba «tengo que comprar huevos». Di un paso atrás.

—Espérame en el pasillo —me rogó Toño—. Ahora salgo.

—Adiós, Concha.

Un adiós que sonó a algo más que una despedida.

Desde el pasillo escuché cómo Toño consolaba a su madre.

—Mamá. Voy a llevar a Paloma a casa y vuelvo, y vemos un rato la tele, ¿vale?

Me asomé a la habitación.

—No hace falta. Vuelvo en metro.

—¿Seguro?

—Segurísimo.

La demencia va borrando los recuerdos del enfermo y destroza los sentimientos de los que lo quieren. El día menos pensado dejas de ser quien eras. Ser uno mismo está infravalorado. La vida es compleja. Demasiado. Cuando crees que has aprendido cómo se ha de vivir, llega un accidente o una enfermedad y has de volver a aprender. Como Concha, Paloma del Moral se vio obligada a aprender a vivir. Esperaba no tener que volver a estudiar una de las peores asignaturas que ofrece la vida: empezar de cero.

Toño Castro

Cinco días más tarde. Casa de Campo, Madrid

Aparcó el coche en un apartadero de la carretera Garabitas.

Se apeó y se estiró sobre un suelo acolchado por hojarasca mientras inhalaba aroma a pino y a tierra húmeda. No se avistaban edificios, solo caminos de tierra color crema resaltados por el marrón de las hojas caídas que zigzagueaban entre los troncos. Traía buen humor. A pesar de la demencia, su madre se estaba adaptando bien a su nuevo hogar. Según los de la inmobiliaria que contrató para vender su piso, era probable que lo vendiera en poco tiempo y a un precio razonable. Los últimos acontecimientos le levantaron el ánimo y decidió que ya era hora de perder peso. Aunque fuera un poco. Por eso pretendía recorrer las cuestas, cambios de nivel y peralte de la Casa de Campo, a la luz de la luna y de las farolas.

Se ajustaba la linterna para *running* en el pecho cuando un todoterreno con las lunas tintadas accedió al apartadero y formó una ele con su Audi.

«¿Eres tú?», pensó justo antes de que el conductor bajara la ventanilla.

Al otro lado apareció la careta de un monstruo de hielo.

«Tenías razón, Palomita».

El enmascarado sacó el brazo y lo extendió, y apretó tres veces el gatillo de una pistola de madera. El inspector notó un primer picotazo en el muslo, un segundo en el brazo y un último en la mejilla, como si lo atacara un enjambre de avispas. Se arrancó los dardos con furia y caminó hacia el conductor apretando los dientes, gruñendo como una loba que protege a su camada. Se imaginó arrancándole la careta de un puñetazo, pero las fuerzas lo abandonaron a un metro de la puerta y se dio de bruces.

«Ha abollado la chapa con la cabeza», se sorprendió el secuestrador: lo último que Toño oyó antes de perder el conocimiento.

Se apeó y abrió una de las puertas traseras para hacerse con el extremo de una cuerda de nailon que ondeaba sobre los asientos, hasta terminar en un cabestrante manual. Ató al inspector por los tobillos con un nudo doble y con la calma de quien no teme ser descubierto y caminó hasta el maletero. Entró de rodillas y tiró con saña del gran cuerpo del inspector con la ayuda del cabestrante anclado en el suelo del lugar donde se guardan la compra y las maletas. Arrastrado y golpeado, Toño acabó sobre los asientos traseros.

—Menuda mole. Tuve mis dudas sobre si podría subirte con mis propias manos. Pero está hecho. Hombre prevenido vale por dos —susurró antes de cubrirlo con una manta del mismo color que la tapicería.

Toño Castro

Triángulo de Hielo

Abrió los ojos y encontró oscuridad.

Notó que tenía las manos atadas a la espalda y no podía separar los pies. El Hombre de Escarcha lo había amordazado y le había puesto una venda en los ojos.

Intentó liberarse, pero las ataduras eran firmes.

—Has despertado en el momento preciso —oyó.

Se hallaba entumecido. Notó que estaba desnudo bajo la manta, al margen de sus calzoncillos bóxer y sus zapatillas de *running*. Tiritó mientras creía haber despertado en una cámara frigorífica.

El asesino tiró de la gruesa manta. Sin embargo, Toño no pudo ver más que un contorno de luz. Imaginó a su captor en calzoncillos y zapatillas, con la máscara. Y no se equivocó.

—Estamos en el lugar donde todo empezó. El camino por el que hemos llegado se extiende más de veinte kilómetros en ambas direcciones. Nadie pasa por aquí, menos aún a estas horas y con este tiempo. Pero tranquilo, que la luna iluminará tus pasos. Cruza el bosque y darás con una casa de campo abandonada, con mantas dentro, leña en la chimenea, cerillas…

»Contigo tomaré medidas extraordinarias. —Cogió un arma del asiento del pasajero—. Ahora mismo tengo una ballesta entre mis manos. Si intentas agredirme, te clavaré una flecha en el corazón. Te advierto que soy un excelente tirador. Tampoco puedo perder el tiempo yendo a buscar tu cadáver. Esta vez no usaré un localizador GPS. La atención está llamada. La Guardia Civil encontrará tu cuerpo, si es que no superas la prueba. A mí me prestas el mismo servicio si vives o si mueres; servirás de ejemplo de todos modos. Voy a desatarte las piernas y a ayudarte a bajar del coche. No hagas ninguna tontería o tus posibilidades morirán a los pies del todoterreno.

El Hombre de Escarcha salió a la intemperie semidesnudo y abrió la puerta trasera, y deshizo el nudo doble que juntaba las piernas del inspector. Tiró de él como de una bala de heno hasta que el cautivo puso los pies sobre la tierra.

«Poco puedo hacer con las manos atadas a la espalda y los ojos vendados», se desalentó Toño, con más miedo que nunca.

El asesino lo obligó a cruzar el camino empujándolo por la espalda mientras sujetaba la ballesta con una mano.

Lo detuvo en la linde del bosque.

«Espero que hayáis notado que he salido de Madrid —pensó Toño mientras lo atacaba un frío tremendo y un intenso olor a pino—. Este no puede ser mi final».

—Espera aquí. Enseguida vuelvo para quitarte la venda de los ojos. No querrás salir corriendo a ciegas, ¿verdad?

Toño negó con la cabeza y el asesino se dispuso a tomar medidas, por si el policía que lo había estado rastreando superaba la prueba. Sacó una funda impermeable del maletero del todoterreno y lo cubrió por completo.

Caminó hasta colocarse de nuevo a la espalda de su víctima.

E hizo una última puntualización:

—Hoy no es un día cualquiera. Después de un episodio de grandes nevadas se despeja el cielo, el aire se queda en calma y el suelo está completamente nevado. Tres ingredientes que le dan al lugar un efecto congelador. No solo ocurre por la noche, también durante el día. La propia nieve provoca que el manto de aire que hay encima sea denso, muy pesado, y se crea una especie de pantano de aire frío.

»No mires atrás.

Lo despojó de la venda, la mordaza y liberó sus manos de las ataduras.

Toño se encontró en el límite de un bosque nevado, con la luz plateada de la luna filtrándose entre ramas blanquecinas. El aire entró al fin por su boca y cada exhalación se convirtió en una nube de vapor. A su derecha se alargaba un camino estrecho marcado por las ruedas del coche del asesino; a su izquierda, una pista apenas perceptible.

Se adentró en el bosque a toda velocidad ante la sorpresa del Hombre de Escarcha. Saltó un tronco, casi a tientas, y estuvo a punto de darse de bruces contra el sotobosque al pisar una roca congelada. Su piel pálida rozó ramas bajas y matorrales. Le costaba moverse con soltura. Su organismo se empeñaba en encorvarse y en abrazarse a sí mismo.

Entonces, cuando el asesino caminaba hacia el coche, oyó un grito en plena noche:

—¡Que no se diga que no somos infalibles, hijoputa!

Frunció el ceño.

Le quitó la funda al todoterreno con el grito del inspector en la cabeza.

Se puso al volante sin despojarse de la careta de plástico.

«¿Que no se diga que no somos infalibles? —pensó mientras sujetaba el volante—. Bah. El frío puede provocar confusión».

Toño no se adentró en el bosque. No fue en busca de la casa prometida donde podría encender un fuego. Corrió en paralelo al camino y se acurrucó detrás de una roca cuando su cuerpo dijo basta, y aguardó. «Llegad pronto o moriré de frío», suplicó con la vista pegada a la carretera mientras se frotaba el cuerpo con ambas manos.

El Hombre de Escarcha condujo sobre sus propias huellas de

neumático durante aproximadamente un cuarto de hora. Al tomar una curva a la izquierda se topó con un todoterreno de la Guardia Civil que circulaba con las luces apagadas. Dentro, Toño lo saludó cubierto por una manta térmica.

El asesino metió marcha atrás y salió quemando rueda, y se despeñó por una ladera.

Paloma del Moral

Días antes. Despacho del inspector jefe Rojas, Madrid

—Quiere dar el do de pecho —expliqué, intensa—. Por eso necesitaba deshacerse del acoso de la Guardia Civil. Lo que pretende es complicado, y no creo que su fin sea salir indemne. Tengo el presentimiento de que ha superado el punto sin retorno. Su único anhelo es dejar una impronta profunda en nuestras mentes. Lo tenía planeado desde el principio. Quiere someter a la prueba a otro de nosotros, y necesita pillarnos con la guardia baja.

—Si estás en lo cierto y nos quedamos de brazos cruzados —meditó Rojas—, se coronará mientras nos hace parecer unos incompetentes. Antes has dicho que tenías un plan.

—Hacer lo mismo que él hizo con Belén Rivera.

—¿Matarlo de frío?

—Ponernos localizadores GPS que nos avisen cuando uno de nosotros salga de Madrid. Como si fuéramos el coche de un sospechoso. Lo adheriremos a nuestra ropa interior, por la parte de dentro. Lo importante es que no se vea. Conocemos su *modus operandi:* no mata al momento. Nos trasladará al Triángulo de Hielo, tal vez a su casa, y lo seguiremos y detendremos. Si hemos de abandonar la capital, daremos aviso de cuándo y adónde vamos. Si alguien desaparece sin informar...

—Es... —Rojas no supo cómo definir mi estrategia.

—Es una jodida genialidad. —Toño sí.

Mi compañero me dedicó un gesto de absoluta adoración.

—Iba a decir poco ortodoxo —se apresuró Rojas a aclarar—. Pero no vamos a morirnos por llevar un localizador en los gayumbos y las bragas. Si te digo que no y luego se lleva a uno de nosotros… Eso sí, los localizadores tendrán que ser de quita y pon, o a los dos días iremos dejando un rastro de tufillo…

Toño sonrió. Yo ni mucho menos.

—A lo mejor me equivoco —dije, preocupada.

—No pienso esperar a averiguarlo. Más vale prevenir que curar —juzgó Rojas—. Te lo pondrás tú, por si quiere repetir; el descerebrado este —señaló a Toño con la cabeza—, Vázquez y Lobo y Acosta y Vera, y hablaré con el teniente Sans, a ver si quiere enchufarse uno. Sobra decir que yo seré el primero en estar localizable. Y ahora, si me disculpáis, voy a hablar con los informáticos.

Paloma del Moral

Avenida de San Luis, Madrid

Fui la primera en salir en busca de Toño y por ende del Hombre de Escarcha.

«Por los pelos —pensé, nerviosa—. No llevamos los localizadores GPS adheridos a la ropa interior ni veinticuatro horas».

En cuanto el móvil me avisó de que mi compañero había abandonado Madrid, me vestí a toda prisa y salí rumbo al Triángulo de Hielo.

Puse sobre aviso al teniente Sans mientras bajaba por el ascensor, también a Rojas.

«Como haya salido de Madrid sin avisar, te juro que lo mato —pensé mientras giraba la llave en el contacto de mi Peugeot 2008—. Y si es una de sus bromas pesadas, lo mato dos veces».

Perdí el rastro. Los bosques densos y las montañas interfirieron en la señal GPS.

«Puede que ya esté corriendo bosque a través», pensé nerviosa.

La nieve resplandecía en los arcenes como barras luminiscentes cuando descubrí tres todoterrenos de la Guardia Civil en el acceso a una pista nevada que se perdía en la profundidad de un bosque de troncos apretados.

Respiré aliviada al encontrar un *marcador* en el camino.

El viaje se me hizo soberanamente largo.

Hablé con los agentes iluminada por los faros de sus cuatro por cuatro mientras más allá solo existía oscuridad. Por un momento me sentí una bruja en un aquelarre. Lancé un suspiro de alivio que se condensó en el aire cuando me comunicaron que Toño estaba sano y salvo. No me alegró tanto saber que una patrulla se cruzó con el asesino, pero que este había logrado escapar.

Les pedí que me acercaran a donde estuviera Toño. Temí que mi coche no pudiera con la nieve del camino. Las ruedas de sus todoterrenos estaban equipadas con cadenas. Uno de ellos accedió a llevarme hasta mi compañero.

Un agente joven de pelo negro y nariz aguileña condujo durante poco más de media hora, hasta que Toño apareció en un apartadero, apoyado en el morro de un todoterreno.

Me apeé antes de que las ruedas del todoterreno dejaran de girar del todo.

Nos miramos sonrientes antes de darnos un abrazo en medio de un camino blanco. Toño llevaba puesto un uniforme de campaña de invierno de la Guardia Civil.

—¿Te has pasado a la Benemérita? —le susurré al oído.

—He desertado.

Sonreí mientras el abrazo se deshacía.

—No vas a creértelo. Cuando nos lo hemos topado de frente, poco después de que yo saliera en calzones delante de un todoterreno de la Guardia Civil, el loco ha puesto marcha atrás y se ha despeñado por un terraplén. El coche ha empezado a dar vueltas de campana y... no sabemos cómo, pero, antes de salir en gayumbos, zapatillas de deporte y la careta, ha tenido tiempo de prender una mecha o... La cuestión es que el coche ha empezado a arder como una tea, lo que, además de servirle como técnica de distracción, ha destruido pruebas. El humo era tan denso... Es flipante que después de dar dos vueltas de campana haya conseguido quemar el coche y salir por patas.

—No volveremos a cruzarnos con un asesino tan previsor. Su don es la paciencia y la planificación. Tal vez por eso ha llegado tan lejos. En vez de reprocharnos no haber logrado detenerlo antes de que asesinara a tres personas, deberíamos felicitarnos por sitiarlo antes de que matara a otra.

—El coche está ahí abajo, por si quieres echarle un ojo. —Señaló al otro lado del camino con la barbilla—. Lo están investigando ahora mismo. Estaba esperando a ver si pueden darme una matrícula o un número de serie. Pero me temo que no va a poder ser.

—La matrícula es falsa.

—A eso me refiero.

—Voy a echar un vistazo.

—Aquí te espero.

Me asomé al terraplén.

No tuve claro a quién pertenecía el coche calcinado. ¿Fresneda, Álamo, tal vez Lindo? ¿O era de un desconocido? Observé el amasijo de hierros ennegrecidos desde lo alto del camino mientras dos agentes especialistas en investigación de incendios de la Guardia Civil lo inspeccionaban dentro de un pequeño cordón policial.

«Puede que fuera de alquiler».

—Ha tomaban muchas precauciones para evitar la identificación —dijo uno de los guardias civiles—. La matrícula es falsa. Ha borrado el número de bastidor…

«Estaba claro». El Hombre de Escarcha merecía pudrirse en una cárcel, pero no podía dejar de maravillarme por su capacidad de planificación. Pero no escaparía de la sierra de Albarracín. Un dispositivo de búsqueda compuesto por más de cien agentes lo rastreaba con la ayuda de perros, drones y helicópteros.

El fuego solo le serviría para demorar su identificación.

Miré hacia la profundidad de los bosques y pensé: «Aún crees que puedes escapar, ¿verdad?».

Me acerqué a mi compañero; no parecía haber estado cerca de morir por hipotermia.

—Gracias —me dijo.

—¿Por?

—Por salvarme la vida.

—¿Por esa tontería? —Le guiñé un ojo—. No hay de qué, cuñao. Hoy por ti y mañana por mí.

Sonrió.

—¿Suicidio, se entrega o lo matan de un disparo? Vamos, apuesta.

—No bromees con esas cosas. En el fondo es una persona enferma.

—Ha matado a cuatro personas y ha intentado liquidarme, y a ti también. Puedo bromear sobre su muerte.

—Entonces, digo suicidio. Aunque no es lo que deseo: me gustaría interrogarlo. Pero su perfil psicológico indica que no se dejará atrapar con vida.

—Pues yo digo que se lleva un tiro mientras intenta escapar.

—¿Y se puede saber qué nos estamos jugando?

Toño se frotó el mentón.

—Un menú degustación en el restaurante Gaytán.

—¿Y cuánto cuesta eso?

—Unos doscientos pavos.

—La madre del cordero. Pero ¿sabes qué? Acepto. Para celebrar que somos infalibles. Bueno, que soy infalible.

Una estridente risotada resonó por la sierra de Albarracín cuando uno de los especialistas de la Guardia Civil aparecía por el terraplén.

—Se ha atrincherado en un refugio forestal —nos informó entre resuellos.

* * *

El guardia civil nos acercó con su todoterreno.

El refugio se alzaba sobre un suelo blanco de retales marrones y verdes y el gris de las rocas. A la derecha de la pequeña construcción se abría una senda cercada por una rudimentaria barandilla. Un poco más lejos, un puesto de vigilancia para incendios recordaba la torre vigía de madera de un antiguo paso fronterizo.

Observé la fachada revestida con piedra natural como si fuera una caja sorpresa sellada con un lazo. «Ahí dentro se oculta un nombre», me dije. Y sentí el irrefrenable impulso de tirar del lazo.

El perímetro se había establecido a unos doscientos metros de la construcción.

Un joven sargento pelirrojo le dio unos toquecitos a Toño en la espalda cuando nos acercábamos al teniente Sans, que aguardaba con la mirada fija en el refugio resguardado tras una furgoneta rotulada.

—Aquí no pintas nada —le dijo el pelirrojo a Toño cuando se volvió—. Vigila desde aquella ladera de ahí.

Le señaló un montículo con el dedo índice.

—Pinto más que tú. No me…

—Te ha confundido con un guardia civil —lo interrumpí antes de que se excediera.

Toño se pasó la mano por el pelo con una mueca de incomodidad.

—Disculpe, sargento. Me han prestado el uniforme. Y soy el tontolaba que se ha dejado atrapar por el chiflado que se ha atrincherado en ese refugio de ahí.

El sargento puso cara de no entender nada y se fue a dar órdenes a otra parte.

Saludamos al teniente.

—¿Cómo está el tema? —le preguntó Toño.

200

—Le estamos dando la oportunidad de entregarse. Las ambulancias están de camino, también una negociadora… No arriesgaré la vida de ninguno de mis agentes hasta que no tenga claro que no hay otro remedio que entrar por la fuerza.

—No le deis mucho tiempo —aconsejó Toño—, o igual hace un hoyo como en *Cadena perpetua*. Capaz.

El teniente hizo una mueca que reflejó que no estaba para bromas.

—¿Está desarmado? —pregunté yo.

—Creemos que sí. Pero no es seguro.

—¿Puedo acercarme a hablar con él?

Sans me miró como si yo hubiera perdido la cabeza.

—Por supuesto que no. Pero puedo conseguirte un megáfono.

—¿Y cómo coño voy a oírle yo a él? ¿Es porque soy mujer?

—Claro que no —dijo con indignación—. Es porque es peligroso. Punto. A Castro le diría lo mismo.

—Por mí, como si le prendéis fuego al refugio —soltó Toño.

—Por el amor de Dios, lo tenéis rodeado —dije, con tono de súplica—. ¿Cuántos tiradores apuntan hacia la caseta? No voy a entrar, solo a hablarle a través de la ventana; intentaré convencerle de que se entregue. Creo que me hará caso. Y yo voy armada. ¿Qué va a hacer, atacarme con un palo?

—He dicho que no. No eres negociadora. Y dentro del refugio ha podido encontrar un cuchillo. Estoy al mando de la operación y digo que te mantengas al margen.

—Si no fuera por mí, mi compañero estaría muerto, y su asesino, tan campante —repliqué en un tono que rozó lo inapropiado—. ¡Que me abran un expediente!

Salí corriendo hacia la caseta.

Esquivé a quien trató de detenerme. Mi metro setenta me vino de perlas para escabullirme entre tanto hombretón. A día de hoy, todavía no comprendo por qué me la jugué así por un asesino.

201

—¡Vuelve aquí! —escuché a mi espalda.

Hice oídos sordos.

—Que la escolte un equipo de apoyo —transmitió Sans por radio.

Me parapeté al lado de la ventana de cristales rotos que se encontraba pegada a la puerta entornada del refugio. El equipo de apoyo, dos hombres y una mujer, no tardó en hacer lo mismo por detrás de mí.

Desenfundé y les susurré:

—Solo voy a hablar con él. No intervengáis hasta que no quede otra.

Asintieron al unísono.

—Hombre de Escarcha —llamé en voz alta—. Soy Paloma del Moral.

—Hola, Chica de Hielo.

Hubo un largo silencio, al que siguió el sonido de cristales rotos: rompió del todo la ventana para que pudiéramos escucharnos mejor.

Me asomé con cuidado al interior, pero solo pude ver siluetas entre penumbras.

—¿Qué me ha delatado? —Quiso comprender qué parte de su plan había fallado.

—Adrián Guerrero no tenía el don. Y yo sabía que tú tenías una deficiencia de la proteína alfa-actinina-3.

—Ella murió y él sobrevivió —meditó, en referencia a la novia de Guerrero—. Debí comprobarlo, pero son tantas las posibilidades que cubrir… —Su tono de voz manifestaba derrotismo—. Mi mayor error fue subestimarte. ¿Te das cuenta de lo caprichoso que es el destino? El Hombre de Escarcha y la Chica de Hielo separados por un muro de hormigón. Nuestro destino ha estado marcado desde el principio. El mío, salvar a tantos como pudiera; el tuyo, detenerme. El éxito requiere de cambio y adaptación. Sé que he salvado más vidas de las que me he llevado. Ese es mi consuelo. El mensaje calará más hondo si eres tú quien me detiene.

—La vía del miedo es un error. Matar nunca es el camino. «La letra con sangre entra» es una estupidez.

—Quemé todas mis naves por la vía pacífica. Y me miraron como si estuviera loco. No encontré otra manera. La vida no es un final digno para el Hombre de Escarcha. Debería convertirme en un mártir. Pero los últimos acontecimientos me han obligado a cambiar de planes. Lo importante es que el mensaje se prolongue en el tiempo. Mi muerte a manos de la Chica de Hielo perduraría en los anales de la historia, no lo dudes, pero creo haber dado con un modo mejor de extender mi doctrina. Documentales, películas, series, libros… Debates, artículos… Cuantas más personas sean conscientes de lo que se avecina, a menos pillará desprotegidas. La gente se reúne para adaptarse al frío. Se abrigan menos; lo he visto con mis propios ojos. Muchos ya han tomado medidas. Se me tachará de monstruo, pero, aunque muriera hoy, ya habría salvado más vidas de las que he segado.

No entendí a qué se refería con «un modo mejor de extender mi doctrina», ¿a escribir un libro en la cárcel?

—Qué tal si sales con las manos en la nuca y te tumbas bocabajo sobre la nieve.

—Entra, Chica de Hielo. No me resistiré.

Confié en la palabra de un asesino.

Me coloqué ante la puerta con las piernas separadas, como si estuviera a punto de hacer prácticas de tiro. El equipo de apoyo se situó a mi espalda con sus rifles de asalto, listos para usar en caso de fuerza mayor. Empujé la madera con la mano y esta chirrió como el freno de un coche viejo. Lo encontré en penumbra al fondo de la habitación, arrodillado con las manos en la nuca de cara a la pared, como un niño castigado. El haz de una linterna pasó por encima de mi hombro e iluminó al asesino en ropa interior. El punto de luz bailó como una luciérnaga descarriada.

La careta de monstruo, aun dándome la espalda, me cortó el aliento.

—Te estoy apuntando con un arma —lo avisé.

—No tengas miedo, inspectora.

—No lo tengo.

Me acerqué con decisión.

Le junté las manos a la espalda y le puse las esposas.

No tuve tiempo de hacer nada más: una avalancha de guardias civiles se abalanzó sobre nosotros dispuestos a robarme un pedazo de medalla.

El ímpetu de los agentes me hizo caer al suelo.

—¡Eso ha sido una temeridad! —me abroncó Sans desde el umbral de la puerta.

—Muy fan —dijo Toño a su lado.

Y mientras yo resollaba sobre un suelo de cemento sucio, el teniente se acercó al Hombre de Escarcha y lo despojó de la careta.

Lidia Trapé

Días antes. Parque del Retiro, Madrid

Se reunieron en un banco desde el que podía verse la iluminada Puerta de Alcalá por entre las ramas de dos árboles. Ernesto se negó en redondo a que lo hicieran en el café de las cervezas caras.

Lidia le transmitió su averiguación y sus intenciones.

—Es un asesino —dijo el camarógrafo, con miedo en la voz y en los ojos.

—Hace un tiempo lo estuviste grabando y no pasó nada.

—Entonces no sabía que era un psicópata. Deberías haber llamado a la Policía.

—Lo haré hoy mismo. Después de la entrevista. Le he rogado que fuera hoy para asegurarme de que la demora en informar no cueste una vida. Lo tengo todo controlado. Lo importante es que él no sabe que conocemos su secreto. Nos espera a las siete y media. Le he contado una milonga sobre que hemos extraviado la grabación. Tenemos por delante tres horas y media de trayecto. Hemos de salir cuanto antes.

—¿Has concertado la entrevista sin preguntarme antes?

—Una periodista de investigación entrevistará a un asesino mediático sabiendo que lo es, antes incluso de que lo sepa la Policía. ¿Vas a dejar pasar la oportunidad de participar en el documental del siglo? Dentro del coche, antes de que llamemos a su puerta, me grabarás y pondré a los espectadores en situación. La urgencia le añade tensión. En cuanto salgamos, llamaremos a la Policía y no nos moveremos de allí hasta que lo saquen esposado. Podremos grabar en primicia la detención de uno de los asesinos más sonados de la historia negra de España, y tras haberle hecho una entrevista.

Ernesto no parecía tan emocionado como Lidia.

—Pero entonces sabrán que has pirateado su teléfono. Y no es seguro que sea el Hombre de Escarcha. Puede que solo siga sus consejos. Llámame influenciable, pero yo llené la bañera de hielo el otro día y cronometré a ver cuánto aguantaba.

—A veces no sé si hablas en serio o me estás tomando el pelo. ¿Van a recriminarnos que hayamos salvado vidas? Harán la vista gorda. En este caso, el fin justifica los medios. Pudiéndose centrar en una persona, sacarán hasta el último de sus trapos sucios y entonces la presión mediática y social nos hará improcesables. ¿Van a enchironar a la periodista de investigación y al camarógrafo que desenmascararon al Hombre de Escarcha?

—Es excesivamente arriesgado. Y es probable que la Guardia Civil nos requise la tarjeta de memoria de la cámara, por muchos derechos que tengamos.

—En cuanto terminemos la entrevista, meteré la tarjeta de memoria en una bolsita que llevo en el bolso y me la tragaré.

—Estás mal de la cabeza.

—Puede. Pero no se llevarán la entrevista, como mucho la grabación de la detención. No llegas a leyenda del periodismo de investigación sin mancharte un poco las manos, y sin cagar de vez en cuando una tarjeta de memoria.

—Es demasiado peligroso —insistió Ernesto.

—¿No creerás que vamos a meternos en la boca del lobo sin protección?

—¿Te has agenciado una pipa?

—¿Tú qué crees?

Ernesto se pasó la mano por la cara.

—No te pega ir con pistola, ¿sabes?

—¿Por qué no?

—Siempre te he tenido por una tiparraca que da puñaladas traperas. Trapé, trapera, ¿lo pillas?

—Lo pillo. Entonces, ¿te apuntas o no?

—¿De dónde has sacado la pipa?

—De los bajos fondos de internet.

—No sé para qué pregunto. A veces das miedo.

La noche cayó sobre Teruel como una capa negra salpicada de manchitas blancas.

Lidia intentó sacudirse el miedo con la ayuda de pensamientos alentadores, pero sus nudillos blancos de tanto apretar el volante reflejaban la tensión a la que ella misma se había sometido. El silencio resultaba ensordecedor, roto por el ocasional crujido de los asientos de cuero y el viejo motor del Audi. La pistola oculta en la guantera añadía un peso invisible a los hombros de periodista y camarógrafo. El reloj del salpicadero marcaba las 19:05, pero el tiempo parecía haberse detenido. Fuera, el frío seguía intensificándose, pero dentro el calor de la tensión era casi insoportable. La presión era inmensa; el margen de error, inexistente. ¿El premio? Pasar a la historia del periodismo de investigación.

Aparcó a un centenar de metros de la puerta corredera de metal. Ernesto cogió de los asientos traseros la maleta donde guardaba su cámara.

La sacó en silencio y se la apoyó en el hombro.

—Cuando quieras.

—Mis investigaciones nos han conducido a la calle Llanos de San Cristóbal, en Teruel. Nos encontramos aparcados a un centenar de metros de la vivienda de Diego Fresneda, quien hemos descubierto que es el Hombre de Escarcha. —Ernesto no pudo evitar tragar saliva. La oscuridad que se propagaba por detrás de la luna y de las ventanillas dotaba al encuadre de una atmósfera espeluznante—. Fresneda perdió a su madre al caer por un agujero en un lago helado, lo que le causó un trauma que degeneró en una patología que se ha cobrado vidas. Pretendo entrevistarlo antes de poner sobre aviso a las fuerzas y cuerpos de seguridad del Estado. Conozco su identidad desde hace una hora —mintió—, y lo he citado a las siete y media para no darle tiempo a cometer ningún crimen mientras llega la Guardia Civil de Teruel. No intento justificarme. No trato de excusar mis métodos no convencionales. Me he enfrentado a un dilema ético y legal, y me he decantado por no darle la espalda a mi profesión. El ciudadano tiene derecho a saber quién es el hombre que ha aterrorizado a la población y mantenido en jaque a la Policía. Me mueve la veracidad, la justicia y la responsabilidad social.

Ernesto cortó tras un gesto de Lidia, y habló con tono derrotista:

—Nos mueve el interés personal. Y la sociedad no es tonta.

—Vamos a detener a un asesino. Eso es con lo que se quedará la gente. Si no nos hubiéramos saltado las normas y espiado a los sospechosos, si no hubiéramos procedido de un modo inalcanzable para la Policía, Diego Fresneda volvería a matar. Lo sabes tú, lo sé yo y lo sabrán los españoles. No le quites mérito a nuestro logro porque queramos cobrar una recompensa.

—Lo que tú digas. ¿Entramos? Son y veintisiete. Por cierto, llevo una navaja en el bolsillo.

—Bien pensado. Deja el móvil preparado para llamar a la Guardia Civil de Teruel.

—Lo he hecho por el camino.

—Perfecto. Grábale solo a él, ¿de acuerdo?

—Tú mandas.

—Pues vamos a hacer historia.

Lidia se inclinó para sacar la pistola de la guantera. Acabó pegada a su espalda, sujeta por la cintura de sus pantalones tejanos.

Caminaron a la luz de una farola distante. El chalé de Fresneda se mostró como una silueta tristona. Llamaron a la puerta del muro de piedra como ya habían hecho antes. Como entonces también, Fresneda contestó con un «¿quién es?».

—Lidia Trapé y Ernesto Rey.

—Adelante. Ya conocéis el camino.

Avanzaron silenciosos por un camino adoquinado delimitado por luces clavadas en la tierra, que aclaraban medio metro a su alrededor. «Es una locura», pensó el operador de cámara al tiempo que arrastraba la maleta; las ruedas traqueteando sobre el empedrado resonaban como un largo trueno nocturno. «Pasaremos por un mal trago, pero valdrá la pena», se dijo la periodista con las pulsaciones desatadas. El ambiente parecía mantener el equilibrio sobre una cuerda de tenebrosidad. La luz que salía por las ventanas de la planta baja eran de un tenue amarillento, añadiéndole al conjunto un aura de pesadilla. En contraste, se inhalaba un intenso olor a romero.

Fresneda salió al porche a recibirlos. Vestía un jersey de cuello alto azulado y un pantalón tejano de color blanco. Como un bloque de hielo. Hacía frío y salió sin chaqueta.

—Buenas noches —saludó con aparente placer antes de estrecharles la mano.

—Buiiinas noches.

A Ernesto se le escapó un gallo; tocar la piel del asesino lo intimidó.

—Te agradecemos que hayas accedido a una nueva entrevista —hizo constar Lidia.

—No hay de qué. Pasad.

Dentro no hacía ni frío ni calor.

—¿Cómo queréis proceder?

Fresneda los atendió con la misma calma que la vez anterior. Lidia se fijó en sus facciones, en su pelo corto negro, sus ojos grandes, su nariz recta, su boca y orejas diminutas y su mandíbula afilada. «El rostro de un asesino —pensó, a medio camino entre el miedo y la emoción—. Una cara como cualquier otra».

—Esta vez lo haremos de un modo diferente —explicó Trapé—. Aprovecharemos para darle un enfoque de documental.

—Como queráis.

La periodista se acercó a la mesa rectangular de madera maciza de pino y señaló una de las sillas.

—¿Puedo?

—Claro.

La levantó con las dos manos y la colocó en el centro del comedor. Volvió a por otro asiento y lo dejó a unos tres metros de distancia.

—He dejado tanto hueco entre nosotros porque es un asunto serio. Será un documental *true crime* y buscamos una atmósfera fría, misteriosa, ¿comprendes?

—Por supuesto.

—La luz es excelente; no hará falta volver al coche a por los focos. Y tendré que tratarte de usted.

—Lógico. ¿Puedo sentarme?

—Sí.

Fresneda se acomodó en la silla solitaria y Lidia lo hizo en la otra; notar la presión de la pistola en la espalda le otorgó seguridad.

Ernesto se acercó a Fresneda para colocarle el micrófono de solapa. No atinaba a sujetarlo con la pinza en el cuello de pico del jersey

—A-a veces pasa —se excusó, con voz temblorosa. Estar a centímetros del supuesto Hombre de Escarcha provocó que su amígdala acelerara las señales de alarma que llevaba enviándole a su cerebro desde que habían salido de Madrid.

—Por mi parte no hay prisa —lo tranquilizó Fresneda. Pero Ernesto tragó saliva y Fresneda se dio cuenta—. ¿Estás bien? Pareces tenso.

—He dormido poco.

Lidia pensó: «Relájate un poco, joder», cuando el camarógrafo terminó de ponerle el micrófono inalámbrico.

Ernesto se retiró y abrió la maleta en la que guardaba su cámara, y un minuto después la colocaba sobre un trípode y enfocaba a Fresneda. Comprobó que el encuadre fuera el idóneo y dijo: «Cuando quieras». Lidia traía las preguntas memorizadas. No había hecho otra cosa que repasarlas mentalmente desde que supo que Fresneda no solo no ponía la calefacción cuando en la calle las temperaturas helaban al más pintado, sino que abría las ventanas de su casa para que el frío entrara a sus anchas.

Formuló la primera pregunta sin recurrir a presentaciones ni saludos:

—¿Cree que la Policía Judicial actuó correctamente al etiquetarlo de sospechoso?

Fresneda arqueó las cejas.

—Entiendo que se refiere a «a pesar de que yo sea inocente».

—A pesar, sí.

A Ernesto la pregunta lo pilló por sorpresa. No esperaba que Lidia empezara tan fuerte.

—Según me dijeron, habían preparado un perfil y yo cumplía con las características del hombre que había asesinado a Belén Rivera. ¿Si actuaron correctamente? Claro. Dudo que atrapar a un asesino organizado, como lo describieron en el periódico, sea fácil. Entiendo que han de interrogar a muchas personas, barajar sospechosos… Cuando te toca es una jodienda, pero uno debe entender que forma parte del proceso. El problema es el miedo que te entra a que el cuarto poder inicie un juicio paralelo. Por suerte, tengo entendido que los investigadores se percataron del error y buscaron otras vías.

—¿Tiene antecedentes penales, señor Fresneda?

—No.

—Pero no pudo darles una coartada.

—Los días por los que me preguntaron no salí de casa. Compré una parcela de dos mil metros cuadrados porque soy hogareño. No me gusta salir de fiesta, los bares... Me decanto por la tranquilidad de un sofá mullido, cultivar mi huerto, hacer yoga al aire libre...

—Los asesinos no destacan por el tipo de habilidades sociales que tienen.

—¿Tengo que recordarle que doy con el perfil criminal que elaboró la Policía?

—No.

—Pero un perfil es solo una hipótesis.

—Y si yo le asegurara que he encontrado indicios de su culpabilidad, ¿qué me diría?

«Eres una puta mentirosa», pensó Ernesto con el rostro pálido y la respiración acelerada. Estuvo tentado de dejarla tirada, de salir de la casa sin despedirse siquiera. Incluso dio un paso hacia la puerta, pero, finalmente, pudo más la lealtad que el miedo.

—Le diría que se equivoca, eso para empezar —dijo Fresneda con una calma pasmosa—. Luego le preguntaría cuáles son esos indicios que cree haber descubierto.

—Usted abre las ventanas en pleno invierno viviendo en una de las zonas pobladas más frías de España. Ese factor, sumado a que encaja como un guante en el perfil...

—¿En serio? ¿Por eso? ¡Estaba comprobando cuánto lograba aguantar! —Parecía haber perdido los papeles. Pero enseguida volvió a mostrarse tranquilo—. Entré en una página de internet en la que ponía algo así como «¿pasarías la prueba del Hombre de Escarcha? ¿Quieres saber si tienes el don?».

—¿Con el ordenador?

—¿Cómo?

—Que si entró en esa página con su portátil.

—Sí. ¿Por?

—Para que conste. Puede continuar.

—Ese Hombre de Escarcha es un psicópata y merece pudrirse en una cárcel, pero lo que dice sobre el frío no es ninguna tontería. ¿Qué hay de malo en adaptarse a las bajas temperaturas? Siempre he sido de la máxima «mejor prevenir que curar». Una buena periodista de investigación se habría cerciorado a fondo antes de presentarse en mi casa con acusaciones falsas.

—¿No se da cuenta, señor Fresneda?

—¿De qué?

—No ha preguntado cómo he descubierto que abre las ventanas cuando fuera hace un frío que pela. Lo primero que habría exigido una persona normal, y por tanto inocente, es una explicación. Qué menos que un «¿me han estado espiando?». Pero usted no es normal, ¿verdad?, y por eso se ha apresurado a justificarse sin hacer preguntas.

Fresneda emitió una risita de niño travieso.

—De acuerdo. —Sonrió—. Has venido hasta aquí en busca de la verdad. Y aunque no estés preparada para conocerla, te la contaré. Me enfadó que te guardaras la grabación en la que la Chica de Hielo supera la prueba.

Ernesto por poco se atraganta con su propia lengua. Lidia sacó la pistola de su espalda con precipitación y la empuñó con manos temblorosas.

—Si te levantas, la usaré —amenazó Lidia.

Fresneda alzó las manos en un gesto pacificador.

—Me has obligado a cambiar ligeramente de planes. Y no me gusta desviarme del camino. Ahora, cuando las aguas se calmen, tendré que enviarle otro *pendrive* a otra periodista sin escrúpulos. Pero esta vez me aseguraré de que sea más precavida que tú. —El asesino fijó la mirada en la pistola—. ¿Vas a dispararme, a llamar a la Policía…? ¿O quieres carnaza para tu documental?

—Habla. Para eso hemos venido.

—Nunca he querido matar a nadie, solo salvar vidas. Pero cuando intenté concienciar por otras vías, nadie me tomó en serio. Intenté publicar mi, por así llamarlo, manifiesto. Sin embargo, ni un solo periodista ni politicucho me hizo el menor caso. Me trataron como a un chalado defensor del medio ambiente. En las redes sociales, bajo una identidad falsa, me di cuenta de una dolorosa verdad: para que te escuchen has de usar la fuerza. Es triste, pero es un hecho. Y, una vez tomada la senda de la intimidación, no puedo permitir que nadie se interponga. ¿Puedo haceros una última pregunta?

—Claro.

—¿Cuál es mi profesión?

—Programador informático.

—Exacto. ¿Crees que una periodista de investigación con un ego desmedido y un camarógrafo coletudo pueden engañar al Hombre de Escarcha? Habéis venido hasta aquí, solos y sin contarle a nadie vuestras intenciones, porque sois conscientes de que estáis haciendo algo malo, incumpliendo la ley, ocultando pruebas en una investigación criminal. En ningún momento he pensado que avisaríais a la Policía.

»Es inminente que me den por muerto. —Lidia y Ernesto tuvieron la sensación de que algo terrible estaba a punto de suceder, y de que no podrían hacer nada por evitarlo—. ¿De verdad creísteis que un hombre como yo, que lleva preparándose más de una década, no se percataría de que le han pirateado el móvil? Dirigí la cámara hacia el termómetro y la ventana abierta a propósito.

Paloma del Moral

Plaza de la Guardia Civil, Teruel

Nos desplazamos a la comandancia de la Guardia Civil en Teruel para asistir al interrogatorio del año. Todavía quedaba mucho por descubrir. Sin embargo, ni en mis peores presagios pensé que sería tanto.

El buen final me consiguió más palmadas en la espalda que amenazas de amonestación. Aquella misma mañana había escupido sobre los protocolos de actuación y no estaba orgullosa. Sin embargo, no parecía que fueran a tomarse medidas disciplinarias contra mi persona.

Conduje hasta Teruel con Toño sentado de uniforme a mi lado.

—Después del interrogatorio nos acercamos a una tienda de ropa y me pillo unos tejanos y una sudadera —dijo mientras miraba la pantalla de su móvil—. No puedo ir así por la vida: es delito suplantar a un agente de la ley.

Toño leyó artículos sobre la detención de Fresneda y las publicaciones en redes sociales de algunos *influencers*. Quien más y quien menos opinaba sin tener ni puta idea. Su nombre corría por las redes como si lo persiguiera un demonio. Diego Fresneda esto, Diego Fresneda lo otro… No pasaba un día sin que me sorprendiera de la rapidez con la que descubrían los periodistas. Cualquier noticia no relacionada con los crímenes del Hombre de Escarcha había quedado relegada a un segundo plano.

«Anteponemos los detalles de una tragedia a cualquier otra información», pensé mientras estacionaba en el parquin de un restaurante de comida rápida de Teruel. Un alto en el camino para darles tiempo a los guardia civiles para preparar el interrogatorio. Mejor esperar desayunando que en una comandancia.

Agradecí el ambiente familiar. Los niños riendo y gritando y los padres tratando de contenerlos con gestos de desesperación.

—¿Estás enfermo?

Me impactó ver a Toño comiendo ensalada.

—Quiero perder peso.

—¿Por salud o por una mujer?

—Por las dos cosas.

—¿Estás saliendo con alguien y no me lo has dicho?

—Tenía pensado contártelo durante la cena de lujo que te debo.

—Ninguno de los dos ha ganado la apuesta.

—Por salvarme la vida.

—No me debes nada.

—Pues te invito porque me da la gana.

—No pienso pelearme contigo porque quieras pagarme una cena de doscientos euros.

—Pues eso.

—Te voy a dar tres consejos, y además gratis. Uno: no comas delante de ella como si no hubiera un mañana y menos hables con la boca llena, como has hecho hace un momento. Dos: bajo ningún concepto le cuentes uno de tus chistes verdes, porque no hacen gracia, dan pena. Siempre acaba alguien sodomizado, por Dios. Tres: a pesar de los dos consejos anteriores, no finjas ser alguien que no eres.

—Tomo nota, Palomita.

Salimos del restaurante y retomamos el camino hacia la comandancia de Teruel.

Toño llamó a Sans para avisarle de nuestra llegada. Presentí que dentro de la comandancia nos sentiríamos desubicados, fuera de nuestro elemento, pese a que jamás un guardia civil nos había hecho sentir unos extraños.

—Envío a alguien a recibiros —dijo Sans—. El interrogatorio empezará en cuanto llegue el abogado de oficio. Fresneda está todavía en los calabozos. No ha dicho ni mu.

—De acuerdo. Gracias.

Me pilló por sorpresa que un hombre tan previsor como Fresneda no tuviera abogado, más, siendo conscientes de que gozaba de una buena situación económica. La extraña sensación de que algo no marchaba bien me obligó a tomar aliento justo antes de que un grupo de periodistas nos acosara en la entrada de la rotonda que daba acceso al cuartel. No haber dormido apenas me procuraba unas piernas cansadas y unas ojeras de espanto. Los micrófonos golpearon las ventanillas.

—Y yo con estos pelos —bromeé.

Las preguntas perforaron nuestros oídos. No me detuve, aun cuando lo correcto hubiera sido cederle el paso a una moto que se acercaba peligrosamente por la rotonda adornada con pinos.

Nos detuvimos ante uno de los arcos de medio punto flanqueados por dos torres gemelas de ladrillo anaranjado. Nos identificamos por enésima vez y accedimos al recinto vallado. Aparcamos entre dos todoterrenos tras superar la zona verde que daba la bienvenida. Un guardia civil abandonó el abrigo de la sucesión de arcos que rodeaba el edificio principal para preguntarnos si éramos los inspectores Castro y Del Moral. Asentimos. Hacía frío. Nos acompañó a la sala desde la que seguiríamos el interrogatorio.

Entró en la anodina sala con la cabeza gacha mientras aparentaba serenidad, pero su mirada era triste y las sonrisas esporádicas que parecía dedicarse a sí mismo se veían forzadas.

Observaríamos desde detrás del espejo unidireccional mientras un equipo del SECRIM buscaba vestigios en el chalé de Fresneda.

Un guardia civil de uniforme lo esposó a la mesa de interrogatorios y de seguido se mantuvo a su izquierda con las manos unidas a la altura de la cintura.

Su abogado se sentó a su lado.

El teniente Sans tomó asiento ante el detenido.

—¿Dónde sometiste a la inspectora Del Moral? —Sans no se fue por las ramas—. No lo hiciste en tu casa. ¿Dónde? ¿Dónde mataste a Mireia Preciado?

Fresneda miró a su abogado y este asintió con el gesto desencajado. Después, clavó los ojos en los de Paloma, como si pudiera olfatearla a través del cristal.

—Guardaré silencio a partir de esta explicación. No contestaré a ninguna de sus preguntas. Declararé ante el juez, si lo creo conveniente. Hago uso de mi derecho a no confesarme culpable. —El imputado echó mano del artículo 118.1 de la Ley de Enjuiciamiento Criminal—. Pero me gustaría hablar con la prensa.

Tuve la sensación de que le había dado orden a su abogado de que mantuviera el pico cerrado.

—Eso ni lo sueñes. ¿Dónde la obligaste a luchar contra el frío? Te interesa ayudarnos a esclarecer los hechos.

Fresneda guardó silencio.

En aquel momento me imaginé estampándole la cara contra la mesa de interrogatorios hasta hacérsela papilla.

—¿Dónde escondiste la furgoneta de Guerrero? —reiteró el teniente.

El asesino se humedeció los labios con la lengua.

—Cometisteis los asesinatos juntos, tú y Adrián Guerrero, ¿verdad?, hasta que decidiste usarlo como cabeza de turco.

La pregunta le dejó a Fresneda un extraño rictus de decepción.

El abogado de oficio había perdido hace rato el sonrosado de las mejillas.

Sans suspiró resignado.

«La casa de Guerrero fue registrada tras la desaparición y vigilada por la Guardia Civil —medité—. Allí no pudieron esconder la cámper. Tampoco en el chalé de Fresneda. Estuvimos allí poco después del secuestro de Paloma y estuvimos inspeccionando el garaje. Y la fibra encontrada en las uñas de la primera víctima coincide con las obtenidas de la cámper... ¿Dónde preparasteis la sala de los aires acondicionados? ¿Dónde ocultasteis la furgoneta? Los aires tienen una unidad exterior. Pudo quitarlos en cuanto terminó la prueba, pero...».

En ocasiones, los pequeños detalles son la chispa que prende la mecha. Las cosas pequeñas hacen que sucedan cosas grandes. La atención al detalle marca la diferencia. Me costó verlo, pues el quid de la cuestión se encontraba únicamente en la memoria de mi compañera y en el informe policial que redactó tras su secuestro.

—¡Los respiraderos! —exclamé, y di una palmada en el cristal. Atraje las miradas de teniente, imputado y abogado—. Dijiste que la sala de los aires acondicionados tenía respiraderos, ¿cierto?

—Sí —contestó Paloma.

Entré en la sala sin pedir permiso a la voz de «dadme un momento». Apoyé las manos en la mesa mientras Sans me observaba expectante, y Fresneda, impertérrito.

Hablé con el rostro del asesino a un palmo del mío:

—Tu casa tiene un garaje subterráneo. Formaba parte de la construcción original, ¿verdad?, pero un día perdiste la cabeza y decidiste transmitirle al mundo tus delirios sobre el frío, y tuviste la brillante idea de desvincular el garaje de la vivienda para así poder maquinar a tus anchas. Para mayor disimulo, mandaste construir uno nuevo encima. Ocultaste la entrada del de abajo a conciencia… —Fresneda me aguantó la mirada sin gesticular—. Por mí puedes mantener la boca cerrada el resto de tu miserable vida. La habitación donde sometiste a mi compañera disponía de conductos de ventilación. Preparaste la sala de los aires acondicionados bajo tierra. Creíste haber dado con el refugio perfecto, pero no tuviste en cuenta un factor determinante: somos infalibles.

»Nos vemos, Sans.

El teniente asintió con la cabeza.

Abandoné la sala de interrogatorios con precipitación.

—¿Te vienes al escondite de un asesino en serie? —le pregunté a Paloma cuando pasé por su lado.

Paloma del Moral

Calle Llanos de San Cristóbal, Teruel

Aparcamos al lado de un furgón del SECRIM.

Entramos en la parcela equipados con guantes de nitrilo y cubrezapatos tras identificarnos ante el agente apostado en la entrada; un procedimiento tan rutinario que olvidaba haberlo realizado un minuto después.

Los criminalistas trabajaban dentro de la casa. Solo un técnico tomaba fotografías por el jardín.

Anduvimos por un camino adoquinado delimitado por dos largas cintas amarillas hasta detenernos ante la puerta del garaje. Al lado se encontraba un pequeño huerto, protegido por un invernadero de cristal y aluminio.

Toño se frotó el mentón.

—La puerta debería estar oculta bajo un lateral de la casa. Hablamos de un garaje subterráneo cubierto por algún tipo de plataforma o… —Pateó el suelo con la bota—. Esto es piedra. Pero por los laterales hay césped, árboles, el huerto… Necesito algo fino y puntiagudo para comprobar la profundidad del terreno.

—El invernadero está encima de una plataforma corredera, como las que cubren algunas piscinas —sospeché, absorta en las tomateras.

Toño echó la cabeza hacia atrás con las cejas arqueadas, pasmado por mi rápida deducción.

—Comprobémoslo.

Me acerqué al invernadero, abrí la puerta y descubrí un rastrillo de mano entre dos surcos. Empecé a cavar donde me figuré que estarían los límites de la tarima. Toño hizo lo mismo en la parte de atrás, con sus propias manos, como un perro que pretende desenterrar un hueso.

Cavé profundo.

—Aquí abajo no parece haber nada.

—Acércate —rogó Toño.

Al colocarme a su lado entendí que nos hallábamos en las cercanías del escondrijo de un asesino en serie: mi compañero acababa de desenterrar un trozo de entarimado del que colgaba una cuerda.

—He pensado que de alguna manera tenía que mover la plataforma —explicó. Y agarró la cuerda como si pretendiera jugar al tira y afloja.

Accionó el mecanismo y el invernadero se movió en bloque. Las lechugas, los tomates, las acelgas... parecieron viajar en una alfombra mágica.

—Lo veo y no lo creo —dije, atónita.

Una rampa apareció al tiempo que se descolgaba tierra de los raíles. La cuesta empinada quedó barnizada de marrón oscuro. Percibí el desnivel de cemento como el camino a un perturbador submundo. Supe que había estado allí antes, pero no recordaba haber cruzado la puerta basculante de metal que aguardaba a su término.

Toño bajó hasta quedarse a un palmo de la puerta ancha, negra y alta, por la que sin duda pasaba una furgoneta.

Trató de abrirla manualmente, pero solo logró levantarla dos dedos.

—Pues el mando debió de quemarse con el todoterreno —presintió, con cara larga.

Pusimos al tanto a Lucía Azorín, inspectora jefe del SECRIM encargada de coordinar el registro. Una vivaracha cincuentona de pelo canoso y ojos azules.

—Llevamos un gato hidráulico de tijera en la furgo —nos informó—. Esa puerta sube en un periquete.

Azorín salió de la parcela embutida en un mono blanco y regresó poco después con el gato hidráulico. Bajó la rampa y dejó el artilugio ante la puerta.

—Hombretón, es tu turno.

Mi compañero acudió a la llamada de la inspectora jefa.

—Súbela cuanto puedas.

Toño se acuclilló, metió los dedos por debajo de la puerta lo más profundo que pudo y tiró de ella hacia arriba entre quejidos guturales. Azorín encajó la pala del gato en el hueco que Toño había abierto con su nada desdeñable fuerza.

Mi compañero se incorporó y se echó las manos a las lumbares.

—No me pilláis más —bromeó.

—Yo creo que sí —dijo Azorín, y señaló la palanca con los ojos—. Enga, a darle a la zambomba.

—Eso se me da bien.

«Estos dos harían buena pareja», pensé, impaciente.

Me puse al lado de Toño y este empezó a subir y bajar la palanca y, a pesar de la resistencia, la puerta se elevó en torno a un metro.

—¿Podéis darnos unos minutos antes de entrar? —le rogué a Azorín.

—Claro. Pero no toquéis nada sin protección y devolvedlo todo a su sitio.

—No somos unos novatos —repliqué.

—Por si acaso —manifestó. Y se perdió más allá de la rampa.

Pasamos por debajo de la puerta.

Toño pulsó el interruptor de la luz.

Seis ojos de buey iluminaron un garaje vacío.

Al fondo se encontraba una puerta negra que contrastaba con la claridad del garaje desierto. Al otro lado encontramos un pasillo con cuatro puertas. Sus paredes blancas y lisas estaban cubiertas por recortes de noticias y fotografías y notas escritas a mano, en relación con el cambio climático y las glaciaciones. Cada tramo parecía contar una historia vinculada con las bajas temperaturas que, según aseguraba Fresneda —y más de un científico de renombre—, mermarían la vida en la Tierra.

Me detuve a leer la fotocopia de lo que parecía la página de un libro.

El calentamiento que está ocurriendo afecta gravemente el estado del casco de hielo marino en el océano Glacial Ártico. Hasta hace poco tiempo los hielos marinos dificultaban mucho la navegación por la ruta marítima del norte (también conocida como paso del noreste), mientras que el paso del noroeste en el archipiélago ártico canadiense era prácticamente intransitable. Actualmente, los hielos que tienen el índice de continuidad de más de siete puntos se encuentran solo en la región cerca del polo y en el norte del archipiélago ártico canadiense. Se ha registrado la reducción de la superficie de hielo permanente en el Ártico en los últimos diez-quince años, aproximadamente un cuarenta por ciento. Según los datos de la altimetría láser de satélite, a partir del año 2004 el espesor medio del hielo marino en el mes de octubre se ha reducido de 2 a 1,4 metros, su área se ha disminuido en un veintiséis por ciento, mientras que el volumen del hielo se ha reducido en un cincuenta por ciento...

«Por Dios, menudo tostón».

—¿Crees que cuando construyó la casa ya tenía en mente llevar a cabo su misión? —preguntó Toño, asomado a la primera habitación.

—No me extrañaría. Esto no es solo un garaje, es un piso subterráneo.

Me asomé al pequeño cuarto que Toño inspeccionaba. El mobiliario era escaso. Un escritorio y una estantería llena de libros. Sobre la mesa había un flexo y libros abiertos. Uno de ellos era *El método Wim Hof: trasciende tus límites, activa todo tu potencial;* otro, *La biblioteca de hielo. Un viaje literario por el frío...* Cada detalle estaba meticulosamente organizado, mostrando la obsesión de Fresneda por el control y la perfección.

Toño se acercó a la estantería y tiró de uno de los lomos.

Abrió el libro de tapa dura por una página central.

—No son libros —susurró—. Son diarios. Escucha: «Hoy he vuelto a seguirlo. Es un hombre descuidado...».

—Luego volvemos y les echamos un vistazo —lo interrumpí. En aquel escondite había lectura para meses—. Quiero estudiar el resto de las habitaciones antes de que entren los del SECRIM.

—Claro.

La siguiente sala contenía cuatro archivadores de metal, un televisor de pantalla plana con una silla enfrente sobre la que había un mando, dos cámaras de vídeo sobre trípodes y un maletín negro. Lo abrí, para descubrir que era donde guardaba las videocámaras. Creí reconocer una de ellas: con la que me inmortalizó mientras superaba su prueba de frío. La otra era más profesional, sin duda más cara, y estaba conectada al televisor mediante un cable.

Encendí la tele con el mando a distancia.

—No sé si es buen momento para poner Netflix.

Ignoré la gracia de Toño, como en tantas otras ocasiones.

Seleccioné la tarjeta de memoria en la pantalla y cliqué sobre el icono de *play* del único vídeo que contenía. Apareció el rostro de Lidia Trapé, sentada en un vehículo durante la noche:

Mis investigaciones nos han conducido a la calle Llanos de San Cristóbal, en Teruel. Nos encontramos aparcados a un centenar de metros de la vivienda de Diego Fresneda, quien hemos descubierto que es el Hombre de Escarcha. Fresneda perdió a su madre al caer por un agujero en un lago helado, lo que le causó un trauma que degeneró en una patología que ya se ha cobrado tres vidas. Pretendo entrevistarlo antes de poner sobre aviso a las fuerzas y cuerpos de seguridad del Estado...

Pausé la grabación.

—Malditos inconscientes —condenó Toño—. ¿Cómo diantres descubrieron que Fresneda era el Hombre de Escarcha?

Intuí que Ernesto Rey sujetaba la cámara. Gracias al seguimiento al que el juez Almarcha había sometido a Trapé, sabíamos que había estado quedando con él y que el día que recibió la segunda grabación estuvo en su piso.

—Reinicia —rogó Toño.

Le di de nuevo al *play* y poco después descubrimos el cómo y el porqué:

> —*Usted abre las ventanas en pleno invierno viviendo en una de las zonas pobladas más frías de España. Ese factor, sumado a que encaja como un guante en el perfil...*
>
> ...
>
> —*Es inminente que me den por muerto. ¿De verdad creísteis que un hombre como yo, que lleva preparándose más de una década, no se percataría de que le han pirateado el móvil? Dirigí la cámara hacia el termómetro y la ventana abierta a propósito.*

Fresneda, con la velocidad de manos de un mago, sacó su famosa pistola de madera de debajo del jersey de cuello alto y disparó ligeramente a su derecha —en el encuadre solo aparecía él—, en principio, al camarógrafo. Se escuchó un estruendo y Fresneda recibió un disparo que lo hizo caer de la silla, pero desde el suelo consiguió disparar a quien le había perforado el pecho del jersey. Un segundo disparo y un tercero resonaron en la habitación mientras el asesino gateaba a toda prisa hacia la puerta.

En el encuadre quedó una silla tumbada en un comedor de estilo rústico.

—Nos ha sedado. —Nunca había escuchado la voz de Ernesto Rey, pero sin duda era él quien hablaba con desesperación—. No te desmayes, Lidia. Aguanta.

—Es el fin —dijo Lidia.

Se escuchó un golpe seco y después ruidos confusos.

Y luego silencio, hasta que Fresneda apareció más allá de la silla volcada.

Congelé la imagen de nuevo.

—Están muertos —sentenció mi compañero.

—La pistola de madera la usaba para sedar. Puede que los mantuviera con vida para someterlos más adelante a una de sus pruebas.

—Están muertos —reiteró—. Y, fíjate, se ha quitado el jersey y lleva un chaleco antibalas. Fijo que se lo agenció en la *dark web*. No solo es listo, el cabrón tuvo suerte de que la periodista no le volara los sesos.

—Una persona corriente apunta al bulto.

—Lo que está claro es que esta grabación es la prueba de cargo definitiva. Por si a algún idiota le quedaba alguna duda sobre la culpabilidad de Fresneda.

Reinicié el vídeo para ver si Fresneda había filmado algo más. Salió del encuadre y segundos después se interrumpió, para iniciarse otra en un lugar diferente. Lo que mostró la pantalla a partir de ahí podría catalogarse de película *snuff*. Lidia Trapé y Ernesto Rey en la sala de los aires acondicionados, igual que estuve yo. Avancé la grabación hasta que ella perdió el conocimiento entre temblores. Ernesto aguantó un poco más, entre lágrimas.

—A pesar de que la periodista estaba en boca de todos gracias a las cartas, nadie ha denunciado sus desapariciones —dijo Toño con pena—. Las redes sociales nos han alejado de las experiencias reales de la vida. Antes de que llegara internet, esto no hubiera pasado.

—Nadie merece acabar así.

—Mañana examinaremos las grabaciones del bloque de pisos donde residía Trapé. Sus víctimas ascienden a seis. En fin. Veamos qué contienen los archivadores.

—Sí.

Oí ruidos en la zona del garaje: los criminalistas habían decidido invadir nuestra espeluznante intimidad.

Dentro de los cajones del primer archivador encontramos carpetas etiquetadas: seguimiento, estilismo, escenas, zulo, cámper, ruedas, cámaras de vigilancia y de seguridad, protecciones, cartas…

—Aquí está toda la planificación. —Dije lo evidente mientras ojeaba las anotaciones escritas a mano sobre cómo maquilló su cuerpo para borrarse lunares y cicatrices, cómo se puso lentillas…—. Esto hay que leerlo con calma.

—Yo no pienso husmear en esta mierda. En cuanto salga de aquí, a otra cosa, mariposa.

—¿No te pica la curiosidad?

—Pues claro que sí. Pero tú te lo vas a leer, ¿no? Ya me harás un resumen.

—La madre que te parió.

—Por cierto: dudo que la muerte de su madre se debiera a un accidente. Creo que le atizó con un pedazo de hielo y la hundió en el lago.

Me encogí de hombros y abrí un cajón más antes de pasar a la siguiente sala. Me costó horrores abandonar la habitación llena de revelaciones. La etiqueta de la segunda carpeta que sostuve por poco me obliga a sentarme: «Perfil criminal».

«No es posible».

Leí para mí misma:

> Asesino organizado. Metódico. Blanco. Español. De entre cuarenta y cincuenta años. Soltero. Sufre un trastorno psicótico. Conduce un todoterreno o una furgoneta. Reside en o cerca del Triángulo de Hielo. Padece un trauma asociado con el frío.
>
> Buscar, vigilar y secuestrar a un sujeto que dé el perfil.

—Increíble.

—¿Qué? —Toño levantó la mirada de las anotaciones que estaba examinando.

—Previó que crearíamos un perfil e hizo uno sobre sí mismo. Me temo que Guerrero nunca fue su compinche, ni siquiera su marioneta. Rastreó a un sujeto que encajara y lo secuestró para hacernos creer que Guerrero era el Hombre de Escarcha. Más adelante lo mató para fingir que no había superado su propia prueba y tener vía libre para secuestrarte.

—En este —dijo Toño mientras señalaba su carpeta con el mentón— anotó qué debía comprar: guantes de látex, una redecilla para el pelo, una ballesta, dardos tranquilizantes, bolsas para cubrirse los zapatos, mascarillas, gafas de protección, un traje de bioseguridad…

Devolví la carpeta a su sitio y salí al pasillo.

Miré hacia el garaje: dos criminalistas charlaban en voz baja.

«Esto pronto será un hervidero de técnicos».

La siguiente habitación era sin duda el zulo donde retuvo a Guerrero. Una cama de noventa, un pequeño televisor, un escritorio… En los bajos de la puerta descubrimos una ranura por la que supusimos que le pasaba la comida.

Solo restaba abrir una puerta.

—Supongo que sabes lo que hay al otro lado —dijo Toño.

—La sala de los aires acondicionados.

Giró el pomo y empujó la puerta despacioso, como si buscara imprimir misterio, y apareció la sala con los cuatro aparatos y las dos sillas. Mi mente colocó a Lidia Trapé en uno de los asientos y a Ernesto Rey en el otro, y un intenso dolor invadió mi espíritu.

—No me dijiste que había un congelador horizontal —se sorprendió Toño.

—Porque no estaba ahí cuando me sentó en una de esas sillas. Es donde metió a Mireia Preciado antes de colgarla de un puente.

Me acerqué al congelador y lo abrí. No sé cómo no lo vi venir. Mis pupilas reflejaron los cuerpos congelados de Ernesto y Lidia.

—Esto es insoportable.

—Están ahí dentro, ¿verdad?

—Sí.

—¿Sabes qué te digo?, que mucho «lo hago para concienciar», «no me quedó más remedio», «quiero salvar a los demás» —Toño imitó a un niño llorica—, pero disfrutaba matando de frío. A lo mejor empezó porque creía en su misión, pero le acabó cogiendo el gusto. Mucha preparación, mucha carpetita y mucho diario y recorte de periódico, pero ¿sabes dónde está ahora?, ¡en un cuartelillo!

Toño rompió a reír en el lugar menos indicado. Su risa nerviosa corrió por el pasillo como un pájaro de mal agüero. Imaginé que los dos miembros del SECRIM habían alucinado con la risotada.

—Echémosles un último vistazo a los diarios.

—¿En serio? —A Toño no le gustó la idea.

—Diez minutos y nos vamos.

—De acuerdo.

Regresamos a la habitación de la estantería y el escritorio donde Fresneda se había sentado a planear con calma su «movimiento de concienciación». Dejamos atrás los recortes de periódico y los documentos que forraban las paredes del pasillo.

—Empiezo por el final —me informó Toño mientras se aproximaba a la estantería con un andar pesado—. A ver si me nombra. Me haría mazo ilusión.

—Yo empiezo por el año pasado. Echamos un vistazo y nos vamos. Ya los leeré todos más adelante.

Mi compañero abrió el que en principio era el último diario en el que plasmó su día a día y dio rienda suelta a sus pensamientos enfermos.

—Escucha lo último que anotó —dijo mi compañero—: «Hoy, mientras compraba dardos tranquilizantes en la *dark web,* un pirata informático me ha contactado de improviso. Se hace llamar X. Y sabe que soy el Hombre de Escarcha».

—¿Quién coño es X? —espeté, consternada.

Paloma del Moral

«Esto es la obra de un perturbado obsesionado con el frío. ¡Pues claro que es raro! ¡No podemos permitir que nos atormenten los delirios de un hombre que ha matado a seis personas! ¡Ese puto X podría ser un jodido amigo imaginario!».

Sentada a mi mesa, recordé los gritos de Toño en el piso-garaje subterráneo de Fresneda. Perdió los papeles, pero no se lo tuve en cuenta: filtramos demasiada maldad en demasiado poco tiempo.

Las muertes de Lidia y Ernesto me sumieron en una tristeza palpitante. No debieron llegar tan lejos. Pero nadie tiene derecho a quitarle la vida a nadie, por lejos que llegue. Diez meses después de ponerle las esposas al Hombre de Escarcha, no lograba expulsarlo de mi mente. Resultaba irónico: afronté la culpa que sentía por la muerte de César gracias en parte a que Fresneda me llevó a las puertas de la muerte y, de la noche a la mañana, experimenté un declive emocional que me devolvió al punto de partida, al día después de la muerte de César. El Hombre de Escarcha seguía sometiéndome desde la cárcel; era capaz de helarme a distancia.

Tenía un sueño recurrente. Toño y yo nos quedábamos atrapados en la *escape room* inspirada en la sala de los aires acondicionados. Resolvíamos uno a uno los enigmas y rompecabezas relativos al caso antes de que el tiempo se agotara; nadie conocía los entresijos de los crímenes del Hombre de Escarcha mejor que nosotros. Pero cuando tratábamos de salir victoriosos del «Laberinto de hielo», la puerta no cedía. Entonces las paredes empezaban a congelarse y un manto blanco brotaba del suelo con el fin de convertirnos en esculturas de hielo. Siempre me despertaba cuando el frío trepaba por nuestras piernas.

Las semanas que siguieron a la inspección del escondrijo las dedicamos a atar cabos. No podía quitarme de la cabeza lo último que plasmó en los diarios: «Hoy, mientras compraba dardos tranquilizantes en la *dark web,* un pirata informático me ha contactado de improviso. Se hace llamar X. Y sabe que soy el Hombre de Escarcha». Las cámaras de vigilancia instaladas en el bloque de pisos donde residía Trapé se encontraban operativas cuando ella y el camarógrafo fueron asesinados. Dejaron de grabar justo el día después, cuando apareció el cuerpo de Guerrero y todos pensamos que el asesino más mediático de los últimos tiempos había muerto sometido a su propia prueba. Las grabaciones revelaron que Trapé había abandonado el edificio a las 14:26; sobra decir, que para no volver. A las 03:02, un hombre en pantalón de chándal, sudadera con capucha y zapatillas de deporte, con el rostro cubierto por una braga y un gorro de lana y las manos por guantes, entró en el bloque con la cabeza gacha. Sus proporciones coincidían con las de Fresneda. La hipótesis es que usó el coche de Ernesto para trasladarse a Madrid y las llaves de Lidia para entrar en su piso, puesto que cuando nosotros lo hicimos lo encontramos revuelto: cajones abiertos, ropa desperdigada y ni rastro de su portátil, tableta o móvil. El coche de Ernesto se encontraba en paradero desconocido…

Rojas ordenó que nos sumergiéramos de nuevo en el caso Marqués, y matizó «sin mirar atrás, Paloma». Pero yo sacaba la cabeza de las profundidades de la investigación para intentar conectar las piezas que no encajaban en el caso Escarcha. Estaba cerrado, pero a mí el portazo me sonó como un chiste, una X prolongada.

Gracias al gran despliegue de medios de comunicación que se produjo durante el traslado de Fresneda al juzgado, todo el mundo pudo conocer su rostro. La corta comparecencia se resolvió sin llegar a juicio y sentenciándole a prisión permanente revisable. Una negociación de culpabilidad que no les gustó a los periodistas, que se frotaban las manos a las puertas de cara a un juicio que les hubiera suministrado un goteo constante de noticias.

Su fama creció como una lechuga bien regada. Se habló incluso de que se preparaba una película… Pero hasta las historias más poderosas se enfrían con el tiempo.

El informe forense y el del Servicio de Criminalística de la Guardia Civil únicamente consiguieron dar más rienda suelta a mi imaginación. Mi instinto consideró que no todo encajaba, como el inspector jefe Rojas y mi compañero se empeñaban en recalcar. El forense certificó las muertes por hipotermia de Ernesto y Lidia. En el sótano no se encontró ningún ordenador, y el que usaba Fresneda para trabajar en el piso de arriba no arrojó indicios de crimen. En algún lugar desconocido se encontraba el portátil con el que accedió a la *dark web* y desde el que recibió el enigmático mensaje de X.

Por poco pierdo la cabeza dándole vueltas al asunto.

Con los informes llegaron montones de archivos con las anotaciones descubiertas en el subsuelo. Leí durante semanas sus delirantes pensamientos, sueños, pretensiones, planteamientos… Me volví una experta en calentamiento global, glaciaciones, corrientes marinas, el deshielo de los glaciares, los inuits, cómo adaptarse al frío…

Me sorprendió no encontrar referencias a la muerte de su madre, ahogada en las aguas de un lago helado. No obstante, sí escribió largo y tendido sobre el fallecimiento de su hermano pequeño. Desde mi punto de vista, cabían dos posibilidades: la madre murió a consecuencia de la intervención del karma o bajo la mano de Fresneda. ¿La golpeó con una piedra, la arrojó al agujero y la sumergió, como sospechaba Toño? Mi mente se encogió de hombros cada vez que me hice esa pregunta. La muerte de su madre, fortuita o no, nunca fue el trauma que lo obsesionó con el frío. El choque emocional que trastocó su mente tenía que ver con Carlos Fresneda, quien, según él, fue asesinado. Cuando lo entrevistamos en su casa creímos que el fallecimiento de su hermano no guardaba relación con el caso. Tampoco es que cambiara gran cosa. La raíz del trauma no habría modificado el resultado final. Pero, en mi caso, descubrirla le añadió unos gramos de lobreguez al peso de mi alma. Del mismo modo, averigüé los métodos que usó para lograr matar a seis personas antes de que lo detuviéramos. Los criminólogos y criminalistas seguimos unos procedimientos. Fresneda se valió de ese conjunto de acciones metódicas para trazar un plan fundamentado en una investigación y análisis exhaustivo que incluía identificar los recursos necesarios, las acciones y los posibles obstáculos.

Aprendí mucho sobre planificación de un perturbado.

Toño me frenó cada vez que hice amago de hablar con Fresneda. Según él, necesitaba olvidarme del hombre que me había sometido a una prueba de aguante físico. Mi creciente obsesión provocó que Rojas me obligara a hacer terapia. Rubén Miralles, psicólogo especializado en psicología policial, por poco logra que pase página. Pero un día me desperté sudorosa en plena noche y decidí automedicarme.

Y me receté visitar a Fresneda en la cárcel.

Diego Fresneda

Enero de 1985. Calle Agustín Alegre, Teruel

Cuando hace frío, algunas cosas van más deprisa. Las personas aprietan el paso. Se discurre mejor. Las calorías se queman en menos tiempo. El sueño se coge pronto. Aumenta la frecuencia cardiaca…

Y la muerte llega temprano a sus citas.

El viento mecía el columpio. Pero hacía mal tiempo para jugar en el jardín. Una cortina de nubes nocturna había llenado Teruel de retales blancos. Los carámbanos que colgaban de los aleros del tejado daban la impresión de que la casa lucía una corona de laurel congelada. Solo Eolo, con su silbante aliento helado, osaba truncar el silencio de la intemperie.

Dentro hacía calor.

Tal vez demasiado.

Las llamas de un fuego pintaban sombras danzarinas en las paredes. Los niños jugaban con sus regalos recién estrenados. Los Reyes Magos le habían traído a Diego un avión que se lanzaba con un tirachinas, el juego *Hundir la flota,* el *Telesketch* y un muñeco de Skeletor, que Diego puso en la carta porque le regalaron a He-Man para su cumpleaños y quería hacerlo luchar contra su archienemigo. Carlos encontró debajo del árbol un *Mr. Potato* y un *Gusy Luz,* una cometa con todos los colores del arcoíris y un yoyó.

El día después de Reyes, la mayoría de las casas desbordan alegría. Pero los niños disfrutaban de sus nuevos juguetes entre risas que sonaban huecas. El comedor estaba desordenado, con envoltorios de regalos y cajas esparcidas por el suelo. En la mesa quedaban restos del roscón de Reyes que el cabeza de familia había desayunado antes de marcharse a trabajar. Desde la cocina llegaba una suave melodía, como sacada de una vieja caja de música. La madre escuchaba la radio mientras fregaba los platos de la cena anterior, con un vaso de vino a mano sobre la encimera. Lourdes Montilla pasaba de frotar a beber como un gato de rascarse a lamerse.

Era temprano y ya le dolía la cabeza.

A Carlos se le cayó el yoyó al suelo cuando intentaba un tirabuzón que había visto por la tele.

—No hagas ruido —le advirtió Diego tras sisear—, o se enfadará. Ya sabes cómo se pone cuando no está papá.

Los hermanos estaban cortados por el mismo patrón, morenos, pelo corto, ojos grandes, nariz respingona y boca pequeña, y por poco vestían de la misma manera, pantalones de pana y jerséis de lana tejidos a mano por su abuela materna, fallecida recientemente, que a Diego le picaba en la zona del cuello y a los dos les daban calor, pero que su madre no les permitía que se quitaran. Del perchero del recibidor colgaban dos trencas con botones de madera grandes y capuchas y sendas bufandas de lana y guantes también tejidos a mano, que se pondrían más tarde si los dejaban salir a jugar al jardín cuando amainara el viento.

—Mira.

Diego dejó de enfrentar a He-Man con Skeletor y miró a su hermano. Carlos echó el cuerpo hacia atrás y lanzó el yoyó como si le hubieran cambiado el brazo por una catapulta. El juguete dibujó una línea horizontal y volvió al dedo de Carlos, pero por el camino tiró una foto enmarcada que descansaba sobre la repisa de mampostería de la chimenea. El cristal se rompió y la fotografía se desencajó del marco, y la estampa de Lourdes con su madre quedó encima de los cristales.

Los niños permanecieron inmóviles, en espera de lo inevitable. Lourdes entró en el comedor con los ojos hinchados; dos pozos oscuros y profundos donde la cordura se había ahogado hacía tiempo.

—¿¡Quién ha sido!? —se desgañitó.

—Yo.

Diego se apresuró a dar una confesión falsa.

—No. —Lourdes señaló a Carlos con el mentón—. Has sido tú. Siempre eres tú.

Lourdes no necesitó devanarse los sesos para encontrar al culpable: descubrió a su hijo pequeño cerca de los cristales y con el yoyó colgando de un dedo como un ahorcado solitario al que nadie tiene la decencia de bajar del cadalso.

—He sido yo, mamá.

Las mentiras de Diego no iban a ninguna parte. Carlos asintió con la cabeza mientras sus ojos buscaban una salida que no existía.

Lourdes lo cogió por la pechera y lo llevó a rastras por la casa hasta lanzarlo con desprecio al jardín trasero. Diego consiguió salir antes de que su madre gritara «¡así aprenderás!» y diera un portazo.

Paloma del Moral

Cárcel de Soto del Real (Madrid V)

Le pedí permiso a Rojas para interrogar a Fresneda en la cárcel. Tras su primera negativa —todos estaban de acuerdo en que lo mejor para mi salud mental era olvidarme del Hombre de Escarcha— se lo pedí como favor personal y, finalmente, eché mano del chantaje emocional: «Si no fuera por mi deducción sobre la proteína alfa-actinina-3, Toño estaría muerto y váyase a saber quién más».

No le gustó la coacción. Pude notar cómo su mirada penetraba por mis cuencas oculares y continuaba más allá hasta darse un paseo por mis pensamientos.

—De acuerdo. Yo mismo llamo a Soto del Real.

—Gracias.

Le dije a Toño que prefería ir sola.

Pensé que se enfadaría, pero tras comentárselo su gesto fue de alivio.

—Dale un abrazo de mi parte al chalado del frío, ¿eh?

Toño llevaba meses de buen humor. Su relación con la directora marchaba bien y su madre, como él decía en broma, se había convertido en la capo del geriátrico. Se notaba que era feliz. Parecían haberlo diseñado para hacer de contrapeso a mi desasosiego.

Dos días después

La gravedad de los crímenes de Fresneda provocó que las autoridades judiciales le asignaran el Centro Penitenciario Madrid V, conocido por albergar a presos de alta peligrosidad, para cumplir condena. La prisión se encontraba en el término municipal de Soto del Real, a unos cincuenta kilómetros al norte de Madrid.

Conduje por la M-609 hasta que la alta torre de vigilancia empezó a sumergirme en la atmósfera carcelaria. Las altas rejas que aparecieron después me ambientaron un poco más. La Guardia Civil se encargaba de la seguridad exterior del centro. Llegué con la antelación suficiente como para identificarme y pasar por el control de seguridad, que incluía la revisión de mis pertenencias y un detector de metales, y después me dejé guiar por un funcionario de prisiones hasta una sala sencilla con una cámara de vigilancia en una esquina.

Me senté a una mesa azulada a la que Fresneda aguardaba esposado. Lo encontré ataviado con una sudadera negra y un pantalón gris. Diez meses habían pasado desde que lo vi en persona por última vez. Pero su mirada seguía transmitiendo la misma calma y su voz una seguridad parecida.

—Has tardado en venir, Chica de Hielo. ¿Por qué? ¿Tus superiores no están de acuerdo con que estés aquí?

—¿Quién es X?

—Directa al grano. No decepcionas, inspectora. X es un hombre malo.

—¿Como tú?

—Peor.

—Nadie es peor que tú.

—Te aseguro que lo es.

—¿Por qué contactó contigo? ¿Qué pretende?

—Quería conocer a su ídolo.

—Ya. ¿Quién es X? —volví a probar suerte.

—No conozco su nombre, ni su aspecto ni su paradero. Es una sombra. Pero piense un poco, inspectora. ¿Por qué acabaron Lidia Trapé y Ernesto Rey en la sala de los aires acondicionados?

—Lo único que se me ocurre es que usaran algún tipo de *spyware* del estilo Pegasus. Por la vía de la legalidad no pudieron dar contigo. Imposible. La noche del día en que los mataste, entraste en su piso y borraste las huellas sobre cómo te habían descubierto. ¿Me equivoco?

—Era lo que debía hacer.

—Entonces, ¿entablaste conversaciones con X por medio de la *dark web*?

—No es el momento de hablar de X. Tal vez otro día.

—No he venido a…

—No —me interrumpió, tajante—. Las riendas de esta conversación las llevo yo. Si no le gusta cómo las manejo, puede marcharse.

La ira me carcomió por dentro hasta el punto de hacer ademán de abofetear al ególatra que tenía delante.

—Cálmate, Chica de Hielo.

—Escribiste en tus diarios que Carlos murió porque tu madre lo castigó a estar en el jardín cuando los termómetros marcaban temperaturas bajo cero.

—Mi hermano tenía asma. Y ella, como se echa a un borracho de un bar, lo lanzó al jardín con lo puesto. El asma afecta a las vías respiratorias, como supongo que sabrá. El aire frío provoca que los síntomas se aceleren. Y un ataque de asma puede resultar mortal. Mi madre mató a mi hermano valiéndose del frío. No fue un accidente ni fruto de la mala suerte. Lourdes Montilla mató a su hijo pequeño con alevosía.

»Le puse mi jersey y mi camiseta interior. Me quedé a pecho descubierto, a merced de un aire que quemaba, y recé por que el sol asomara por detrás de las nubes.

»Ella se metió en la bañera con una copa de vino, tan tranquila, y puso la radio. La música atravesó la fachada mientras ella estaba calentita y mi hermano moría de frío. Pedí ayuda a gritos. Traté de saltar el muro. Busqué algo a lo que subirme, pero no encontré nada. Llamé al timbre y golpeé la puerta con los puños hasta dejármelos morados. Pero mi madre se había quedado traspuesta en la bañera. Busqué cobijo para Carlos. Primero lo cubrí con unos sacos de cemento vacíos que mi padre había usado para arreglar el camino que conducía al garaje. Luego lo metí debajo de la carretilla con la que los había transportado, pero solo conseguí que las incesantes ráfagas de viento golpearan su cadáver. Experimenté la desesperación y la impotencia más absolutas. Odio la Navidad.

—¿La mataste?

—¿A quién?

—A tu madre.

—Lo que hice fue permitir que el destino trabajara a sus anchas. Me obligó a acompañarla a la sierra. Allí vi cómo se acercaba al agujero y no dije nada. Pensé: «Engúllela». Y su nuca golpeó la placa de hielo, y segundos después se alejaba por debajo. Justicia poética. La seguí con la mirada durante unos metros, ¿sabes?, como a una mancha que avanza sin rumbo. Su muerte trajo consigo la cicatrización de ciertas heridas, pero no de la más grande. ¿Sabes qué fue lo más difícil de asimilar de la muerte de mi hermano?

—¿Qué?

—Antes de que llegara la Policía, mi padre me amenazó para que contara que habíamos salido al jardín sin pedir permiso y que se nos había cerrado la puerta por accidente. Que dijera que mi madre estaba en la bañera con la música alta y no oyó mis timbrazos ni mis gritos. Me acojonó de tal manera, que dije lo que me pedía. Y, para más inri, usó mi don como excusa. «No haría tanto frío cuando a él no le ha pasado nada. Ha sido culpa del asma», le aseguró al médico que se acercó a nuestra casa a certificar la muerte.

Aquel día dejé de creer en la justicia y de querer a mis padres. Conviví con dos desconocidos hasta que mi madre tuvo el traspié y después con uno solo hasta que logré independizarme. Nunca tuve amigos ni quise tenerlos. La soledad fue mi lugar preferido. No hacía más que pensar en el poder del frío. Y…

Fresneda pareció abismarse en el pasado.

—Y hasta aquí. —Llené el silencio con una frase cargada de decepción.

Me encontraba en Soto del Real porque había dado un paso atrás y reevaluado el caso en busca de una nueva perspectiva cuando todos lo habían dado por cerrado. Una misteriosa identidad, X, y un puñado de piezas que a mi parecer no encajaban, me arrastraron a la obsesión y el agotamiento. No quise compartir la carga con nadie, especialmente con Toño y mi hermana; me pareció inmoral empujarlos a mi oscuridad. Era consciente de que necesitaba un descanso, a pesar de que el simple hecho de imaginarme lejos de la comisaría me causaba ansiedad.

Tras recetarme una visita a Fresneda como ansiolítico y no notar cambios en mis cuadros de ansiedad, me prescribí pasar tiempo en familia.

Paloma del Moral

En las cercanías de Jaca, Huesca

El asfalto reflejaba la luz de los faros. Los arcenes se encontraban cubiertos por la nieve que habían apartado las quitanieves. «La mente debería tener sus propias quitanieves, o, en este caso, quitazozobras». Por poco me reí de mi propia absurdez. Los pinos se inclinaban hacia el coche mientras velaban un cielo plomizo. Me hallaba en la calma que precede a la tormenta. A lo lejos, las luces de un pequeño pueblo parpadeaban débilmente. Por un momento sentí un atisbo de paz.

Agarraba el volante con firmeza cuando Toño me llamó por teléfono.

—¿Qué pasa? —contesté.

—¿Ya has llegado?

—Me quedan unos tres cuartos de hora.

—Vas bien, entonces. ¿Hace frío?

—Hay nieve en los arcenes.

—Pues por aquí también hace fresquete. Oye, cuando vuelvas te invito a esa cena de lujo que te debo desde hace una eternidad.

—Solo han pasado diez meses. No hay prisa, hombre —dije con ironía—. De todos modos, a mí me vale con un McDonald's. Allí no hay que pedir mesa con medio año de antelación.

—Déjate de comidas rápidas. Lo prometido es deuda. Hablamos, Palomita. Ah, y dales recuerdos a tus padres y a tu hermana.

—De tu parte. Hasta otra, cuñado.

Circunvalé Jaca rumbo a Santa Cilia, que quedaba a poco más de diez minutos en coche. Mis padres vivían en una urbanización con zona verde y piscina situada a los pies de los Pirineos y a la orilla del río Aragón. Hasta los doce años viví en el pueblo de Santa Cilia, pero entonces mis padres vendieron la casa y se trasladaron a la zona residencial.

Contemplé Jaca de camino. Parecía sacada de un cuento medieval. Cuando era pequeña y mis padres me llevaban a visitarla —en algunos recuerdos Lucía ni siquiera había nacido—, me parecía una ciudad de lo más normal. Por aquel entonces no me fijaba en los detalles, en las calles empedradas que se retorcían entre edificios y que habían visto pasar siglos de historia; en la ciudadela, que se levanta grandiosa y rodeada por un foso que en invierno se llena de nieve y crea una estampa de postal; en su animado casco antiguo, con sus pequeñas tiendas de artesanía y cafeterías que invitan a sentarse y a disfrutar de un café caliente mientras uno observa el ir y venir de los jacetanos y jacetanas y los turistas; en la catedral de San Pedro, una joya del románico que se erige en el corazón de la ciudad, con su fachada austera y su interior lleno de detalles históricos y artísticos... Cuando era pequeña no me paraba a pensar. Pero un día me hice mayor y empecé a darles vueltas a las cosas para encontrarles sentido o una solución, a tratar de anticiparme a los problemas y por tanto a sufrirlos antes de tiempo —si es que llegaban a presentarse—, a querer cosas cada vez más caras, a tener metas... ¿Nos guiamos por lo que nuestras cabezas dicen que es o debería ser, o por lo que es realmente? ¿Es cierto aquello de que los tontos son más felices? Lo único que sé es que en mi niñez no tuve grandes preocupaciones.

Aparqué a un centenar de metros de la casa adosada. El sol se había puesto hacía más de una hora. Respiré hondo. Incluso el aire del Pirineo aragonés era diferente al de Madrid. Los senderos cercanos conducían a paisajes en los que el murmullo de los ríos y el canto de los pájaros le harían de banda sonora a mi evasión. La casa disponía de dos grandes terrazas comunicadas por un pasillo lateral en las que podría deleitarme con las vistas del monte Oroel y el monte Cuculo, cubiertos de nieve en invierno y de un verde vibrante en verano, y de estimulantes puestas de sol.

Me recibieron con sonrisas, besos y abrazos. Sabían lo que necesitaba y me lo dieron. Por poco me echo a llorar en la misma puerta. Tenía las emociones a flor de piel. Sin embargo, mi madre, con una sola frase, consiguió que pasara de la emoción al enfado.

—Vamos al coche a por tus cosas —dijo mi padre con alegría—. Me da que está a punto de nevar.

—Qué sabrás tú del tiempo —dijo mi madre, con brusquedad—. Ni que fueras meteorólogo.

Dejaba la foto de César sobre la mesilla de noche de una habitación llena de recuerdos de mi pubertad cuando vi pasar a mi madre canturreando por el pasillo. Salí y entré detrás de ella en su habitación. Cerré la puerta a mi espalda.

Frunció el ceño.

—¿Pasa algo, cielo?

—Tengo que pedirte una cosa.

—Lo que sea.

—No te lo tomes como un ataque personal, ¿vale?

—Miedo me das.

—No vuelvas a mandar callar a papá, te lo ruego. Esa frase tuya tan característica, «tú qué sabrás», no la soporto. Si vuelvo a escucharla hago las maletas y me largo. Te casaste con un bonachón. Papá no merece que uses el sarcasmo y las críticas destructivas para hacerle sentir inferior, y de paso tú quedar por encima de él. Las mujeres de esta familia somos controladoras, lo admito, pero hay que saber controlarse, valga la redundancia. Le faltas al respeto y le bajas la autoestima. Tiene el mismo derecho que tú a opinar. Y, por favor, no me salgas con que a él le da igual, porque es mentira. Intento ser asertiva porque creo que no te das cuenta. En fin, que si no lo digo reviento.

—No me esperaba esto de ti.

—No te enfad...

—Lo digo en el buen sentido —me interrumpió—. De pequeña eras una pasota de mucho cuidado, y de joven tampoco es que te preocuparas demasiado por las cosas. Todo te la sudaba, como decís ahora. Y, aunque para mí siempre serás mi niñita, te has convertido en una mujer responsable. ¡Sorpresa! —exclamó, bromista—. Inspectora de homicidios, nada más y nada menos. Lo de mandar callar a tu padre, te juro que lo hago sin darme cuenta. Una mala costumbre. Te prometo que no lo haré más.

Las tornas habían cambiado. ¿Cuántas veces le prometí a ella «no lo haré más» cuando era una renacuaja?

—Tampoco me esperaba esto de ti, mamá —dije en tono relajado—. Pensaba que ibas a ponerte como un basilisco.

—Bajar del burro no es mi especialidad, lo reconozco. Pero cuando se me pide algo que no admite discusión...

Paloma del Moral

Al día siguiente. Santa Cilia de Jaca, Huesca

Me acosté temprano. Estaba molida. Relajada, pero con las piernas cansadas. Dejaba atrás un día casi perfecto. Por la mañana salí temprano con Lucía a hacer senderismo por el Parque Natural de los Valles Occidentales. Paisajes montañosos, ríos y cascadas que me sentaron de maravilla. Al atardecer dimos un paseo por el pueblo. El río Aragón lo recorre de este a oeste. Nunca me cansaré de patear las calles por las que me pelé tantas veces las rodillas. Cada rincón guarda una historia de mi infancia. Nos detuvimos ante la casa donde viví hasta los doce años; Lucía conservaba pocos recuerdos del lugar. Hicimos otro alto cuatro casas más arriba, en la de mis abuelos paternos, fallecidos hacía mucho tiempo. El pueblo cuenta con una curiosa forma rectangular y se fundó a la vera del Camino de Santiago. Al sur, en las estribaciones del monte Cuculo, se venera a la Virgen de la Peña en una pequeña ermita colgada de un farallón rocoso. Se celebra su romería el día 29 de abril, por una estrecha senda tan hermosa como el emplazamiento de la propia ermita.

Crucé mis pasos con los de antiguos vecinos.

«¡Cuánto tiempo, Paloma!» fue la frase más pronunciada.

El único paso atrás tuvo lugar cuando cruzamos el río Aragón, donde, antes de ser restaurado, se cobraba peaje a los rebaños trashumantes. Me trajo a la memoria a Mireia Preciado colgando semidesnuda de un puente de piedra sobre el río Gallo. Belén Rivera, Stella Castaño, Lidia Trapé, Ernesto Rey y Adrián Guerrero golpearon asimismo mi estado de ánimo como una repentina lluvia de granizo.

El día siguiente teníamos planeado caminar hasta el castillo de Santa Cilia, una antigua fortaleza medieval que ofrece unas vistas espectaculares del pueblo y sus alrededores, y aventurarnos por alguno de sus senderos.

Unos ruidos me desvelaron cuando dormía a pierna suelta, después de meses sin descansar como es debido por culpa de malos presentimientos, sospechas e hipótesis relacionadas con un asesino.

El latoso runrún de un vehículo se adentró en mis oídos.

Puertas abriéndose y cerrándose…

El sonido del motor perdiéndose en la lejanía…

La habitación estaba a oscuras.

Las persianas, bajadas; las cortinas, corridas.

Mi móvil vibró sobre la mesita y parte de la negrura se esfumó.

«¿Quién llama a estas horas?».

Encendí la lámpara de mesa que estaba al lado y miré la pantalla: el nombre del llamante era «Sal a la calle».

Descolgué con la frente arrugada.

—¿Quién es?

Oí una respiración liviana y la llamada se cortó.

—¿Sal a la calle? —susurré para mí misma.

Me levanté de la cama sintiéndome una marioneta guiada por manos invisibles.

Descorrí las cortinas, subí la persiana, abrí la ventana, miré a la calle. No vi nada extraño. Estaba desierta. Pero al aguzar la vista percibí que algo resplandecía sobre la acera, bajo la luz de una farola.

«¿Qué es eso?».

Me puse el batín y salí de la habitación en pijama y pantuflas, con mi pistola sujeta en una mano. Llevaba siempre mi reglamentaria a todas partes. La ley me obligaba a tener una «total dedicación», lo que se traducía en que debía intervenir si presenciaba la comisión de un delito. Y no estaba dispuesta a cumplir con una defensa extensible.

Bajé las escaleras con el único acompañamiento de los crujidos de los peldaños de madera. Al llegar a la puerta, extendí la mano hacia el pomo y mi inquietud alcanzó su cénit. «Sal a la calle». El hierro frío bajo mis dedos me recordó que no estaba soñando. Giré el pomo con cuidado y entreabrí la puerta lo suficiente como para asomarme a la intemperie. Un frío seco como el crujido de un hueso se coló de puntillas en la casa. Contuve el aliento. Y entonces la vi, y un susurro escapó de mi boca:

—A la mierda la tranquilidad.

Paloma del Moral

Santa Cilia de Jaca, Huesca

Descubrí un bloque de hielo con un niña encerrada dentro. «X», pensé, mientras la pequeña parecía levitar en posición fetal. Tal era el frío que la estructura rectangular ni siquiera goteaba. Calculé que tendría unos seis años. La encontré desnuda. No pude contener las lágrimas. La ansiedad volvió a mí con la intensidad de una ventisca de nieve. Pensé que nunca encontraría a nadie peor que Fresneda. Me equivoqué. Él mismo me advirtió sobre X.

Llamé a la Policía Local de Jaca para informarlos del asesinato. Avisé asimismo a Rojas y le pedí que pusiera al tanto a Toño.

—Han dejado a una niña congelada delante de la casa de mis padres —dije, con la voz entrecortada.

—¿Qué?

—Que un loco imita a Fresneda.

Tuve que morderme la lengua para no escupir el «y usted me mandó al psicólogo» que me ardía en la garganta. Una suerte, pues habría sido injusta. Rojas actuó en beneficio de mi salud mental. ¿Qué podía hacer? ¿Perseguir sombras? Que yo no fuera capaz de esperar a que aparecieran para empezar a perseguirlas no fue su culpa.

Entré en el garaje y abrí el armario donde mi padre guardaba las herramientas. Cogí un rollo de cinta aislante y acordoné la escena de un modo chapucero. Subí a mi habitación a toda prisa y me cambié el pijama por unos tejanos y un jersey, las pantuflas por botines, el batín por un abrigo.

Mi padre se asomó al pasillo cuando lo recorría a paso ligero.

—¿Qué pasa, hija?

—No salgáis hasta que yo os lo diga. Avisa a mamá y a Lucía.

—Pero…

Le di la espalda y descendí las escaleras mientras supuse que él estaría petrificado en medio del pasillo.

Pasé del cobijo a la intemperie, e hice guardia.

«La despersonalizó. La trató como a un objeto. No procesa de manera adecuada las emociones». Uno no tenía que ser perfilador criminal para comprender que solo una persona desvinculada de la realidad y con una fascinación particular por el frío sería capaz de perpetrar una atrocidad semejante. ¿Los crímenes del Hombre de Escarcha intensificaron su patología? Probable. ¿Nos encontrábamos ante un caso único en España? Factible. ¿Los actos de un psicópata habían inspirado a otro psicópata hasta el punto de empujarlo a cumplir sus fantasías ocultas? Verosímil. Pero X no solo utilizaba el frío como medio para matar. Preservaba y manipulaba a sus víctimas. Se consideraba un artista, un moldeador del frío y de la vida.

Durante la espera tuve tiempo de averiguar quién era la niña. Solo tuve que entrar en la web de la Policía Nacional y clicar en «desaparecidos» y después en «menores». Ciento veintitrés resultados que helaban la sangre. La primera foto correspondía innegablemente a la víctima: Andrea Vidal N.

«Es triste que algunas desapariciones abran telediarios y otras pasen desapercibidas».

Bajo sus datos personales constaba una descripción: «Desapareció el 05/12/2023. En Madrid (Madrid). Edad: 5 años. Mide 1,15 y pesa 20 kg».

«Veinte kilitos… —me dije, sobrepasada—. Y vivía en Madrid. ¿El asesino me ha seguido hasta aquí desde la capital?».

No tardaron en llegar los coches rotulados de la Policía Nacional y los todoterrenos de la Guardia Civil.

Minutos después, la escena estaba debidamente acordonada.

Y una procesión de miradas incrédulas desfiló ante un cubo de hielo.

Paloma del Moral

El bloque se erguía como un monumento macabro. La figura de la niña se distinguía claramente en su prisión cristalina. Su rostro azulado mostraba una expresión al mismo tiempo calmada y horrible. La forense, con la frente arrugada y los labios apretados, observaba el hielo en busca de explicaciones. El misterio se cernió sobre todos nosotros como una sombra ominosa.

Sin embargo, yo no guardaba dudas sobre el quién: X.

Me acerqué a Noelia Colmenero, natural de Jaca, una forense cincuentona de pelo moreno, rechoncha, que medía poco más de metro y medio. Vestía un mono desechable, como los demás criminalistas que revoloteaban en torno al bloque.

—Hola.

—Hola, inspectora. Dígame.

—¿Qué opina?

—Que alguien se ha tomado muchas molestias para matar a esta niña. Entiendo que la metió en un recipiente con agua y lo congeló. Yo hubiera optado por el cristal. Luego lo rompes y, tachán, una monstruosa obra de arte. La manera en que está colocada me empuja a pensar que murió antes de ser congelada. Si no, su rictus sería de sufrimiento. Nos la llevaremos tal cual y la descongelaremos en el Instituto Forense. No será una autopsia agradable, ni fácil.

—Me temo que el asesino imita al Hombre de Escarcha.

—Es lo primero que se me ha pasado por la cabeza. No es casualidad que la escena de abandono esté delante de la casa de sus padres, y precisamente cuando usted estaba de visita. No quiero asustarla, pero quien ha perpetrado esto parece tener un asunto pendiente con usted, tal vez porque usted fue quien le echó el guante a su héroe. Por otra parte, por mucho que la niña sea de Madrid, el cadáver ha aparecido en la provincia de Huesca. Y ya sabe cómo funciona el tema de las jurisdicciones. No obstante, si el crimen está relacionado con otro… Una investigación conjunta sería lo lógico.

—A ver qué deciden los de arriba —dije, y pensé: «Determinen lo que determinen, voy a meter las narices hasta el fondo»—. Otra cosa, Colmenero.

—Dígame.

—Tengo entendido que los componentes de las aguas potables varían en función de la zona geográfica. ¿Es eso cierto? Supongo que de ahí vendrá la diferencia de sabores entre comunidades, ¿no?

—Por supuesto. Se debe a las diferencias en la concentración de minerales, como el calcio o el magnesio. Y el proceso de potabilización también varía entre comunidades autónomas.

—Entonces, basándonos en los parámetros del agua, ¿podríamos saber si el asesino reside en Madrid, como me temo?

—No recuerdo ningún caso en el que se usara el agua para determinar la zona en la que reside un asesino. Pero tomaremos muestras y mandaré realizar un estudio. De lo que estoy convencida es de que nos acercará al autor más de lo que estamos ahora. Dudo que usara agua embotellada para crear el cubo de hielo.

—Estupendo. Gracias.

—Un placer.

Entré en casa.

Encontré a mis padres y a mi hermana sentados en el sofá del comedor, con la tele apagada. Mi hermana miraba la pantalla de su móvil. Mi padre estaba con la mirada perdida en el suelo, mi madre, en sus manos. Rostros pálidos. Gestos de preocupación...

Mi hermana dio un respingo al verme entrar en el comedor.

—Ay, hija, cuéntanos —rogó mi madre—. ¿Cuándo podremos salir?

—Cuando terminen de analizar la escena. Y, sintiéndolo mucho, he de regresar a Madrid. Tengo que volver a... —Terminé la frase en un pensamiento: «... interrogar a Diego Fresneda»—. Tratad de no ir solos a ninguna parte. E id por lugares concurridos. ¿De acuerdo? —Asintieron con gestos que oscilaron del miedo a la inquietud—. Entendéis que tenga que marcharme, ¿verdad?

—Pues claro —contestó mi padre—. Haz lo que tengas que hacer y vuelve cuando puedas. Aquí estaremos, esperándote con los brazos abiertos. Esa niña necesita que se le haga justicia.

En otra ocasión habría sonreído: mi madre no contradijo a mi padre en ningún momento. El viaje sirvió para algo más que para meterles el miedo en el cuerpo.

Tuve la sensación de que X me estaba obligando a empezar de cero, a volverme a poner en pie y aprender de mis errores.

Fresneda estaba en la cárcel.

No huía del fracaso cuando busqué calma en Santa Cilia. Entonces, ¿por qué mi mente se empeñaba en insinuar que X había matado por no haber seguido mi instinto hasta el final?

Intenté centrarme en el presente.

Almarcha ya no era el juez de instrucción.

El nuevo juez no era de mi agrado. Fernando Cimas. Un tipo seco que no atendía a razones. Desde mi humilde opinión, solo servía para firmar órdenes de registro y de detención. «De fuera vendrán y bueno te harán», pensé, echando de menos a Almarcha.

Entré en la comisaría con un único pensamiento: «No podemos permitir que reincida».

Ni siquiera pasé por casa a soltar las maletas.

—Te han fastidiado las vacaciones, ¿eh, Palomita? —dijo Toño mientras me observaba avanzar por un pasillo de cubículos—. Un día de tranquilidad te han dado. Uno. Manda cojones.

—Así es esta vida. ¿Dónde para Rojas, por cierto? En su despacho no está.

—Ha salido a hablar con el fiscal.

—¿Cómo avanza la investigación?

—¿Avanza? Relájate, que no hace ni quince horas que has descubierto el cadáver. A propósito: ¿por qué lo habrá dejado en Santa Cilia?

—Quiere torturarme por haber atrapado a su ídolo.

—Le gusta jugar al gato y al ratón con la Policía, eso seguro. En fin. Te pongo al tanto de la situación. Hemos tenido una reunión hace un rato. Rojas me ha pedido que te la resumiera cuando llegaras. Te aviso de que está de los nervios. Los de arriba le están presionando a lo bestia.

»El procedimiento será parecido al de la investigación de la muerte de Belén Rivera. Acosta y Vera se encargarán de tomarles declaración a padres y familiares, aunque sea evidente que por ahí no van los tiros. Yo revisaré las grabaciones de las gasolineras que encuentre desde Madrid a Santa Cilia, por si paró a repostar, y las de la urbanización y cercanías, si es que las hay. Estaba en ello cuando has llegado. Por fuerza tuvo que transportar el bloque en la caja de una furgoneta equipada con algún tipo de equipo de refrigeración. A ver si hay suerte y doy con algún vehículo sospechoso mientras esperamos a que lleguen los informes. Ah, y tenemos una entrevista concertada con Fresneda para mañana a las diez. Esta vez puedo ir, ¿no?

—Ya veremos. —Toño sonrió—. No habéis perdido el tiempo. Bien hecho.

—Los infalibles no perdemos nada, Palomita.

Sonreí también.

—X imita al Hombre de Escarcha. Supongo que eso lo tienes claro.

—Eso solo está claro en tu cabeza. Y no es un imitador. No al menos uno al uso. Ha tomado prestados factores del *modus operandi* de Fresneda. Pero no ha enviado ninguna carta con sus motivos ni ningún dibujo anunciando futuros asesinatos. Al menos que sepamos. Lo más importante a la hora de calificarlo de *copycat*, es que fuera consciente de que estaba imitando al Hombre de Escarcha. Es difícil que un asesino no incurra en conductas llevadas a cabo por otros asesinos, dada la infinidad de crímenes cometidos a lo largo de la historia. Los casos auténticos de efecto de imitación en España son inexistentes. Y lo van a seguir siendo.

—Me importa un bledo cómo lo tilde la prensa. Lo relevante es que Fresneda sabe más de lo que confiesa. El problema es que no le interesa ayudarnos a detener al nuevo, entre comillas, Hombre de Escarcha porque este agranda su leyenda y, por consiguiente, le ayuda en su misión. Cuando lo detuve dijo algo que me reconcome por dentro: «Debería convertirme en un mártir. Pero los últimos acontecimientos me han obligado a cambiar de planes. Lo importante es que el mensaje se prolongue en el tiempo...».

—¿Crees que ese cambio de planes fue a causa de X, que Fresneda previó que tras su detención empezaría a matar tomando prestado su *modus operandi*?

—No creo que lo previera: X se lo dijo. Por eso debemos tratar de ganarnos su confianza. Sabe más de lo que admite.

—Es de cajón que va a pedirnos hablar con la prensa a cambio de su colaboración.

—Fresneda es la clave para llegar a X. Puede que tengamos que transigir.

—¿Estarías de acuerdo en que se saliera con la suya, que le concedieran una entrevista en la cárcel?

—No necesitamos su ayuda para atrapar a X. Sé que daremos con su paradero tarde o temprano. La pregunta es: ¿cuántas personas morirán antes de que las pistas nos conduzcan a él? No sería el primer criminal que contesta a las preguntas de una periodista desde un centro penitenciario. ¿Me preguntas si estaría de acuerdo en salvar vidas a cambio de una inofensiva entrevista? Si dependiera de mí, por supuesto.

Toño Castro

Cárcel de Soto del Real (Madrid V)

Toño miró a Paloma de soslayo justo antes de que formulara la primera pregunta del interrogatorio, en una sala austera con paredes de concreto y una mesa metálica. Diego Fresneda, famoso por su frialdad tanto literal como figurativa al cometer sus crímenes, la observó con su mirada penetrante.

Paloma intentaba mantener la compostura; sin embargo, para el inspector resultaba evidente que el caso Escarcha le había afectado más a ella que a él. Tras la muerte de César, su compañera buscó una meta que la alejara del dolor, y el Hombre de Escarcha se la concedió. Cuando creía haberla cruzado, apareció X y la recta final se alejó de su vista. El hallazgo de la niña congelada no hizo más que consolidar la obsesión de Paloma.

Temió que la mente meticulosa y calculadora de Fresneda no tardara en hacerlos dudar. La intuición le dijo que sus contestaciones serían crípticas, que no dejarían nada en claro, que se vería obligado a interpretarlas.

—¿Qué sabes de X?

—Nada.

—Mientes —dijo Paloma—. ¿Sabes que ha matado a una niña?

—Sí.

Le sorprendió que Fresneda diera por hecho que X fuera el asesino de Andrea Vidal.

—¿Y te parece bien que haya matado a una niñita? Un día me dijiste que no matabas por placer. Si nos ayudas, más personas seguirán tus consejos acerca de adaptarse a las bajas temperaturas. Si no te ven como a un monstruo, se mostrarán menos reticentes a cambiar sus costumbres. Has de dejar las muertes atrás y abrazar la no violencia. Si no colaboras, los crímenes de X recaerán sobre tus hombros. En este caso, la inacción es un modo de asesinato.

—Unas pocas muertes no son nada comparadas con el bien que hará que mi verdad llegue hasta el último rincón del mundo. Los crímenes de X mantendrán fresco el recuerdo de mi advertencia. Pero no me gusta que mate a niñas. Eso no está bien.

«Habla en plural. Crímenes. Niñas», se dio cuenta Toño.

—Escribió algo curioso en su último mensaje: «Tarde o temprano te encontrarán. Te arriesgas demasiado, Hombre de Escarcha. Pero no te preocupes. Desde una cárcel o desde el más allá, contemplarás que tu movimiento no cae en el olvido».

»Trapé contrató los servicios de un *cracker* —reveló, si bien ya lo sospechaban—. Pirateó mi teléfono móvil, yo lo descubrí y los atraje a mi casa. En su piso encontré un bloc de notas escondido detrás de un zócalo de la pared de su dormitorio, al lado de fotocopias de mis cartas. Descubrí una anotación: «Ernesto tiene la clave: JM». El bloc estaba lleno de comentarios sobre un documental que tenía previsto hacer sobre el Hombre de Escarcha, sobre mí. JM es el *cracker* que instaló el *spyware* en mi móvil. X es JM, quien dio pie a que la periodista y el camarógrafo fueran asesinados.

—¿Alguna pista sobre su paradero? —preguntó el inspector.

—Ninguna.

—¿Dónde ocultaste el coche de Ernesto? —interrogó Paloma.

—Aún no es momento de revelar ese misterio.

La frente de Paloma se arrugó mientras su mirada echaba fuego.

—¿Y el ordenador con el que entraste en la *dark web* y te mensajeaste con X? —inquirió Toño.

—Menos aún para contestar a esa pregunta. Y hoy no responderé a ninguna más. Si quieren que me explaye, tendrán que conseguirme una entrevista con un medio de comunicación importante.

«Ya tardabas, cabrón», se dijo Toño.

Paloma, con una mirada de hastío, buscó la aprobación de su compañero para dar por finiquitado el interrogatorio.

Toño se incorporó.

—Es todo.

Abandonaron la sala sin despedirse.

«Igual tendría que calibrar mi instinto», meditó Toño cuando se acercaban al coche.

Fresneda fue claro: un *cracker* conocido como JM era X, el asesino de Andrea Vidal. Aseguró no poder darles información relevante sobre su imitador.

No tuvieron que interpretar nada.

Paloma del Moral

Toño se encontraba sentado a mi derecha y Rojas enfrente, al otro lado de su mesa de despacho, que actuaba como separador de jerarquías.

—Propongo pedirle a la ciudadanía su colaboración —planteé, decidida—. Como poco lo pondremos nervioso, y eso nos hará ganar tiempo. Si el asesino cree que le pisamos los talones, es probable que se quede quietecito una temporada. Les daremos tiempo a la forense y a la Científica para ultimar el informe preliminar. El análisis del agua revelará si X es de la Comunidad de Madrid, incluso, con un poco de suerte, si vive en la capital, lo que cuadraría con lo que nos ha contado Fresneda hace un rato. Y, quién sabe, a lo mejor hay suerte con el tema de la colaboración ciudadana y algún buen samaritano se presenta en la comisaría con el nombre real de JM.

—Me pondré en contacto con el gabinete de prensa y la Unidad Central de Participación Ciudadana, para que se encarguen del asunto —nos informó Rojas—. No obstante, no podemos basar nuestra actuaciones en las confesiones de un asesino. Pero haré una excepción; ahora mismo no es que tengamos mucho donde rascar.

—He tenido una idea volviendo de Soto del Real —compartí.

—Miedo me das —dijo Toño—. No te…

—Silencio —ordenó Rojas.

Toño hizo el gesto de cremallera en la boca.

—Antes de la muerte de Adrián Guerrero, de que los españoles creyeran que estaban a salvo de morir por hipotermia, recibimos cuantiosas denuncias de personas que decían conocer la identidad del Hombre de Escarcha. Todas se desestimaron porque los denunciados tenían coartada, por no dar con el perfil o porque en el momento de recibirlas Almarcha ya había imputado a Guerrero. La cuestión es: ¿no puede ser que alguno de esos sujetos fuera X? Si es fan del Hombre de Escarcha y ahora lo imita… No sé si me explico.

—Perfectamente, Palomita. Esas denuncias valdrían, al menos en parte, para X, gracias a la similitud entre los *modus operandi*. Se supone que X también es partidario de adaptarse al frío y todas esas gilipolleces. Puede que uno de esos cuñaos que se descartaron en su momento, los que van en tirantes por la calle en pleno invierno, fuera X.

—X, JM, Hombre de Escarcha… —Rojas resopló mientras se frotaba las sienes en un movimiento circular, como si tratara de despertarse las neuronas—. Me estáis dando dolor de cabeza. Del Moral, revisa las putas denuncias. Castro, sigue con las grabaciones. Yo me pongo con el tema de la participación ciudadana.

Llegué a casa con la cabeza abotargada.

Besé la foto de César.

—Hola, amor.

Me llevé una porción de tortilla de patatas precocinada a la cama. No tenía hambre, pero necesitaba fuerzas de cara a la próxima jornada de investigación, si bien el trabajo de aquel día no había terminado aún. Accedí a las bases de datos con mi portátil y reanudé lo dejado a medias en la comisaría. Las denuncias que acusaban a otros de ser el

Hombre de Escarcha abrumaban. Era consciente de que la mayoría eran falsas, fruto de una mente sugestionada o de una mente malvada que quiso poner en un aprieto a alguien a quien odiaba. Busqué, en la narración de las circunstancias del hecho de dichas denuncias, a un hombre obsesionado con el frío que le hubiera confesado a alguien que era fan del Hombre de Escarcha o que siempre había deseado comprobar qué se siente al matar a un ser humano. Existían casos documentados: con dos copas de más, algunos criminales habían cantado *La traviata*.

Hice un alto para entrar en el perfil de Instagram de la Policía Nacional.

Enseguida encontré lo que buscaba.

▶ ▶ *Se busca a un pirata informático conocido como JM.*
Si tienes cualquier tipo de información 👆
☎ *091*

«A ver si da resultado», tuve la esperanza.

Llevaba dos horas revisando acusaciones cuando una me hizo entrecerrar los ojos y frotarme el mentón.

«¿Por qué no se nos avisó de esto?», me pregunté, disgustada.

La denuncia antigua desencadenó una secuencia de acontecimientos sobrecogedores.

Estaba a punto de iniciarse una cuenta atrás.

Paloma del Moral

Comisaría General de Policía Judicial, Madrid

Me llamaron desde la recepción cuando me disponía a contactar con Alberto Selvas, el hombre de cuarenta y seis años que, una semana antes de que Adrián Guerrero —el chivo expiatorio— apareciera muerto, se acercó a una comisaría de Policía de Madrid a interponer una denuncia contra su hermano Íñigo, residente en el distrito de Latina, porque sospechó que era el Hombre de Escarcha. Sobra decir que la muerte de Guerrero frenó sus temores.

—Un tal Rubén Soria quiere hablar con la Chica de Hielo —me informaron desde la recepción.

—¿Me ha llamado Chica de Hielo?

—Sí.

—¿Y puede saberse qué quiere?

—Algo relacionado con JM.

Por poco me caigo de la silla de la impresión.

—Que no se mueva de ahí.

Colgué y salí disparada hacia el ascensor.

—¿¡Dónde vas!? —exclamó Toño.

—Siéntate a mi mesa —le rogué, sin detenerme—. Ahora vuelvo con un tipo con información sobre JM.

—¡Hostia!

Como a mí segundos antes, la noticia le provocó una sacudida.

Bajé por el ascensor y caminé hacia la recepción.

El recepcionista me señaló a un hombre con el mentón, plantado en medio de la sala.

Lo saludé y le estreché la mano. Apenas me la apretó.

Se percibía tensión en su mirada.

Rondaría los cuarenta años y el metro noventa, de pelo rubio largo y liso peinado hacia atrás y con una frondosa barba estilo Garibaldi. El conjunto le daba un aspecto de vikingo. Vestía un pantalón tejano ajustado, unas zapatillas blancas y una chaqueta de cuero sobre un jersey negro de cuello alto. Un hombre elegante a pesar de la barba. Nunca me han hecho tilín los barbudos.

—Acompáñame, por favor.

—Claro.

Deshice mis pasos mientras él los seguía en silencio.

Toño le estrechó la mano y le agradeció que se hubiera acercado a hablar con nosotros. Hablé cuando todos estábamos sentados en torno a mi mesa.

—Dime, Rubén, ¿quién es JM?

—No hablaré si no me prometen que ignorarán lo que he hecho.

—¿A qué te refieres? —preguntó Toño.

—A que ahora mismo estoy tirando piedras sobre mi tejado. Hablarles de JM es hablarles de mis trapicheos. ¿Entienden?

—¿Tú también eres *cracker*?

—No hablaré hasta que me aseguren que podré marcharme limpiamente de esta comisaría.

—Si no has cometido ningún crimen, haremos la vista gorda a cambio de que nos ayudes a encontrar a JM.

—Habla sin miedo —reforzó Toño.

—De acuerdo. Confiaré en ustedes dos. Yo soy JM. Yo ayudé a Lidia Trapé a descubrir la identidad del Hombre de Escarcha.

No pude esconder una ridícula mueca de sorpresa.

—¿Eres X? —preguntó Toño.

—¿Quién? —Parecía sorprendido—. ¡No sé nada de ninguna equis! He venido a hablar con ustedes porque los remordimientos me están matando. No pego ojo desde que Ernesto y Lidia fueron asesinados. Ernesto era amigo mío. Me pidió que instalara un *spyware* en tres teléfonos a cambio de un pago. Hice el trabajo y me olvidé de todo. Y tiempo después me enteré de que uno de los dueños de esos teléfonos había matado a mi amigo y a la periodista. Y ayer por la noche voy y me entero de que la Policía me anda buscando. Es lo que me faltaba. Por eso he venido a verla a usted, Chica de Hielo.

—No me llames así —le rogué.

—Disculpe.

—¿Dónde estuviste la noche del 5 al 6 de diciembre? —le preguntó Toño.

—Para eso estoy aquí, para darles una coartada y que me dejen de buscar. He supuesto que andaban tras la pista del imitador ese de Fresneda. De lo único que soy culpable es de piratear tres dispositivos móviles. Les juro que nunca pensé que Lidia utilizaría el *spyware* para meterse en la boca del lobo. Ernesto me juró que únicamente buscaban información para un documental que estaban realizando. Ernesto me jodió bien. No puedo quitarme de la cabeza su cuerpo congelado.

—¿Y la coartada? —le recordó Toño.

—Ah, sí, disculpe. El día que encontraron el cuerpo de la niña estuve en un encuentro de desarrolladores de *software* en Alicante. Una veintena de personas pueden corroborar que estuve en la ciudad. Dormí en un hotel. Supongo que apareceré en sus cámaras de seguridad. Dado que a la niña la encontraron cerca de Jaca y de Alicante a Jaca hay como poco seis horas de trayecto... Tomen.

—Dejó un papel sobre la mesa, con el nombre del evento en cuestión y el del hotel donde se hospedó, y una decena de números de teléfono—. Los números son de asistentes al encuentro con los que estuve charlando. Al terminar, cené con cuatro de ellos. Los que tienen la ce al lado son los de la cena, por si quieren ir al grano.

Sin duda era un hombre aplicado: había hecho los deberes antes de presentarse en la comisaría.

—Comprobaremos tu coartada —aseguró Toño, con su tono de los interrogatorios—. Pero ándate con cuidado con tus trapicheos… Ya has visto lo que han traído.

—Ya no soy *cracker,* inspector. Solo *hacker.*

—Me alegra saberlo.

No tardamos en corroborar la coartada. En efecto, Soria estaba en Alicante cuando X dejó a la niña ante la puerta de la casa de mis padres. ¿Fresneda nos mintió o realmente creía que X era JM? Sospechar de JM no era una sandez. No obstante, después del paso en falso, dudé que Rojas nos permitiera volver a interrogarlo.

—Hemos de tomarle declaración al puto Alberto Selvas, joder —increpé a Toño. La ansiedad empezaba a hacer mella en mi carácter.

—Esa denuncia ha prescrito —se quejó.

—¿Por qué os empeñáis en llevarme la contraria? ¿Qué tengo que hacer para que me toméis en serio? Presentí que Guerrero no era el Hombre de Escarcha y acerté. Tuve la corazonada de que X iba a traernos problemas, ¿y a quién buscamos ahora? ¿Tengo que hacer el doble para que se me considere la mitad de capaz que un hombre de esta comisaría?

—No me vengas con feminismos, Palomita, que estás delante de Feminator Plus. No doy abasto con las cámaras. Y me estoy poniendo nervioso. Soy fan tuyo, Palomita. Mucho. Y no lo digo por decir. Eres la más inteligente de esta comisaría, además de largo, y lamento que te sientas infravalorada. Y, si crees que ese tal Selvas puede darnos información relevante sobre el caso, vamos a tomarle declaración ahora mismo. ¿Contigo? Hasta el fin del mundo.

* * *

Pulsaba el botón de llamada del ascensor cuando oí «Castro, Del Moral» a mi espalda.

Nos volvimos.

El gesto de Rojas daba prueba de su preocupación.

—¿Qué pasa ahora? —preguntó Toño cuando detrás de nosotros se abrían las puertas de un ascensor vacío.

Un día antes. Distrito de Latina Madrid

Anhelaba encontrar a una niña jugando sola ante una casa apartada o caminando sin acompañamiento por una acera solitaria. Deseaba la fragilidad de unos brazos delgados, de unas piernas cortas.

Para ser perfecta, a la calle por la que circulaba a baja velocidad le faltaba una niña desprotegida pasando por debajo de una de las farolas que parpadeaban como neones echados a perder. De manera inesperada, la vía pública adquirió —y por partida doble— el apelativo de idónea: dos niñas doblaron una esquina. Sin vigilancia. Las ventanas de los edificios parecieron contener la respiración cuando la furgoneta se detuvo a medio palmo de la acera.

Sus alientos se convertían en ligeras nubes que desaparecían al instante. Pasos ligeros, por poco inaudibles. Grandes y curiosos ojos mirando a todas partes y a ninguna al mismo tiempo…

Vestían bufandas a juego. Pensó —erróneamente— que eran hermanas. «Excelente. Llamará más la atención». El runrún lejano de un coche rompió por un segundo el silencio. Suficiente para agitarlo. «Necesito diez segundos más de tranquilidad», le exhortó a la diosa Fortuna antes de deslizarse a la caja de la furgoneta.

La puerta corredera se abrió como un ojo dormido desvelado a golpe de pánico, y de entre las sombras surgió una figura negra de largos brazos que arrastró a las niñas a la oscuridad.

Aplacó los gritos poniendo la radio a todo volumen. Las observó con ojos fríos y calculadores: dos ovillos asustados en una esquina forrada de plástico.

Cogió una jeringa del suelo.

Se acercó a sus cuerpos infantiles.

El miedo arrastró a las niñas a cerrar los ojos.

Les suministró sedante por vía intravenosa.

«Listas», se felicitó.

Antes de poner rumbo a su escondrijo, lanzó un papel plastificado por la ventana del conductor.

«Que empiece la cuenta atrás —se arengó mientras las niñas dormían como dos angelitos—. Tictac. Tictac…».

Cuando la furgoneta se alejaba emitiendo un zumbido apenas perceptible en la quietud de la noche, dos mujeres doblaron la misma esquina que las pequeñas poco antes. Se desternillaban mientras ponían a parir a una vecina metomentodo.

Una de ellas dijo:

—¿Dónde se han metido esas dos?

Y el horror entró paulatinamente en sus vidas.

Paloma del Moral

Comisaría General de Policía Judicial, Madrid

—Ayer, sobre las nueve y media de la noche, se interpuso una denuncia en una comisaría de Latina. Dos niñas de seis años han desaparecido: Clara Redondo y Malena Pérez. —Nos quedamos petrificados ante el ascensor mientras Rojas se acercaba con una hoja de papel ondeando en su mano derecha—. Se activó el protocolo de búsqueda. Las niñas no tienen móvil, claro, ni redes sociales, lo que no pondrá fácil su localización. Linterna en mano, varios agentes, familiares y voluntarios han estado buscándolas durante la noche. Sin éxito. Las madres dicen que caminaban por detrás de ellas y que, al doblar una esquina, ya no estaban. Hasta ahí todo normal, entre comillas. Digamos que el suceso no se ajustaba a nuestras competencias. Pero hace un momento han encontrado un papel plastificado que el viento había alejado de la zona donde ahora sabemos a ciencia cierta que las secuestraron. Esto es una copia del escrito.

Antes de coger el papel que Rojas me ofrecía con el brazo estirado, me fijé en que sus ojos estaban empañados.

Leí para mí misma. Toño se inclinó e hizo lo mismo:

Encontraréis el cadáver de una de las niñas a las afueras de Galapagar.

A la otra la mataré próximamente.
Tictac. Tictac...

El resto de la hoja lo llenaba una enorme X.

—Ya ha matado a una de las niñas —dije, al borde del abismo.

—Por Dios —exhaló Toño—. ¿Su maldad no tiene fin?

—Tenías razón —reconoció Rojas—. X es un robasueño.

—Supongo que estarán buscando el cadáver en estos momentos —consultó mi compañero.

—Se encarga la Guardia Civil.

—Nosotros íbamos a hablar con Alberto Selvas —le informé a nuestro inspector jefe—. Interpuso una denuncia contra su hermano antes de que apareciera el cuerpo de Guerrero. Estaba convencido de que Íñigo Selvas era el Hombre de Escarcha. Y, casualmente, Íñigo reside en el distrito de Latina, donde han desaparecido las niñas.

—¿Crees que Alberto Selvas no andaba del todo desencaminado, que su hermano no era el Hombre de Escarcha, pero sí que era X?

—Es una posibilidad. Y ahora mismo no estamos sobrados de vías de investigación. Lo que pone en la denuncia es..., ¿cómo decirlo? ¿Tan concordante que asusta? Y que las niñas hayan desaparecido en el mismo distrito donde vive Íñigo le añade posibilidades. Si se debe a una coincidencia, es la más extraordinaria con la que me he topado. Una denuncia, por cierto, que no se investigó correctamente. Y eso no puede volver a suceder.

—Tomaré cartas en el asunto: no podemos permitirnos ese tipo de cagadas. Id a tomarle declaración a Alberto Selvas. Os aviso si encuentran el cuerpo.

—A la orden —acató Toño.

—De acuerdo —dije yo antes de llamar de nuevo al ascensor.

* * *

Tuve la sensación de que se consumía una mecha terminada en una bomba con forma de niña.

«Encontraréis el cadáver de una de las niñas a las afueras de Galapagar. Tictac. Tictac…».

Los acontecimientos se habían desarrollado a una velocidad de infarto: el hallazgo de una niña dentro de un cubo de hielo mientras me tomaba unas vacaciones; la deducción de Fresneda, X es JM, que resultó ser errónea; la sorprendente denuncia pasada por alto que señalaba a un hombre hasta entonces desconocido; el secuestro de Clara Redondo y Malena Pérez; la amenaza impresa en un papel plastificado… ¿Qué nos deparaba el futuro? ¿El hallazgo de un cuerpo sin vida? Me estremecí de tan solo imaginar el cadáver tirado en una zanja. ¿La detención de Íñigo Selvas?

Cuando contacté con Alberto, ni siquiera preguntó por el motivo de la entrevista. Tuvo claro que queríamos preguntar por su hermano, el rarito.

Cualquier madrileño de clase baja o media hubiera soñado con vivir en la calle Panaderos, en el distrito de Fuencarral-El Pardo, donde residía Alberto. Los chalés se alineaban en una calle bordeada por muros, setos y árboles. Los ventanales, las fachadas de ladrillo y los jardines con piscinas y cenadores reflejaban un estilo de vida adinerado. Un aroma a pino entró en el coche cuando Toño bajó su ventanilla. No obstante, presentí que tras una de esas fachadas de perfección se ocultaba la historia truculenta de un hombre con el frío. Uno de los residentes conocía un secreto con la capacidad de desmoronar su paraíso de lujo. No creí que Alberto Selvas fuera consciente de lo que supondría que X fuera su hermano: los medios de comunicación se amontonarían en la calle Panaderos. Pero una mente normal no puede guardarse un secreto del que depende la supervivencia de personas inocentes sin caer en una espiral de remordimientos. Por tanto, di por hecho que Alberto Selvas era una persona normal. Y, a esas alturas, la normalidad me parecía bondad.

Llamamos al timbre de un chalé de ladrillo color azafrán, rodeado por un muro del que emergían setos bien recortados. Desde la calle, apenas podía verse la punta de un tejado a dos aguas de tejas marrones.

—Pasen. —Abrió. No nos dio tiempo ni a identificarnos.

Nos recibió con espontaneidad.

—Buenos días, inspectores. Acompáñenme. —Lo seguimos por un camino adoquinado que serpenteaba entre un cenador, una piscina y dos palmeras. Por un momento creí estar en Miami. Selvas abrió la robusta puerta de su chalé—. Adelante. —Nos invitó a entrar con un gesto—. Cuando me enteré de que un chalado imitaba al Hombre de Escarcha, me dije: *what!* No me lo podía creer. Es el caso más loco del que he oído hablar. Y eso que me he tragado unos cuantos *true crimes…*

—Díganoslo a nosotros —contestó mi compañero.

Nos guio por un pasillo de paredes blancas adornado con cuadros abstractos distanciados entre sí hasta un salón de muebles modernos. Un espacio amplio y minimalista donde cada elemento parecía elegido con mimo. Me fijé en una foto enmarcada en la que Alberto posaba junto a sus padres y su hermano, colocada sobre un aparador. En la instantánea, Íñigo parecía una persona corriente. La luz entraba por las ventanas de suelo a techo cubiertas por cortinas de lino que dejaban entrever el jardín. En una esquina, una lámpara de pie con un diseño industrial estaba bajo un cuadro en tonos rojos que le daba un toque de color a la habitación. En una estantería, unos pocos libros y objetos decorativos se hallaban dispuestos de un modo que valoré como meticuloso. Todo sugería orden y control, y frialdad. O, tal vez, la casa únicamente emanara paz, y la sugestión plantara sospechas allí donde posaba los ojos.

—Por favor, siéntense.

Señaló el sofá color crema que dominaba el centro de la habitación, enfrentado a una mesa de centro de cristal y acero inoxidable. Él se acomodó en uno de los sillones situados al otro lado de la mesa.

—¿Le importa? —Dejé una grabadora digital sobre el cristal.

—Por supuesto que no.

Pulsé el botón de grabar.

—Hábleme de su hermano, señor Selvas —rogué, directa.

—Ni siquiera les he preguntado si quieren tomar algo —se percató—. Menudos modales gasto… ¿Les apetece un refrigerio?

Pronunciamos un «no, gracias» que por poco suena al unísono.

—Y, por favor, llámeme Alberto.

—Claro.

—Para entender a mi hermano hay que conocer antes a mi madre, Inma Olalla, experta en periodismo ambiental y activista climática. Escribió una decena de libros sobre los efectos que tendrá el cambio climático en España. En el mundillo es muy conocida, una auténtica pionera, tengan en cuenta que nadie hablaba de eso. Estaba obsesionada con reducir nuestro impacto ambiental, la huella de carbono… En fin. Ya saben. Nos llenó la cabeza de sus ideas. A mí me aterrorizaba pensar que se acercaban todos esos desastres… Cuando yo era pequeño, no se hablaba tanto del calentamiento global. Podría decirse que mi madre fue una adelantada a su tiempo. Íñigo heredó su inteligencia y su entusiasmo, por no llamarlo obsesión enfermiza. Yo soy más pasota, como lo fue mi padre. No obstante, mi padre apoyaba incondicionalmente a mi madre. Aunque sus opciones siempre fueron pasar por el aro o el divorcio. Mi madre no aceptaba discusiones en lo referente a temas medioambientales. Cuando envejeció, se convirtió en un disco rayado. Y entonces llegó el accidente. Eran finales de enero, y mis padres estaban de vacaciones en un pueblecito de la comarca de la Baja Cerdaña. Circulaban de noche por una carretera montañosa llena de curvas y mi padre, nunca sabremos por qué, perdió el control y cayeron dando vueltas de campana por un terraplén. Con tan mala suerte que no solo quedaron atrapados dentro del coche y en un lugar no visible desde la carretera, sino que en aquella zona no había cobertura. Un cazador los encontró al día siguiente, muertos de frío. Aquello marcó la vida de Íñigo. Se volvió, si cabe, más distante. Lo invadió una tristeza profunda. Él y mi madre eran como uña y carne. Con mi padre no se entendía tan bien, pero, obviamente, también sufrió su muerte. A Íñigo le costó aceptar la pérdida. No podía creerse que hubieran muerto por hipotermia, de un modo tan cruel, que tuvieran tan mala suerte. Sentía ira hacia la situación, hacia sí mismo, frustración por no haber podido cambiar lo sucedido. A lo mejor por eso intenta que los demás se adapten a las bajas temperaturas. Se fustigaba por no haber pasado más tiempo con su persona preferida, como él llamaba a mi madre. El accidente dejó un vacío enorme en mi hermano. En mí también, pero yo supe seguir adelante. Heredamos dinero suficiente para vivir sin pegar palo al agua, pero él no volvió a ser el mismo. Su obsesión por el cambio climático viró hacia el frío, las glaciaciones, los gases de efecto invernadero… Hablaba de la teoría de la Tierra Bola de Nieve, la hipótesis del Antropoceno antiguo… —Negó con la cabeza, absorto en el parqué—. Perdió la cabeza. Intentó transmitirme sus obsesiones, pero no pudo conmigo. Y, antes de que me haga la pregunta, le adelanto que llevo un año sin saber nada de él. No coge mis llamadas. En cuanto leí la segunda carta que el Hombre de Escarcha le envió a la periodista, supe que era Íñigo. Me presenté en una comisaría y rellené una denuncia. Pasaron los días. Como no se hablaba de Íñigo por televisión, llamé para hacerles entender que mi hermano era el Hombre de Escarcha. Me aseguraron que lo estaban investigando, pero obviamente era mentira. No se lo tomen a mal, pero en algunas comisarías se trabaja de pena. Luego murió Adrián Guerrero y todos pensamos que el Hombre de Escarcha era historia. Después apresaron a Diego Fresneda y el caso dio un giro de película. Entonces fue cuando me sentí el peor hermano del mundo. Había dudado de mi propia sangre. «Has creído que Íñigo era un asesino en serie», me dije, avergonzado y al mismo tiempo aliviado. Pero hace dos días apareció la niña en el cubo de hielo. La prensa garantiza que alguien imita al Hombre de Escarcha, que un loco con su misma mentalidad ha tomado el relevo de sus crímenes. Y volvieron las sospechas.

»Íñigo es la persona más inteligente que conozco, la más solitaria y la más paciente. Una de sus máximas es: "Has de saber esperar, demorar una recompensa para obtener un premio mayor". Le he escuchado alardear de que podría conseguir el asesinato perfecto. "Solo hay que adelantarse a los movimientos de la Policía, conocer los procedimientos criminalísticos, criminológicos..." y bla, bla, bla... Se lee un libro y recuerda, como poco, el ochenta por ciento. Su memoria retiene la información de un modo increíble. Y es un *crack* de la informática. Estudió programación. Es capaz de robar datos de cualquier sistema. Si ha perdido la cabeza y ha asesinado a esa niña, seguro que ha leído los informes policiales. Y entiende de mecánica. Es capaz de desmontar un reloj y volverlo a montar como quien se lima las uñas. Recuerdo que cuando éramos unos críos desmontó una radio estropeada, cambió una pieza y la volvió a montar, y funcionó de maravilla durante años. Y le gusta jugar con las personas. La manipulación emocional es otro de sus puntos fuertes. Negativo, claro. Y luego está lo de ir en camiseta de tirantes en pleno invierno. Otra de sus máximas es: "El frío se combate con frío". Y no solo le obsesionan las bajas temperaturas, también los enigmas y los acertijos. De pequeño se pasaba el día dándome la brasa... ¿Qué puede correr pero nunca camina, tiene boca pero nunca habla, tiene cabeza pero nunca llora, tiene cama pero nunca duerme?

—Ni idea —contesté, sin siquiera pararme a pensar.

—Un río.

—Su hermano conduce una furgoneta, ¿cierto? —preguntó Toño.

—Sí.

—¿Cuál es su profesión?

—¿La mía o la de él?

—La de él.

—No trabaja. Antes de la muerte de mis padres era autónomo: se dedicaba a reparar y actualizar los sistemas de varias empresas. Ahora vive de lo que heredó. Unos quinientos mil euros en efectivo y tres propiedades valoradas en más de dos millones de euros. Yo me quedé con esta casa y también con un buen pico. Mi padre se dedicaba a comprar propiedades, reformarlas y venderlas, y le iba bien. Y a mi madre tampoco le iba nada mal.

—¿Qué propiedades heredó su hermano?

—Las vendió.

—No importa, necesitamos las direcciones.

—Pues tendré que buscarlas. No las recuerdo exactamente. Sé que el testamento anda por mi despacho, así que no debería tardar en dar con ellas. ¿Quieren que lo haga ahora? Si no les importa esperar…

—No. —Me incorporé para entregarle mi tarjeta de visita—. Encuentre esas direcciones y llámeme inmediatamente. Y haga el favor de no demorarse demasiado.

—En cuanto se marchen me pongo con ello.

—Gracias.

—Ah, se me olvidaba. Íñigo tiene un, digamos, amigo imaginario. Se llama Señor Frío. En más de una ocasión lo he sorprendido hablando con él.

Paloma del Moral

Calle Panaderos, Madrid

—Habrá que comer. O tampoco —se quejó Toño.

—¿A ti qué te pasa? —espeté, ya dentro del coche.

—Que estoy cansado de…

Dejó la frase en el aire. Su mirada nunca había reflejado tanto derrotismo.

—Cansado ¿de qué?

Enseguida me di cuenta de lo estúpido de mi pregunta. Supongo que estaba malacostumbrada a su positividad.

—¿De estar esperando a que nos comuniquen la muerte de una niña? —preguntó, retórico—. ¿Qué chalado congela a una niña? ¿De tener la sensación de que nuestros errores se traducen en muertes? Me sobran los motivos. Hasta ahora he aguantado el chaparrón, pero Fresneda y X han conseguido que me entren ganas de tirar la placa a un contenedor y ponerme a trabajar en una fábrica. ¡Y nunca me había pasado eso, hostia!

—Nadie te entiende mejor que yo. Y no tengo hambre.

—Pues pillo un bocata de camino al domicilio de Selvas —dijo mientras giraba la llave en el contacto.

—Por mí estupendo.

Aparcó ante un bar de mala muerte.

—Ahora vuelvo.

281

Aproveché para acceder a los expedientes con mi tableta. Me llevé una grata sorpresa al comprobar que había llegado el informe forense preliminar. Le eché un vistazo: contenía el análisis del agua.

A falta de los resultados toxicológicos, no constaban restos biológicos ni de ningún tipo. El bloque actuó como protección antihuellas.

«Desde que la metió en el congelador hasta que la dejó ante la casa de mis padres, la niña estuvo protegida por una gruesa capa de hielo. Y seguro que la manipuló con guantes de látex. Capaz de haber comprado monos desechables».

Leí el análisis, que empezaba con una curiosa explicación:

> El agua de Madrid es principalmente agua de origen subterráneo, proveniente de los acuíferos de la sierra de Guadarrama. Esta agua se caracteriza por su alta calidad, ya que la zona montañosa actúa como un filtro natural. El agua en Madrid se caracteriza por su dureza debido a su alta concentración de calcio y magnesio.
>
> La empresa Canal de Isabel II gestiona el agua de la ciudad y ha ayudado en este análisis. Es importante mencionar que existen diferencias en la composición mineral del agua a medida que esta viaja desde las montañas hasta la ciudad. Para este análisis comparativo se han utilizado una serie de pruebas físicas, químicas y biológicas para evaluar el agua obtenida del bloque de hielo.

Debajo de la aclaración constaba una tabla con parámetros y su valor medio, unidades y valor de referencia. *Escherichia coli,* enterococo intestinal, *Clostridium perfringens* (incluidas las esporas), acrilamida, antimonio, arsénico, benceno, boro, bromato, cadmio…, aluminio, hierro, manganeso, índice de Langelier…, color, olor, sabor (con kit o en laboratorio), pH…

Nunca pensé que el agua pudiera contener tantos parámetros. Pero los datos no me interesaban —no sabía interpretarlos—; necesitaba lo que esos datos habían revelado.

Las conclusiones venían a decir que existía una coincidencia prácticamente total entre el agua obtenida del bloque de hielo y el agua potable de Madrid y, siendo más precisos, con el agua del distrito de Latina.

Toño entró en el coche con un bocadillo envuelto en papel de aluminio.

—Ha llegado el informe forense preliminar —lo puse al corriente—. Contiene el análisis del agua. Indica que el bloque de hielo se creó en Madrid, en el distrito de Latina, donde reside Selvas y donde desaparecieron Clara Redondo y Malena Pérez. Cualquier ciudadano puede consultar la calidad del agua de los distritos de Madrid en la web del Canal de Isabel II, y comprobar que el agua no tiene los mismo parámetros en todos los distritos.

—Es una pista circunstancial. Y lo que dice en realidad es que se usó agua de Latina para crearlo, no que se creara en ese distrito.

—Cierto. Pero confirma que el secuestrador vive en el barrio de Latina, en Madrid. ¿Te parece poco avance?

—Me parece un buen descubrimiento. Pero no pienso lanzar las campanas al vuelo. Capaz de pillar el agua de una fuente. Acuérdate de lo que pasó con Guerrero. Un poco más y Fresneda nos la mete doblada.

El móvil de mi compañero sonó cuando se disponía a reemprender el trayecto hacia el barrio de Latina.

—Es Rojas —advirtió.

—Mierda.

Imaginé a una niña tirada en un descampado.

Contestó con el manos libres, encorvado, preparándose instintivamente para un impacto emocional.

—Dígame, jefe.

—Han encontrado a Clara Redondo.

—¿Viva o muerta? —pregunté, a una palabra de perder la esperanza.

—Muerta.

Treinta y seis kilómetros nos separaban de la carretera Almendros, a pocos kilómetros del pueblo de Galapagar, donde un loco había arrojado el cadáver de una niña de seis años.

X no se había marcado un farol.

«"A la otra la mataré próximamente" —evoqué, pesimista—. Próximamente podría ser esta misma tarde».

—¿Qué opinas sobre lo que nos ha contado Selvas? —le pregunté a Toño—. Sé sincero.

—Que es probable que su hermano sea X. Pero, en este curro, lo que parece no siempre acaba siendo. En el fondo, ¿qué tenemos? Las sospechas de un hermano y un análisis del agua, que no sirve como prueba de cargo. Le haremos una visita sorpresa tras inspeccionar la escena. No podemos contactar con él; de ser nuestro hombre, saldría por patas.

Cruzamos Galapagar por la M-505 y continuamos en dirección a El Escorial. Avistábamos la entrada al puente que cruza el embalse de Valmayor cuando el GPS nos indicó que accediéramos a una carretera en mal estado que se alargaba en paralelo a sus aguas calmadas. Poco después vimos la primera valla de balizamiento, que cortaba un entrador a la izquierda.

Nos apartaron las vallas tras identificarnos.

Accedimos a un tramo relegado al abandono por una carretera más ancha y nueva, con arcenes terrosos invadidos por la maleza y árboles que sobresalían en las cunetas como cruces en un cementerio. «Zona de pesca», leí en un cartel desconchado. Solo los pescadores que probaban suerte en las orillas del embalse de

Valmayor parecían tomar aquella carretera invadida por baches profundos.

Aparcamos en un apartadero.

Caminamos hacia la escena de abandono.

Un cielo de nubes sedosas se reflejaba en las aguas tranquilas que resplandecían más allá de las cintas que abrazaban un trecho de cuneta. El tiempo parecía haberse detenido en aquel tramo dejado de la mano de Dios.

Saludé a Rojas y al forense, con quien no había trabajado antes. Ambos me devolvieron el saludo con un rápido «hola».

Observé a la niña mientras los expertos hacían su trabajo, tirada sobre matorrales, con evidentes signos de hipotermia. Su pequeño cuerpo lo cubrían únicamente unas braguitas blancas con corazones rojos. Me sorprendió la posición del cadáver, con los brazos extendidos hacia atrás y las piernas abiertas.

—Han encontrado esto al lado de la niña.

Rojas nos mostró una fotografía tomada con una Polaroid del momento en que su asesino la abandonó en la cuneta. Un bloque de hielo hueco con forma de equis y con la niña dentro. Una virguería que sin duda había preparado con antelación. Previó que las temperaturas —ni mucho menos tan bajas como las de Santa Cilia— desharían su obra. Y se aseguró de que así fuera metiéndola en un bloque hueco. Tomó medidas para que todos pudiéramos contemplar su trabajo.

«Por eso tiene los brazos extendidos y las piernas abiertas —entendí—. El hielo se deshizo y su cuerpo cayó rígido por el *rigor mortis*. Es un maldito escultor de lo efímero».

—Si su asesino es de Madrid, como sospechamos, esta vez no se ha desplazado tan lejos —conjeturó Toño—. Sabe que le pisamos los talones. Empieza a tener miedo. Sabe que la Guardia Civil vigila el Triángulo de Hielo y las carreteras que conducen a Jaca.

—¿Miedo? —dije, malhumorada—. ¿Que le pisamos los

talones? No digas chorradas. Utiliza hielo, y el hielo se derrite. Es un hándicap que no siempre podrá salvar.

Toño ignoró mi salida de tono.

—¿Podrá? —dijo Rojas con la frente arrugada.

—Es una forma de hablar —me excusé.

Lo cierto es que combatía contra una creciente negatividad, que sumaba infantería tras cada asesinato.

Estudié la escena.

«Ha aparcado en el arcén, ha sacado el bloque con forma de equis que encerraba a la niña de la furgoneta y ha cargado con él hasta el lugar en el que la vemos ahora. Por fuerza ha tenido que pisar esas plantas de ahí.

Observé un grupo de flores silvestres de color amarillo, blanco y violeta que adornaban la zona comprendida entre el cadáver y el arcén.

—Jefe.

—Dime, Del Moral.

—¿Puede encargarse de que le pongan vigilancia a Íñigo Selvas? Creo que podría darse a la fuga. —Rojas me dirigió una de sus miradas de confianza y asintió con la cabeza—. Por otra parte, el asesino ha entrado en la maleza. Y, al contrario que pasó con Fresneda, en principio ha usado su propio coche para deshacerse del cuerpo. Cogió el bloque de hielo del maletero o de la caja de la furgoneta y entró con ella en brazos en la cuneta, y pisó todas esas plantas, llevándose polen en las suelas, que al volver al coche desparramó por los pedales y la alfombrilla. Podríamos utilizar el análisis polínico de sedimentos como herramienta para el estudio del escenario forense.

—Ahí es nada —exhaló Rojas.

—Nunca se ha analizado polen en un caso en el que yo haya trabajado —dijo Toño—. Palinología forense, se llama, ¿no? En España no es que estemos a la vanguardia…

—La escena es perfecta para proceder con un análisis de ese tipo. He estudiado el método como posible herramienta futura. El polen y las esporas pueden adherirse a la ropa, el pelo, los zapatos o los vehículos que han estado en la escena. Al analizar los tipos de polen encontrados en, por ejemplo, el vehículo de un sospechoso y compararlos con los recolectados en el lugar de los hechos, es posible establecer un vínculo directo entre el sospechoso y la escena de abandono. Esta técnica es útil en casos donde no hay testigos oculares o evidencia de vídeo.

—Como es el caso —añadió Toño.

—El tipo que ha matado a esta niña es previsor, pero me juego una merienda a que no ha pensado en el polen —sospechó Rojas.

—Voy a hablar con la inspectora jefa de la Científica, a ver qué puede hacer.

Me acerqué a Eva Morgade, que dirigía a sus subalternos desde el camino de tierra. Habíamos compartido unas cuantas escenas del crimen.

—¿Puedes atenderme un momento, Morgade?

—Pues claro.

—¿Crees posible realizar un análisis polínico?

—Sí —contestó, tajante—. La escena es perfecta. Pero ya sabes que hablamos de una disciplina que en España está en pañales. Y necesitamos a un experto, o el estudio puede arrojar dudas y no ser aceptado como evidencia ante un tribunal o, peor aún, conducir a conclusiones erróneas. No hay palinólogos españoles ocupándose profesional o académicamente del tema palinoforense, pero conozco a un palinólogo que ha trabajado eventualmente con la Policía. Manuel Rico ha evaluado el potencial de la técnica en diferentes contextos de crimen y nos ha brindado sus conocimientos en un par de ocasiones.

—Sospechamos de un tal Íñigo Selvas. Pero ni siquiera lo hemos interrogado.

—Nos llevaremos las alfombrillas del coche de Íñigo Selvas y tomaremos muestras de la tapicería cuando deis con él. No necesitamos una orden para hacer eso. El palinólogo tomará muestras en la escena de abandono y descubriremos si el polen adherido al interior coincide con las plantas que pisó cuando se deshacía del cuerpo. En principio, debería poder conectar a Selvas con la escena, o descartarlo. Yo no soy ninguna experta, pero conozco bien los usos de la palinología forense. Tenemos a nuestro favor que, a diferencia de otras formas de evidencia, el polen se incrusta en todo lo que lo roza y no se lava fácilmente. De hecho, es tan durable que los paleontólogos pueden examinar los granos de polen fosilizados en sedimentos antiguos para ver qué plantas crecieron durante los tiempos prehistóricos. Todo eso hace que sea un biomarcador cojonudo para conectar a personas y objetos con los lugares de los hechos. Pero supongo que tendremos que usar una técnica conocida como *metabarcoding* del ADN, que consiste en la secuenciación de ADN de alto rendimiento, para determinar la especie exacta de la planta. Y no es precisamente coser y cantar.

—Avisadnos cuando hayáis terminado con la toma de muestras. De aquí, Toño y yo nos vamos a buscar a Selvas y a meterlo en una sala de interrogatorios. Lo mantendremos detenido setenta y dos horas. Mientras tanto, trataremos de reunir pruebas. Probaremos suerte con el juez de instrucción, a ver si nos concede una orden de registro de su piso. Pero lo tenemos crudo.

—Voy a llamar ahora mismo al palinólogo. Es de Madrid y además un tipo competente. A no ser que esté fuera de la capital, estará aquí en menos de dos horas.

—Lo dejo en tus manos.

—Del Moral, Castro —nos llamó Rojas.

—¿Qué pasa? —preguntó Toño.

—Dos agentes de Protección Ciudadana se han acercado al

piso de Íñigo Selvas y ni rastro de él. Su furgoneta no está aparcada en el parquin subterráneo del bloque ni en la calle, donde según los vecinos aparca cuando lleva prisa. Seguirán buscándolo, pero no tiene buena pinta.

—¿Se ha olido el pastel? —temió Toño.

—Un momento. —Saqué el móvil y pulsé en el contacto de Alberto Selvas.

—Iba a llamarla ahora mismo —contestó—. Ya tengo las direcciones.

—Estupendo. Anota —le pedí a Toño por lo bajini—. Dígame. Nos proporcionó la de tres propiedades.

—Gracias.

Colgué.

—Hay que comprobar si vendió esas tres propiedades o le mintió a su hermano.

—Dadme un momento. —Como yo poco antes, Rojas marcó un número de teléfono y se acercó el teléfono a la oreja.

—Soy el inspector jefe Darío Rojas. Necesito que compruebes unas propiedades. Quiero saber a nombre de quién están.

Le transmitió las direcciones a quien fuera que permanecía al otro lado del aparato y, poco más de un minuto después, asintió lento con la cabeza y el entrecejo arrugado.

—Muchas gracias.

Nos miró tras colgar con un gesto a mitad de camino entre la satisfacción y el desasosiego.

—Le mintió a su hermano. Una de las propiedades sigue estando a su nombre.

Paloma del Moral

Calle de las Margaritas, Torrelodones

Pedimos refuerzos antes de poner rumbo a la casa donde sospechamos que Íñigo Selvas retenía a Malena Pérez. Una avanzadilla de la Policía Local de Torrelodones se encargaba de montar un perímetro alrededor de la casa mientras nos desplazábamos al lugar, con el propósito de evitar que, en caso de habitarla en aquel momento, pudiera escapar, y de que ningún vecino saliera herido.

La Policía de Torrelodones detectó movimiento dentro de la vivienda. En consecuencia, los geos estaban en camino.

«Que la niña esté allí, sana y salva», imploré desde el asiento del pasajero.

No hubo tiempo para recopilar demasiada información acerca del sospechoso y de la ubicación, al margen de que no tenía antecedentes penales ni armas con licencia y de que la casa la compró el padre para reformarla poco antes de morir y que carecía de agua corriente y luz.

El teléfono de Íñigo Selvas no enviaba señales a las torres de telefonía. Con órdenes judiciales, accederíamos a datos de empresas como Google o Apple para obtener información sobre la última ubicación del dispositivo, pero temí que daríamos con un teléfono apagado desde hacía meses.

A pesar del hervidero de agentes, la calle de las Margaritas estaba fría y silenciosa. Las farolas no abundaban; las luces azules y rojas de los coches patrulla nos hicieron el favor de iluminar el perímetro. Si él estaba dentro, sabía que nosotros estábamos fuera. Pero no escaparía. Una decena de agentes rodeaban la parcela esquinada. Si saltaba el muro, se lanzarían sobre él como hienas famélicas encima de un montón de carroña.

Formamos un corro para escucharnos mejor.

Rojas nos miró a los ojos a mí y después a Toño.

—¿Cómo lo veis?

—Desde un principio me sorprendió que creara el bloque de hielo en su piso —confesé—. Demasiado arriesgado. Si su hermano dice que es tan listo... Pero los resultados del estudio están ahí: se creó con agua del barrio de Latina. ¿Cómo es posible? Muy fácil. No dio de alta la luz ni el agua de esta casa para no levantar sospechas. Para crear el hielo necesitaba agua, así que la trajo de su piso. Nadie desconfía de un hombre que carga con garrafas llenas de líquido transparente. Usó un generador portátil a gasolina para darle energía al congelador y... —Me sacudí las manos—. Al caer la noche, por estas calles no debe de pasar un alma. Y aunque alguien lo viera, ¿por qué iba a pensar que tramaba un asesinato? Mató a las niñas ahí dentro. Estoy convencida. Y lo lógico es pensar que Malena espera a que la salvemos en una de sus habitaciones.

—¿Y si no fue él? —receló Toño.

—¿De verdad crees que su hermano se ha inventado todas esas historias? Y, casualmente, ¿Íñigo desaparece cuando íbamos a meterlo en una sala de interrogatorios? Ni quienes creen en las casualidades dudarían de que Íñigo Selvas es X.

—Y a pesar de ello, solo tenemos indicios —apuntó Rojas.

—Selvas es sospechoso desde hace unas horas —le recordé—. Todo llegará.

Deshicimos el corro.

Observé la casa de una sola planta en la que presuntamente había planeado los asesinatos. El camino adoquinado aguardaba tras una puerta de doble hoja que dejaba ver el jardín por entre sus barrotes oxidados. La pinocha cubría un suelo marrón. Las copas de los árboles parecían recortadas sobre el cielo nocturno.

Los geos, con los rostros ocultos tras visores y cascos, reventaron el candado de la puerta y recorrieron el camino de adoquines en formación, usando señales manuales para comunicarse. Se perdieron en la profundidad del jardín. No accederíamos a la propiedad hasta que ellos terminaran. El aire se respiraba cargado de expectación. Éramos conscientes de que Selvas podría estar esperando el momento oportuno para tenderles una trampa. Cada susurro del viento parecía amplificar la sensación de peligro inminente.

Los imaginaba colocando el ariete cuando oímos un golpe seco y gritos: los geos habían reventado la puerta. Los figuré accediendo a una vivienda sin muebles, revisando cada habitación con sus rifles de asalto y sus visiones nocturnas.

Aguardamos largos minutos, hasta que un geo abandonó la propiedad y se acercó a Rojas.

—La casa está limpia. Pero hemos encontrado algo en el sótano.

—¿El qué?

—Mejor que lo vean ustedes mismos.

Lo seguimos hasta el interior de una vivienda que, como presentí, carecía de mobiliario. Las telarañas acumuladas en los techos me hicieron sentir bajo un cielo que anunciaba tormenta. Los pasos de los geos se apreciaban sobre suelos polvorientos… El geo atravesó una puerta a la que seguían escaleras empinadas. Descendimos hasta una sala vacía, poblada de columnas de hormigón. Al contrario que en el piso de arriba, allí no había polvo ni telarañas.

«Usó este sótano como centro de operaciones», entendí.

El geo señaló un objeto con la barbilla, oculto en la parte trasera de una columna: una cartulina adherida con celo. Cómo no, contenía un mensaje: «La mataré la noche del 17. Tictac. Tictac…».

«Dentro de nueve días», pensé antes de que Toño hablara con tono de desengaño:

—Puso pies en polvorosa. Intuyó que entraríamos en esta casa. Le gustan los jueguecitos.

—Íñigo Selvas asesinó a Andrea Vidal y a Clara Redondo, y mantiene secuestrada en alguna parte a Malena Pérez —se convenció Rojas. «Ya era hora de que todos estuviéramos de acuerdo»—. Y lo más jodido es que su hermano interpuso una denuncia. Íñigo Selvas no era el Hombre de Escarcha, pero debimos advertir que era un asesino en potencia. Las pistas del caso Escarcha nos nublaron la vista.

Aunque no hubiéramos encontrado a la niña, me quitó un peso de encima conocer la identidad de quien la había secuestrado.

No volvería a llamarlo X nunca más.

Toño Castro

Sanchinarro, Madrid

Acababa de llegar cuando le entró un mensaje de Mercedes. Ni siquiera tuvo tiempo de encender las luces. Las tardes que no podía visitar a su madre entraba en su piso con un humor de perros.

«¿Te apetece tomar una copa?», decía el mensaje.

Le sorprendieron las horas. Pensó que tal vez los medios habían publicado lo sucedido y que Mercedes pretendía subirle el ánimo.

«Si es en mi casa, de acuerdo. Si no, otro día. Hoy estoy molido».

«En tu casa, entonces. Tardo diez minutos».

«Pues aquí te espero».

Nada más abrir la puerta, los ojos marrones de Mercedes arrancaron la mitad de la desazón del inspector. El beso en los labios que le dio en el recibidor le quitó la otra mitad. Por un momento se sintió un inspector que no perseguía a un asesino de niñas. Le costaba creer que una mujer como Mercedes se hubiera interesado por un hombre como él, pasado de kilos, inmaduro —según muchas— y con un coche y un piso de setenta metros como únicas propiedades; y del segundo le faltaba pagar más de la mitad. Ella era esbelta, simpática y relativamente rica. En las relaciones nunca había tenido suerte. Tal vez fuera el momento de arreglar ese desajuste.

—¿Qué te pongo?

—¿Qué vas a tomar tú?

294

—Una cero cero. Mañana tengo que estar fresco como una rosa.

—Por las niñas.

—Por las niñas.

Dejó las cervezas sin alcohol sobre la mesa de centro.

—Cuéntame un suceso que te defina —rogó Mercedes tras beber de su botellín.

Logró que las cejas de Toño se arquearan.

—Menuda preguntita. ¿A qué te refieres con «que me defina»?

—Algo que hayas hecho en tu trabajo que defina quién eres.

—¿Es un examen para ver si soy digno de tu *maravillosidad*?

—¿Crees que soy maravillosa?

—Bastante. —Sonrió—. Buf… Pues no sé. He hecho muchas cosas. Buenas, y no tanto. Eso sí, siempre buscando el bien. Puede que… Bueno. Hay una cosa, algo que me pasó hace catorce años y que… No sé si me define, pero seguro que algo querrá decir.

—Adelante.

—Nunca se lo he contado a nadie.

—No lo digas si no te apetece.

—No, tranquila, no pasa nada. Quiero que lo analices con tu mente maravillosa.

—Gracias.

—Nos dieron el aviso de un crimen en Usera. Nos desplazamos al lugar de los hechos y encontramos a una mujer con el cuerpo cosido a puñaladas. Aquel salón parecía un matadero. Recuerdo que encontraron gotas de sangre en la lámpara de techo. Veintisiete puñaladas, incluso por la ca… En fin. Todo apuntaba a que el marido la había asesinado en plan la maté porque era mía. Una vecina nos contó que estaban en proceso de separación y que él la había amenazado en el descansillo con matarla a ella y a su hija recién nacida si seguía adelante con el divorcio. Me aterró no encontrar al bebé en casa. ¿Se lo había llevado el asesino? La cuestión es que entré en la habitación del matrimonio, bastante después de acceder a la escena. Encontré una cuna. Los muebles eran antiguos, viejos, feos, pero la cuna estaba nuevecita, reluciente, con un carrusel de estrellas, nubes y una luna rosa.

»El armario esquinero pareció llamarme a gritos. En plan ¡ábreme! Así que lo abrí. Encontré ropa, zapatos y complementos de mujer. Entonces abrí un cajón grande y apareció un bebé. Una niña de ojos grandes que llevaba un pelele blanco con orejas de conejo. Sonreía mientras estiraba los brazos para que la cogiera. El sonido de sus palabras… Bueno, no hablaba. Los agugutata esos que hacen los bebés. Ya me entiendes. —Mercedes asintió con una mirada llena de reflejos—. La saqué del cajón y la acuné al borde de la cama. No dejaba de sonreírme, de tocarme la cara con sus dedos mulliditos… Su madre yacía asesinada sobre un charco de sangre y ella no dejaba de sonreír.

»El marido se entregó poco después. Cuando lo interrogamos, confesó que había buscado a la niña por toda la casa. "Sabía que la había escondido. Grité para que llorara…". Menudo cabrón. La cuestión es que cualquier bebé hubiera roto a llorar, pero Martina no; Martina se quedó calladita. Pasó el tiempo, pero yo no lograba quitarme su sonrisa de la cabeza, sus ojos llenos de vida en el peor lugar del mundo.

»Cuando mi hermano murió, busqué a la madre asesinada en viejos archivos policiales y di con Martina. El día que apareció la niña en el cubo de hielo… —Resopló—. No sé explicar qué me llevó a hacer semejante estupidez, pero cogí el coche y me acerqué a su casa. Aparqué al otro lado de la calle y esperé durante horas. Estaba a punto de marcharme cuando la puerta se abrió y entonces encontré de nuevo la sonrisa y los ojos llenos de vida.

—¿Y qué le dijiste?

—Nada. La vi salir con su tía, que ahora es su tutora. Observé a una joven alegre, vivaracha… Comprobé que era feliz y me marché por donde había venido. No sé por qué me afectó tanto encontrar a una niña en un cajón. No sé si querer verla tanto tiempo después tiene algún significado. Pero has pedido una historia que me defina, y es lo único que se me ha ocurrido.

—Y te define. Tu hermano murió y un año después llegó el caso Escarcha. Acumulabas demasiado dolor y buscaste una dosis de buenas vibraciones. Amortiguar la pena. Y echaste mano de lo único que te ha enternecido en la escena de un crimen: la sonrisa de la niña en el cajón. Un título cojonudo para una peli, por cierto —bromeó—. Esa niña era una flor en el infierno. Lo bueno en lo malo. Un recordatorio de que la vida no siempre es oscura.

—Qué poético.

—A veces me sale la vena poética, qué le vamos a hacer.

Paloma del Moral

Nueve días después. Comisaría General
de Policía Judicial, Madrid

«El tiempo se agota».

No hacía más que oír un tictac en mi cabeza.

«Un loco con ínfulas que imita a un chalado con todavía más ínfulas —pensé, a mi mesa—. Si al menos hubiéramos tenido tiempo de realizar el estudio palinológico…».

Teníamos pruebas de su culpabilidad, pero nada que un buen abogado no pudiera echar por tierra. Encontramos huellas dactilares y restos biológicos de Íñigo y las niñas en el sótano, pero un experto en tecnicismos legales podría convertirlas en pistas circunstanciales. La propiedad estaba a su nombre y ninguna pesquisa demostraba que hubiera estado en la casa al mismo tiempo que las pequeñas. Cabía, asimismo, la posibilidad de que la futura e ineludible declaración de Alberto Selvas ante un jurado se convirtiera en humo en manos de un letrado hábil. ¿Disponíamos de material suficiente para montar el caso para el fiscal? Sí. Pero sin garantías. Y no podíamos permitirnos la duda razonable. Urgía encontrarlo y demostrar que pisó la escena de abandono.

Recordé el momento en que uno de los geos nos desveló el motivo por el que la Policía Local de Torrelodones creyó que la casa estaba ocupada: un sencillo mecanismo movido por energía solar provocaba que un cartón con forma de silueta humana desfilara ante una de las ventanas. Una estratagema simple pero eficaz. Sin embargo, no lograba encontrarle el propósito a tanto engaño. ¿Ganar tiempo? ¿Divertirse a nuestra costa? ¿Perdurar en la memoria de los españoles por medio de jugársela a la Policía?

Selvas se anticipó a nuestra jugada. Y no sé a los demás, pero a mí me hizo sentir ridícula.

Restaban horas para que se consumara el tiempo límite, para que matara a Malena, y Toño y yo nos dedicábamos a recopilar pruebas de cara a un futuro juicio con la sensación de que una vida se nos escurría por entre los dedos. La Policía Nacional y la Guardia Civil buscaban a Selvas por Madrid y alrededores con la ayuda de especialistas del Seprona, drones, helicópteros... Lo imaginé como un maldito okupa. Confiaba en que el dispositivo de búsqueda surtiera efecto, pero no tanto de que lo encontraran antes de que matara a Malena.

Tras poner a Íñigo en el punto de mira de los cuerpos de seguridad del Estado, volvimos a entrevistar a su hermano en busca de información adicional. Incidió en que su hermano estaba obsesionado con el cambio climático, con las glaciaciones. En que era listo a rabiar y que siempre fue un hombre singular. Manipulador, solitario, nada empático y reacio a socializar. Características comunes en los asesinos en serie. Nos marchamos de su casa sin nada nuevo.

Observé en la pantalla de mi ordenador una de las fotografías que Alberto nos facilitó. Ojos oscuros corrientes. Sonrisa de labios afilados como los de cualquier otro. Nariz aguileña y pelo negro en los que nadie se fijaría al cruzárselo por la calle. Facciones del montón que ocultaban a un hombre nada común, capaz de matar a dos niñas. Un rostro al que no lográbamos dar caza.

«En unas horas estará muerta».

—¡Joder!

Estampé el teclado contra la mesa. Dos botones salieron volando por los aires.

Toño se levantó imperioso de su silla y me agarró por los brazos antes de que lo estrellara por segunda vez.

—¡La va a matar, joder! —le grité, como si él tuviera la culpa.

Me sujetó por los hombros y me habló con el tono paternalista que tanto odiaba:

—Por qué no vamos a tomar un poco el aire. Nos vendrá bien a los dos.

—Vale.

Abandonamos la comisaría y caminamos en silencio pegados al muro de hormigón que protegía el recinto.

No hacía más que darle vueltas al asunto Selvas.

«Y si…».

Tuve una idea repentina y quise compartirla con Toño.

—Para un momento.

Me coloqué de frente a él.

—¿Qué?

—¿Y si buscamos restos de po…?

—Cierra la boca.

Toño me cortó de malas maneras mientras miraba por encima de mi hombro.

—Puede que no haga falta buscar nada —susurró como si hablara consigo mismo.

Hice ademán de girarme hacia lo que había llamado tanto su atención, pero me apartó contra el muro; como si sus brazos fueran escobas, y yo, una pelusa.

Por poco me tira al suelo.

Desenfundó su reglamentaria y apuntó a un tipo que caminaba tan tranquilo por la calle.

—¡Al suelo! ¡Las manos en la nuca!

El hombre obedeció al instante.

Observé a quien señalaba con el cañón de su pistola.

Íñigo Selvas, con las rodillas clavadas en la acera.

Y una sonrisa rígida en el rostro.

Paloma del Moral

Comisaría General de Policía Judicial, Madrid

Tras una detención de película —más de uno nos grabó con su teléfono—, lo arrastramos a la comisaría y poco después a una sala de interrogatorios.

No cabía en mi asombro.

Selvas vestía un chándal negro y sus gestos transmitían tranquilidad. Con las manos encima de la mesa, entrelazadas y esposadas, como si esperara en la barra de un bar, recibió la primera pregunta, de Toño.

—¿Dónde ibas?

—A entregarme.

—¿Por qué?

—Instalé micros en la casa de mi hermano. Intuí que en algún momento podría delatarme. No es tan listo como yo, pero tampoco es un lerdo. Y a él no podía silenciarlo. La sangre es sagrada. —Sonrió de medio lado—. Cuando me enteré de que os había hablado de mis inclinaciones, entendí que era el momento de iniciar el tramo final. Supe que tarde o temprano daríais conmigo. Ser un fugitivo es increíblemente agotador. Mi intención nunca fue salir indemne. Hoy en día, con tantas cámaras de vigilancia y tantos avances criminalísticos, has de ser consciente de cuál es el número máximo de víctimas que puedes alcanzar. No muchas. Y la cárcel no me da miedo. Al contrario. Estoy deseando empezar una nueva aventura, esta vez carcelaria. Sin embargo, antes de que llegue el pitido final, de que me arrastréis a una fría celda, hemos de cerrar ciertos asuntos, ¿no creéis?

—¿Por qué imitas a Diego Fresneda? ¿Sus crímenes despertaron las ideas que tu madre te metió en la cabeza, todo el tema del calentamiento global, las glaciaciones, los gases de efecto invernadero…? ¿Fresneda fue la chispa que prendió tu locura?

—No es momento de contestar a esa pregunta. Un asunto apremia.

—¿Dónde está Malena Pérez?

Formulé la pregunta que Selvas parecía estar esperando.

—Eso tendréis que averiguarlo vosotros.

—¿Por qué mataste a Andrea Vidal y a Clara Redondo?

—Eso también tendréis que averiguarlo vosotros —reiteró—. El frío revela la verdadera naturaleza de las personas. Bajo cero, todos mostramos quiénes somos realmente.

—¿Qué significa eso?

—Donde el agua se convierte en cristal negro y en versos de Castilla, seguid la dirección del viento del norte hasta el lugar donde nace el hielo. En su interior, encontraréis un mapa marcado con una X, que indica el lugar donde Malena aguarda a ser rescatada.

—¿Cuánto tiempo tenemos para resolver el acertijo?

—La niña espera dentro de un congelador dispuesto para que un generador lo alimente a partir de las diez de la noche, y el termostato del aparato está fijado a su máxima potencia, unos mortales treinta grados bajo cero.

Nos levantamos al mismo tiempo. Las patas de nuestras sillas provocaron un estruendo. Caminamos a paso ligero hacia la puerta. Cuando me disponía a abrir, oí la voz de Selvas a mi espalda:

—La contraseña es 1234. Lo he preparado para que salga a la luz.

—¿El qué? —insté, agitada.

—La verdad. Tictac. Tictac...

Toño habló nada más salir de la sala.

—¿Y ahora estamos en *El código Da Vinci*? ¡A hostias le sacaba yo la información!

—Calma. Tenemos un arma infalible para resolver acertijos.

—¿Cuál?

—Internet.

Todos nos pusimos manos a la obra.

«Donde el agua se convierte en cristal negro y en versos de Castilla, seguid la dirección del viento del norte hasta el lugar donde nace el hielo».

Tecleé «donde el agua se convierte en cristal negro» en Google.

Resultados: «*BUSCANDO EL CRISTAL NEGRO ⟋ Subsistence Full HD #72...*», «Obsidiana - Wikipedia, la enciclopedia libre», «Ecooe Jarra de Agua de Cristal 1,5 Litros Jarra de Vidrio...».

Lo obtenido no parecía guardar relación con el caso.

Lo intenté de nuevo: «versos de Castilla».

Resultados: «5 poemas de *Campos de Castilla,* de Antonio...».

Leí los poemas de Antonio Machado, bonitos, pero sin aparente vínculo con la investigación.

Tecleé «versos Castilla agua negra».

Uno de los resultados llamó mi atención: «Viaje con Antonio Machado al escenario de un crimen...».

Leí el artículo de *La Vanguardia:*

En septiembre de 1910, el poeta Antonio Machado emprendió un viaje desde Soria, donde residía entonces, hacia los picos de Urbión, en el sistema Ibérico. Deseaba conocer el nacimiento del río Duero y también la mítica laguna Negra. Las notas que tomó durante aquella ruta nutrieron un extenso poema, *La tierra de Alvargonzález,* un romance con 712 versos que se publicó originalmente en la revista *Mundial Magazine* a principios de 1912, y meses más tarde se incluyó en el libro *Campos de Castilla*.

—La laguna Negra… El libro *Campos de Castilla*…

Descubrí, asimismo, que la laguna Negra se congelaba en invierno.

«Ha de ser eso: "Donde el agua se convierte en cristal negro y en versos de Castilla". Ahora falta "… seguid la dirección del viento del norte hasta el lugar donde nace el hielo"».

Me puse en contacto con el Ayuntamiento de Soria. Me presenté, le expliqué por encima el motivo de mi llamada a la mujer que me atendió —la imaginé echándose las manos a la cabeza— y le hice la pregunta:

—¿Qué hay al norte de la laguna Negra? Ha de ser algo relacionado con el frío, concretamente con «donde nace el hielo».

—Un momento.

Me puso en espera.

El hilo musical logró ponerme de los nervios.

—¿Inspectora?

—Sí, dígame.

—Hay una fábrica de hielo abandonada. Son poco más que ruinas, pero…

—Gracias. Nos ha sido de mucha ayuda.

—Ha sido un placer.

«Donde nace el hielo», pensé antes de ponerme en pie y gritar:

—¡Lo tengo!

—¿La laguna Negra de Urbión? —preguntó Toño.

—Sí. —Que los dos hubiéramos llegado a la misma conclusión era buena señal—. He llamado al Ayuntamiento de Soria y me han dicho que hay una fábrica de hielo abandonada al norte de la laguna Negra. Son ruinas, pero…

—¿Te das cuenta de que ese chiflado hizo un viaje a Soria solo para jugar con nosotros a las adivinanzas?

—Le gustan los acertijos. Su hermano ya nos avisó. Y está mal de la cabeza. ¿Qué quieres? Da gracias de que no la mató al instante.

—Eso no lo sabes. ¿Desde cuándo crees lo que dice un perturbado? Es más verosímil pensar que esa X marca la ubicación de un cadáver. Yo no espero nada bueno del final que nos ha preparado. Y tú deberías esperar lo mismo.

Toño logró extirparme el calor de las venas; Selvas había acabado con el característico optimismo de mi compañero.

—Soy realista —insistió—. ¿Y sabes qué? Creo que el móvil va a ser el aburrimiento. Heredó dinero para vivir sin trabajar y no supo qué hacer con tanta pasta y tiempo libre. Un día se le cruzaron los cables y decidió imitar a un asesino afín a sus ideas. Es un pobre diablo con la mente enferma y una inteligencia por encima de la media. Punto. Solo busca que le hagan caso.

Rojas se nos acercó con aire belicoso.

—Creemos que el mapa se encuentra en una fábrica de hielo abandonada situada al norte de la laguna Negra, en Soria —lo puse al tanto.

—Entonces, no hay tiempo que perder —dijo el inspector jefe—. Nos quedan nueve horas y media. Pero si no resulta ser el lugar indicado, habremos perdido un tiempo valiosísimo. Cada paso en falso restará margen de maniobra.

—Pongamos sobre aviso a la Policía de Soria y que envíen una avanzadilla —propuso Toño—. Si salimos volando, llegaremos en una hora a la fábrica de hielo abandonada. ¿Qué me dice, jefe? ¿Volamos?

—Volemos. Que no se diga que no somos infalibles.

Paloma del Moral

Laguna Negra de Urbión, Soria

Busqué información durante el trayecto en helicóptero. Situada en la sierra de los picos de Urbión, en Castilla y León, la laguna de origen glacial se encontraba a una altitud de 1753 metros, rodeada de bosques densos. Sus aguas oscuras y profundas no tenían fondo, según las leyendas.

El piloto aterrizó en una zona limpia de rocas y árboles, un hueco entre pinos y montañas rocosas. Los pinos luchaban por el espacio en la orilla de enfrente. El contraste entre la vegetación exuberante y las aguas sombrías le daba un aura de misterio al lugar. Las hélices no habían dejado de girar del todo cuando Rojas se acercó el móvil a la oreja y se apartó del estruendo del rotor.

Atendió al teléfono y regresó con cara de malas pulgas.

—¡Nos volvemos a Madrid! —informó.

—¿¡Qué!?

—La Policía de Soria ha entrado en la fábrica de hielo. Han encontrado un mapa dentro de una caja marcado con una equis. Nos han mandado la ubicación. Venga, pa dentro.

Rojas nos llevó prácticamente a empujones de vuelta al helicóptero. Una vez sentados y bien sujetos por los cinturones de seguridad, nos pusimos los auriculares. Rojas le rogó al piloto que regresara al punto de partida y de seguido nos habló a nosotros:

—La equis señala la plaza Mayor de Madrid. El mapa llevaba una nota grapada: «Tengo patas, pero no puedo correr; tengo comida encima, pero no puedo comer».

—Una mesa, ¿no? —imaginé.

—No se me ocurre otra solución —dijo el mandamás—. Voy a enviar a Acosta y a Vera y a una decena de agentes de Protección Civil a investigar las mesas de los negocios de la plaza. Y hoy está montado el mercadillo de Navidad… Madre mía. Va a estar hasta arriba de gente.

—Está jugando con nosotros —espetó Toño—. Nunca ha pretendido darnos una oportunidad. El juego está amañado. La niña no está esperándonos debajo de una mesa, eso seguro. De la plaza nos mandará a otra parte, hasta que el tiempo se agote.

El caso aspiraba a convertirse en una horrible yincana.

El helicóptero surcó un cielo gris y amenazante. Cruzamos miradas que oscilaron de la determinación a la resignación, mientras el ruido ensordecedor de las hélices llenaba la cabina. Gracias a los auriculares, nosotros solo oíamos un murmullo. Casi una metáfora.

Busqué el acertijo con mi tableta: «Tengo patas, pero no puedo correr; tengo comida encima, pero no puedo comer». Todas las páginas hablaban de una adivinanza para niños, con «mesa» como solución. Era evidente que Selvas se aseguró, poniéndonos un acertijo facilito, de que al menos llegáramos a la plaza Mayor. Estudié asimismo la enorme plaza en busca de los locales que más posibilidades tenían de guardar la siguiente pista.

«Cuantas más mesas tengan, más oportunidades tendremos de dar con el próximo acertijo».

El paisaje se desdibujaba bajo nosotros.

Madrid comenzó a aparecer en el horizonte como una sierra dentada.

En cuanto el helicóptero tocó tierra, salimos corriendo hacia nuestros coches.

* * *

Acosta y Vera no habían dado con nada cuando llegamos jadeantes a la efervescente plaza Mayor. Por culpa de un asesino, su belleza quedó relegada a un segundo plano. A mis ojos, los de una inspectora que busca contrarreloj a una niña en peligro, los edificios de ladrillo rojo, con sus tres plantas y tejados oscuros, parecían mensajeros con misivas de una tragedia inminente. La estatua ecuestre de Felipe III parecía vigilarnos con ojos vacíos mientras el viento corría a través del gentío y de los arcos de Cuchilleros. En algunos rincones compartían espacio los sintecho. No demasiado lejos, los caricaturistas y vendedores ambulantes trataban de ganarse la vida. Por todas partes, ciudadanos y turistas paseaban abrigados hasta las cejas por entre las coloridas casetas del mercado de Navidad, llenas de figuras de belén, instrumentos musicales navideños, juguetes, artículos de broma… Yo vestía un cortavientos azul. Nada de bufanda. Ni siquiera una braga. Ni guantes ni gorro… Incluso notaba algo de sofoco.

«La Chica de Hielo», pensé mientras esquivaba personas como un esquiador en una prueba de descenso.

Las terrazas no eran abundantes.

Acosta y Vera se habían ocupado de revisar las escasas mesas a la intemperie. Los agentes de Protección Ciudadana habían empezado por los locales del lado norte…

Se acercó a mí una mujer que llevaba en sus manos unos ramilletes de romero.

—Toma, guapa, te traerá suerte.

—No, gracias.

«Ahora me va a lanzar una maldición», pensé, al borde de la risa nerviosa.

Entré en el primer local situado al resguardo del pequeño arco de la fachada occidental. Toño en el siguiente. Al raso o bajo techo te invadía un ruido parecido al de abejas revoloteando alrededor de su panal. Avisé al dueño de lo que iba a hacer y, mesa por mesa, fui mostrando mi placa y rogando a los clientes que me dejaran examinarlas. Aquella tarde levanté más platos, tazas y vasos que en toda mi vida. Y ni hablemos de mirar por los bajos de una mesa.

No encontré ningún escrito o papel adherido en los siguientes establecimientos. Temí que Selvas nos hubiera tomado el pelo y la niña llevara días muerta. Pero no desistiría hasta ver su cadáver con mis propios ojos.

Indagué en las escasas mesas de una tienda de ultramarinos, en las cuantiosas de un restaurante y en las de una posada, en la única de una carnicería. Toño apareció resollando en el umbral de una sombrerería cuando yo caminaba a paso ligero hacia su puerta. Sujetaba un papel en alto. Tras sus anchas espaldas se apreciaban los colores de un atardecer, al que poco le faltaba para convertirse en noche.

—Estaba pegada con celo debajo de la mesa de una cafetería —me explicó—. El dueño la ha encontrado esta mañana, ha leído lo que pone y la ha tirado al cubo de la basura. Por suerte, ha podido rescatarla. Hemos llegado hasta aquí de pura chiripa, Palomita. Esto no va a acabar bien.

—Sé que intentas prepararme para lo peor. Pero me vale con salvarla de chiripa. ¡Y a qué estás esperando! ¡Qué coño pone!

—Son dos adivinanzas, o acertijos.

Me entregó la hoja sucia y arrugada. Leí para mí misma: «Mi nacimiento data de 1901. Nueve años después empecé a gatear y caminé en el 29», «Con mis hojas bien unidas, que no me las lleva el viento, no doy sombra ni cobijo, pero enseño y entretengo».

—La segunda es un libro —solucioné.

—¿Y la primera?

—No tengo ni idea.

Miré la hora en mi móvil.

—Hemos perdido demasiado tiempo buscando este maldito papel.

Pusimos al tanto a Rojas vía teléfono móvil mientras tratábamos de descifrar el enigma ante el escaparate de una sombrerería. Busqué las fechas en Google, «1901, 1910, 1929», pero los resultados solo mostraron tablas de años y datos históricos no referentes a Madrid. Probé añadiendo «Madrid» y rastreando directamente en la Wikipedia. El cuarto resultado era «Gran Vía». Accedí al enlace cuando Rojas llegaba resollando, en compañía de Vera y Acosta y los hombres y mujeres de Protección Ciudadana, a los que no tenía el placer de conocer.

Todos tratamos de descifrar el misterio con nuestros teléfonos.

—Voy a llamar al…

—Un momento —corté a Rojas mientras leía la Wikipedia. Salté párrafos en busca de las fechas que constaban en el acertijo.

«… el nuevo plan se aprobó el 2 de julio de 1901…».

«… las obras comenzaron el 4 de abril de 1910…».

«… terminaron en 1929…».

—Es la Gran Vía. —Todos separaron la mirada de las pantallas para prestarme atención—. En 1901 se aprobó el proyecto definitivo. Las obras empezaron en 1910. Terminaron en 1929… «Mi nacimiento data de 1901. Nueve años después empecé a gatear y caminé en el 29». Es Gran Vía. Y el segundo acertijo, «con mis hojas bien unidas, que no me las lleva el viento, no doy sombra ni cobijo, pero enseño y entretengo», es un libro, seguro. La última pista está en una librería o biblioteca de Gran Vía.

—Ya habéis oído. Cagando leches a Gran Vía —ordenó Rojas mientras decenas de personas nos observaban trabajar. Más de uno inmortalizó la escena con su móvil. Algunos buscaron cámaras con la mirada; creyeron que se estaba filmando una película.

—El tiempo pasa volando cuando no quieres que pase, ¿verdad, Palomita? —dijo Toño mientras circulaba a velocidades ilegales.

—Nunca volveré a renegar de internet —dije yo—. Sin la red, hubiera sido imposible descifrar el acertijo de la laguna Negra y el de Gran Vía. He comprobado, también usando internet, que no hay ninguna biblioteca en Gran Vía. Y que solo existe una librería, perteneciente a una cadena. En Gran Vía no hay librerías tradicionales.

—Las grandes superficies están devorando a los establecimientos pequeños. Es una lástima.

Las luces de neón parpadeaban como estrellas artificiales en un cielo urbano. Costaba apartar la mirada de sus fachadas ornamentadas y cúpulas doradas.

Toño frenó en seco ante la librería. Detrás de nosotros lo hicieron Rojas y cinco coches rotulados de la Policía Nacional. Las marquesinas iluminadas de los cines y teatros le dieron un toque de glamur al momento más tenso de mi vida, sin contar la vez en que César y yo caímos con el coche a un canal de regadío.

Salimos como dos centellas y con las placas colgando del cuello. Antes de entrar le eché un vistazo a la hora que marcaba mi móvil: las 20:02.

Fui directa a la chica que se encontraba detrás del mostrador.

—Buenas tardes. —La chica miró mi placa un momento—. Va a sonarte raro, pero ¿alguien os ha dejado un sobre, tal vez un papel, una caja…, para que nos lo dierais a nosotros, la Policía Judicial, en caso de presentarnos aquí?

—No, que yo sepa —contestó la joven—. Pero déjeme que pregunte.

—Gracias.

Se ausentó.

Cada segundo consumido dolía como agujas entrando por debajo de mis uñas.

Regresó con una negativa.

«Mierda».

—Vamos a investigar un poco por la tienda —la avisé, con Toño y el resto husmeando ya a mi espalda—. Pero, tranquila, que ninguno corréis peligro.

La chica tragó saliva y asintió con la cabeza.

—Un momento. —Toño apareció por mi derecha—. ¿Tenéis libros que traten sobre el frío?

—¿Sobre el frío? —La joven no cabía en su asombro—. No es un tema que me pidan mucho.

—Ya. Pero ¿tenéis?

—Lo miro en el ordenador. Un momento. —Observó la pantalla mientras tecleaba con dedos veloces—. En la librería tenemos tres.

—¿Cuáles?

—*La biblioteca de hielo. Un viaje literario por el frío, El método Wim Hof: trasciende tus límites, activa todo tu potencial.* Y… *El poder del frío,* del mismo autor. —«Los dos primeros los encontramos en el escondrijo subterráneo de Fresneda», recordé—. Los demás son *thrillers* que tienen la palabra «frío» en el título, pero no hablan del frío en términos… del tiempo. Es eso lo que buscan, ¿no?

—Sí. ¿Los guardáis en la misma estantería?

—No, no, el primero está en la sección de antologías literarias, los otros, en autoayuda. Si me acompañan, les muestro dónde están.

Nos guio hasta una estantería apartada del corazón de la librería.

—Los de autoayuda han de estar por aquí.

Hizo un semicírculo con las manos que abarcaba un buen montón de libros. Como perros siguiendo un rastro de drogas, buscamos entre cientos de lomos.

—Aquí —dijo la chica. Y señaló un lomo.

Clavé la mirada en *El método Wim Hof.*

Toño agarró con sus manazas una decena de libros en bloque y los sacó de la estantería como si fuera un montacargas humano.

En el fondo de la estantería encontramos una sucesión de números, coordenadas a rotulador indeleble. En conjunto no ocupaban más de tres centímetros.

«Selvas entró tan tranquilo en la librería, sacó su libro preferido de la estantería y escribió los números», pensé mientras miraba mi móvil por enésima vez: 20:22.

«Una hora y treinta y ocho minutos».

Toño tomó una fotografía con su teléfono mientras yo introducía las coordenadas en Google Earth. El programa informático enseguida me marcó el supuesto lugar donde Malena Pérez aguardaba a que alguien la sacara de un congelador.

—Las coordenadas señalan una casa del barrio de San Diego, en Puente de Vallecas.

—Pues vamos.

Salimos aprisa. Yo dije «gracias» sin detenerme; la joven dependienta puso su granito de arena en la búsqueda.

No sentí frío ni calor al salir a la calle. Ni hambre ni sed. Ni pena ni gloria. Me convertí en una especie de autómata programado para alcanzar un único fin.

Toño puso el rotativo de emergencia.

Los conductores nos abrían paso al ver las luces.

Busqué información sobre la casa a la que nos dirigíamos.

—Pertenece a un banco.

—Okupó una vivienda para el último tramo de la yincana esta de mierda —presintió Toño.

—Eso parece. Y te diré una cosa: si la niña no aparece en esa casa, te juro que le pego un tiro en cuanto lleguemos a la comisaría. Y que mi abogado alegue enajenación mental transitoria. Argumentos no le van a faltar.

Aparcamos en doble fila.

Nos apeamos y caminamos hacia el maletero para sacar las linternas y los chalecos antibalas, que nos colocamos con prontitud.

Nos detuvimos ante la puerta de una fachada de pintura blanca desconchada en la que dos pequeñas ventanas parecían observarnos con ojos tristes. Los agentes de Protección Ciudadana formaron una barrera humana en torno a nuestra posición, por orden de Rojas.

La casa disponía de garaje.

«Espero que guarde la furgoneta».

Rojas se acercó al maletero de su coche y sacó un ariete. Según él, siempre lo llevaba al lado de su chaleco antibalas, una linterna y un botiquín de primeros auxilios.

—No estamos para pedir refuerzos —dijo—. Si la encontramos ahí dentro, vamos bien de tiempo. Si no…

Nos dedicó una mirada de preocupación. Yo hice un fugaz recorrido con la mía por la fachada del bloque que se alargaba a nuestras espaldas. Decenas de vecinos nos grababan con sus teléfonos móviles: los uniformados que ahuyentaban a quienes caminaban por la acera no pasaban precisamente desapercibidos.

Rojas le pasó el ariete a Toño y le dijo «arréale». Si me lo llega a dar a mí, hago el ridículo. Mi compañero, en cambio, agarró sus dos empuñaduras con una mueca de «aquí estoy yo», lo colocó entre la puerta y el marco, y le arreó con impulso.

La puerta no opuso resistencia.

—¡Policía! —gritó hacia lo profundo de la vivienda—. ¡Si alguien okupa esta casa, que salga con las manos en alto!

El interior se hallaba en penumbra. En el recibidor no encontramos el típico mueble que da la bienvenida. Unas escaleras polvorientas subían hasta la primera y única planta. Pero antes de los peldaños polvorientos, la puerta cerrada del garaje esperaba a que la abriéramos. Toño giró el pomo y la empujó con sus manos enguantadas, y un suspiro de alivio abandonó nuestros cuerpos: apareció la furgoneta de Íñigo Selvas.

Entramos en la cochera. A un metro del culo de la furgoneta, descubrimos un congelador horizontal con ruedas, enchufado a un generador eléctrico a gasolina. El electrodoméstico se encontraba cerrado con un candado de combinación.

—Uno, dos, tres, cuatro —le recordé a Toño, con el corazón en un puño. Luego alcé la voz—: ¡Malena, estás ahí dentro! ¡Somos policías! ¡Hemos venido a llevarte con tus padres!

—¡Estoy aquí!

Su voz hueca y los golpes que dio desde dentro con sus piernecitas entraron por mis oídos como un reconstituyente milagroso.

Toño introdujo la combinación y el candado se abrió como se cierra un puzle.

Abrió la tapa del congelador.

Malena apareció sentada y con la espalda apretada contra una esquina, con sus bracitos rodeando sus piernas de alambre. Nos miró con sus grandes ojos azules. Tenía buen aspecto, a pesar de que su ropa y su pelo estaban sucios.

A mí me pareció la niña más bonita del mundo.

—No tengas miedo. —Toño trató de disipar su lógica desconfianza—. Hemos venido a rescatarte. ¿Ves? Somos policías.

Señaló la placa que le colgaba del cuello.

La niña asintió sin perder el gesto cohibido. Pero un segundo después, como empujada por un muelle, se lanzó a mis brazos. Su calor corporal me trajo la paz que tanto había buscado desde la muerte de César. Los rápidos latidos de su corazón contra mi pecho disiparon las sombras que habían traído consigo los crímenes de unos locos obsesionados con el frío.

La bajé al suelo.

—Ahora tienes que irte con este señor. —Le señalé a Rojas con la barbilla—. Pronto llegarán tus padres, ¿vale, bonita?

—Vale.

Su dulce voz perforó mis oídos. No pude evitar pensar que su amiga había sido asesinada por el hombre que por poco la congela. No fui capaz de eludir el recuerdo de la niña muerta dentro de un bloque de hielo. De pronto, me invadió una sensación agridulce. Como si al rompecabezas le faltara una pieza. Como si una gominola de fresa se hubiera convertido en ceniza en mi boca.

No podía creer que todo hubiera acabado.

Literalmente.

Y mi instinto volvió a dar en el blanco.

Paloma del Moral

Barrio de San Diego, Madrid

—Se nos dan bien las yincanas, ¿eh, compañero? —le susurré a Toño, venida arriba.

Todos tendríamos una apacible Nochebuena.

Con Malena a salvo, decidimos examinar el piso de arriba mientras llegaba la Policía Científica.

Superamos unos peldaños barnizados por una capa de polvo al tiempo que sujetábamos nuestras reglamentarias. No podíamos relajarnos todavía; no hasta comprobar que la casa estuviera limpia de sorpresas. La humedad se aferraba a la piel. Telarañas en las esquinas. Sombras inquietantes en paredes desnudas. Pasillos huecos. Olor a moho mezclado con el tenue rastro de algo indefinible. ¿Orín de perro? ¿Ratas muertas? Dejamos atrás un baño repelente y una habitación con eco. Un cuarto pequeño sin puerta almacenaba una escoba solitaria. Continuamos con pasos gatunos hasta la puerta entornada de la habitación que daba fin al único pasillo de la planta.

La empujé con el cañón de mi pistola.

Al otro lado apareció un escritorio de patas roídas, con un flamante portátil encima. Levanté la tapa con recelo y le di al botón de encendido. Toño me observó en silencio. Tecleé 1234 y apareció el escritorio. No me hicieron falta ni diez segundos para advertir que las carpetas llevaban los mismos nombres que las halladas en el escondite donde Fresneda me sometió a una prueba de frío. Seguimiento, estilismo, escenas, zulo, cámper, ruedas, cámaras de vigilancia, protecciones, cartas…

Hice ademán de hablar, pero las palabras se me quedaron atascadas en la garganta.

Toño dijo lo que yo no pude:

—¿Qué coño hace aquí el portátil de Fresneda?

Paloma del Moral

Comisaría General de Policía Judicial, Madrid

Lo primero que hizo su abogado fue reprocharnos que le hubiéramos hecho preguntas a su representado sin estar él presente. La liberación de Malena le había devuelto a Toño su desparpajo. Contestó al letrado con un «díselo a esta» mientras le ponía la palma de la mano a un centímetro de la boca. Como ciudadana, me importaba poco o nada lo que tuviera que decir Selvas acerca de que estuviera en posesión del portátil de Fresneda. Lo único que me importaba era que entrara en una cárcel y no saliera con vida. Pero mi trabajo como policía judicial consistía en conocer los cómo, los dónde, los cuándo, los porqués; restaba mucho que armar para la fiscalía. El estudio palinológico lo situaría en la escena de abandono del cuerpo de Clara Redondo. No tenía la menor duda.

Presentí que Selvas se declararía inocente: una estrategia que formaba parte de su plan desde el principio; que su abogado usaría la estratagema de la enajenación mental. El detenido conocía la Ley de Enjuiciamiento Criminal como la palma de su mano. «Su memoria retiene la información de un modo increíble», recordé, de boca de su hermano. Íñigo era consciente de que las declaraciones prestadas en fase sumarial no tenían valor probatorio si más tarde uno se declara inocente ante el juez y su abogado alega que su cliente lo había inventado todo por culpa de una enfermedad mental.

Las rarezas de Selvas le garantizaban al letrado un desfile de familiares y conocidos que corroboraran su patología, con Alberto Selvas como testigo principal. Trataría de jugar con nosotros hasta el final. Era su rollo. Procedería al modo «donde dije digo, digo Diego». Pero Selvas no reparó en un detalle: el polen —incluso el agua— tenía la capacidad de señalarlo ante un tribunal.

—¿Por qué tenías el ordenador de Fresneda? —le pregunté.

—Ahora mismo se os pasan muchas cosas por la cabeza, ¿verdad, inspectores? Y ninguna es la verdad. Los crímenes. Las cartas. La misión. El escondrijo. La X… Se necesita destreza y, por qué no admitirlo, una pizca de suerte para trazar un plan que perdure en la memoria. En la actualidad, es casi imposible matar a ocho personas antes de ser identificado.

—Has matado a dos niñas —lo contradije—. No te adjudiques los crímenes de otro.

—Solo eres un imitador barato —lo increpó Toño.

—Me decepcionáis, inspectores. Yo soy el Hombre de Escarcha.

Paloma del Moral

—Me impuse un reto: encontrar a dos sujetos perfectos, dos tipos que se ajustaran al perfil que preví que la Policía extraería de mi *modus operandi* —explicó mientras su abogado lo escuchaba con atención y mi mente trataba de no volar por los aires—. No fue fácil. Por momentos pensé que no lo conseguiría, que no lograría encontrar a dos hombres que reunieran tantos requisitos. Uno de ellos debía tener mis mismas proporciones, ya saben por qué, vivir en el Triángulo de Hielo o en sus cercanías, sufrir un trauma asociado con el frío… No obstante, no perdía nada intentándolo. El tiempo no era un problema. Rastreé, pues, noticias en busca de dos sujetos que encajaran. Podría haber quedado todo en una idea extravagante que no progresa, pero los encontré. El siguiente paso era someterlos a una vigilancia exhaustiva. Necesitaba saberlo todo sobre ellos. Llegó el momento para mis habilidades informáticas; hoy en día, da más información un teléfono móvil que vivir diez años con una persona. No obstante, tardé bastante en confirmar que eran las piezas perfectas. En mi plan no había hueco para las medias tintas. Era todo o nada. Como ya sabéis, una de las herramientas apareció en Teruel, Diego Fresneda, quien se haría pasar por mí, a voluntad propia. La otra pieza, Adrián Guerrero, la encontré en Molina de Aragón. ¿Su papel en esta historia? Chivo expiatorio.

»Todo lo que pronunció Fresneda fue a través de mí. Él no tiene voz propia. Es un recipiente vacío. Soy yo quien habla con el Frío. Soy yo quien trata de haceros entender que la glaciación es inevitable y que debéis adaptaros a su poder destructivo. Yo escribí las cartas. Yo represento a la sociedad cuando estoy ante el Señor Frío.

»Os prometo que he tratado de apaciguarlo, pero Frío se muestra inclemente. Nuestra inconsciencia es demasiado flagrante. La única vía para la supervivencia es la adaptación. Frío se acerca y mi misión es forzaros a esquivar la hipotermia. Su purga será terrible.

»La primera fase de la misión fue la concienciación; la segunda, que el mensaje se grabara a fuego en todas las mentes del mundo. Fresneda trabajó por un bien común y asimismo por uno propio. Entre otras cosas, transcribió las anotaciones de mis diarios a los que encontraron en el escondite, para que un perito grafólogo no pudiera relacionarlos conmigo. Los originales ardieron en un descampado. Todo lo que leísteis, a excepción de la triste historia de la muerte del hermano de Diego, eran mis pensamientos, mis vivencias, mi plan. También se encargó de someterte a ti, inspector, a la prueba. A esas alturas era demasiado arriesgado que yo lo hiciera. Todo es cuestión de adelantarse a las jugadas de tu contrincante.

»Diego tenía que ser detenido de un modo realista. —Negó con la cabeza, como quien recuerda un paso mal dado—. Puede que te interese saber, inspectora, que tu supervivencia formó parte del plan. Fingí que venciste al frío en la sala de los aires acondicionados. ¿Recuerdas lo que te dije, que tendrías que soportar el grado tres durante dos horas? No fue así. El tiempo y la intensidad fueron menores. Puede que tengas el don o puede que no. No pude permitirme el lujo de comprobarlo. Necesitaba mostrarle al mundo que era posible superar la prueba, y tú eras la emisaria perfecta. Pero Trapé no publicó el vídeo. Jugó con fuego y se quemó. He de admitir que no hice una buena elección con la periodista. Y la jugada de hacer pasar a Guerrero por el Hombre de Escarcha tampoco salió demasiado bien. Preví que la Guardia Civil me buscaría con todos sus medios y planeé un modo de deshacerme de esa presión. Quise someterte al frío a ti también, inspector Castro. Me pareció un logro increíble: secuestrar a los dos inspectores que trataban de detenerme. Fresneda debía ser detenido, sí, pero no tan pronto. Por cierto, ¿cómo lograsteis atraparlo? No he vuelto a hablar con él desde que lo detuvieron.

—Guerrero no tenía la deficiencia en la proteína alfa-actinina-3 —contesté.

Estuve tentada de dejarlo con la incógnita, pero vencieron las ganas de anotarme un tanto.

—Un error imperdonable. —Selvas hizo una mueca de dolor—. Al haber sobrevivido a las bajas temperaturas cuando se perdió en la sierra de Albarracín y su novia murió por hipotermia, pensé que la tendría. Supongo que era mucho pedir que todo encajara a la perfección. No obstante, me he divertido jugando al gato y al ratón con vosotros dos. Fresneda no es un lumbreras, pero ha fingido de maravilla ser el propagador del mensaje, cuando solo fue un altavoz. El estúpido cree que pasará a la historia. —Exhaló una risa ahogada—. Pobre utensilio infeliz.

»Lo de haceros creer que era JM, el *cracker* que instaló el *spyware*, pues… La verdad, fue una estratagema de última hora para ganar tiempo. El tiempo es un regalo. No tenía ni idea de a quién pertenecían las siglas que encontré en el piso de Lidia Trapé. —Lo dejamos explayarse, a pesar de que por momentos se mostrara redundante. Los ególatras con problemas mentales solían regodearse en sus "éxitos" ante nuestras caras—. Yo enfoqué el móvil de Fresneda hacia el termómetro y la ventana abierta para atraer a la periodista y al camarógrafo. Yo tuve la idea de desvincular el amplio garaje de Fresneda de su casa, de la tarima deslizante, de construir uno nuevo que esfumara posibles sospechas… Diego no carga sobre sus hombros con ningún crimen. Es un desgraciado con complejo de Eróstrato. Descubrí que tenía un deseo exacerbado de obtener reconocimiento, al precio que fuera. Se había presentado a infinidad de *castings* del tipo *Gran hermano* o *Supervivientes*. Siente una extrema necesidad de ser recordado y admirado, incluso a costa de su moralidad. Tiene la autoestima por los suelos. Enterarme de su dolencia cimentó las bases de mi plan. ¿Habéis oído hablar de las confesiones falsas voluntarias? Seguro que sí. Pueden deberse a estados psicológicos o por la presión ejercida sobre el confesor por alguien que no sea la Policía. Algunos individuos pueden sentirse tentados de confesar falsamente por deseo de atención, porque quieren castigarse a sí mismos o porque están desvinculados de la realidad. Sin embargo, las confesiones falsas intencionadas también pueden deberse a motivos racionales, como el deseo de querer proteger al verdadero autor de los hechos. En el caso de Fresneda, firmó una confesión falsa por deseo de atención y porque el Hombre de Escarcha entró en su mente como un taladro de diamante. Cuando el mundo sepa lo que he hecho, el plan que he trazado…, ¿qué creéis que pasará?

—Que sabrán que eres un monstruo —contestó Toño.

—Se avecina un juicio mediático sin precedentes. ¿No os pareció extraño que no les enviara fotografías a los medios de las niñas congeladas? Las guardaba para el final, para el juicio. Todo acaba sabiéndose si los periodistas están de por medio. Lo que sucederá es que el mensaje calará tan profundo que pasará de generación en generación. La vía de la no violencia es una quimera. La sociedad no escucha a menos que le muestres mano firme. Sé que no puedo cambiar la forma en que me miran ahora mismo. Sé que me verán eternamente como a un monstruo. Pero vuestro asco no cambia mi legado. Es el precio que he de pagar por salvaros de la hipotermia. Me he visto obligado a obligaros, valga la redundancia. Algún día me veréis como a un bienhechor. Os lo dije una vez, ¿recordáis?, a través de Fresneda: no he disfrutado matando a ninguna de esas personas, menos aún a dos pobres niñas. Necesitaba una historia potente, un plan complejo que llamara poderosamente la atención. He llegado tan lejos como he podido. Mucho, diría yo, para los tiempos que corren. Doy gracias de que al principio ignoraran las denuncias de mi hermano. En ese sentido tuve suerte. Alberto siempre fue el principal escollo de mi plan. Pero no pude acabar con mi sangre: para mí es sagrada. Y finalmente disteis con mi nombre. Pero, a pesar de todo, ahora sois conscientes de que el único camino es adaptarse. Y pronto lo serán miles de millones de personas. Las niñas eran necesarias: el horror, para ganarme la atención de un mundo cegado por la ignorancia.

—¿Has terminado de decir chorradas o voy yendo a por un café? —preguntó Toño.

Selvas se mantuvo en silencio.

Mi compañero se levantó con la lentitud de un anciano y se acercó al imputado, para susurrarle al oído.

Oí un largo murmullo, como viento que arrastra palabras confusas. Selvas, por contra, pareció.escuchar el aullido de un viento huracanado: su gesto inmutable mutó a uno de incomodidad.

—Y te adelanto que no vas a estar bien —dijo, a modo de despedida, tras separar la boca de su oreja—. En la trena no gustan los asesinos de niñas.

—Supongo que no vas a firmar una confesión —dije yo mientras me incorporaba.

—No.

—Lo imaginaba.

Seguí a mi compañero tras despedirme con un «hasta luego» del letrado, que no había movido un dedo durante el soliloquio de su representado.

—¿Qué le has dicho al oído? —le pregunté a Toño nada más salir de la sala de interrogatorios.

—«Has tirado por tierra el legado medioambiental de tu madre. Desde hoy, será quien, con su fanatismo, convirtió a su hijo en un asesino en serie despiadado, en el Hombre de Escarcha. No sé qué pensarás tú, ni me importa, pero estoy seguro de que ahora mismo te está maldiciendo desde la tumba».

—No está mal para un viejales.

Necesitaría tiempo para sacudirme la desazón que me habían provocado los crímenes de Íñigo Selvas, pero estaba convencida de que el recuerdo de los grandes ojos de Malena Pérez aceleraría el proceso.

—Se puede aprender mucho de los veteranos, Palomita.

—Es lo que pienso hacer. ¿Sabes qué, cuñao?

—¿Qué?

—Que César estaría orgulloso del hombre en que te has convertido.

—Y de la mujer que tú eres.

Diego Fresneda

Años antes. Teruel, Aragón

Se repantingó en el sofá y encendió el televisor, e hizo *zapping*. Desfilaron por la pantalla todo tipo de celebridades. Actores, presentadores, deportistas, cantantes, chefs, empresarios... Se había presentado sin éxito a audiciones para *reality shows*. Incluso se le había pasado por la cabeza publicar un vídeo absurdo de sí mismo saltando en cueros a un campo de fútbol o lanzándole una tarta al presidente del Gobierno, o la idiotez de inventarse una canción pegadiza que tratara de un asunto de moda, incluso buscar a una mujer famosa y conquistarla a lo *Notting Hill*. El problema siempre era el mismo: no tenía talento artístico, ni una belleza ni una personalidad capaces de atraer al sexo opuesto, famosa o del montón. Hubiera dado cualquier cosa por una voz como la de Frank Sinatra, por actuar como Marlon Brando o tener las facciones de Brad Pitt.

Por su mente pasaron todo tipo de pensamientos negativos: «No importa cuánto lo intente, nada cambia», «Estoy completamente solo en este mundo», «Soy un fracaso», «¿Y si nunca salgo de este pozo? ¿Y si siempre me siento así?».

Su móvil vibró sobre la mesa de centro. Se inclinó para

cogerlo. Un tal Íñigo Selvas le había enviado un correo electrónico, con el asunto: «¿Quieres ser famoso?».

Accedió al cuerpo del mensaje:

Hola, Diego:

Me llamo Íñigo Selvas y no voy a andarme con rodeos. Sé que tu hermano murió a causa del frío y que tu madre se ahogó en aguas heladas. Sé que desde entonces has buscado la atención de los demás. Te obsesiona destacar. Ansías ser el centro de atención, ser conocido. Pero no tienes lo que hay que tener para llegar donde pretendes. No obstante, yo puedo ayudarte a conseguir la atención que anhelas. Y, por el camino, ayudarás a salvar vidas. Yo evitaré muertes mientras tú te labras un nombre.

Supongo que estarás abrumado. Pero, tranquilo, hay tiempo de sobra. Te mostraré los pormenores de mi misión; los cómo, los cuándo, el porqué, los dónde… Si estás dispuesto a sacrificar tu integridad por pasar a la historia, pincha en el enlace que encontrarás debajo de este mensaje.

«Para qué quiero mi integridad, si nadie va a recordarla», pensó, taciturno. No obstante, se mostró reacio a clicar sobre el enlace «Quiero pasar a la historia».

«Es evidente que me ha estudiado. —Empezó a hablar consigo mismo—. Sabe que busco la fama. Puede que sea un nuevo método para robarle a la gente patética como yo. O puede que sepa cómo lanzarme al estrellato. Lo indiscutible es que sin riesgo no hay recompensa. Bah, qué tengo que perder. Seguro que es algún tipo de broma que se ha hecho viral, y no pasa nada».

Se encogió de hombros y clicó en el enlace.

Un segundo después, el sonido del portero automático le provocó un respingo.

—No puede deberse a una casualidad.

Notó que el móvil vibraba entre sus manos.

Miró la pantalla.

«¿Me abres o no?».

Paloma del Moral

Diez meses tras el arresto de Íñigo Selvas.
Comisaría General de Policía Judicial, Madrid

«A veces, la única forma de avanzar es aceptar que hay cosas que no pueden impedirse». Llevaba meses centrándome en la premisa de que algunos crímenes son inevitables, de que en ocasiones solo podemos trabajar para poner ante la justicia a quienes los han perpetrado.

Me abstraje en los cubitos que tintineaban en mi café con hielo. Viajé por un momento al pasado, para, en cuestión de segundos, condensar los meses que precedieron a la detención de Íñigo Selvas, el Hombre de Escarcha.

Toño cenó en la residencia con su madre, con mi suegra, la Nochebuena de 2023. Yo viajé por sorpresa a Santa Cilia. Nunca había visto a mi madre dar saltos de alegría. El abrazo que me dio mi hermana me hizo crujir las costillas. Mi padre solo tuvo que mirarme a su manera, la de un padre ferviente, para hacerme sentir querida.

Como preví, Selvas se declaró inocente y trató de librarse de la cárcel en beneficio de un centro psiquiátrico penitenciario. Por fortuna, los psiquiatras forenses encargados de declarar al imputado penalmente no responsable por sus actos decretaron que supo lo que hacía en todo momento, y un juez lo condenó a prisión permanente revisable. Por el contrario, la pena de Fresneda fue revisada, para cambiar a veinte años de reclusión en un centro psiquiátrico penitenciario por complicidad y encubrimiento, con agravante de ocultación de pruebas y ayudar al autor del delito a eludir la acción de la justicia.

Selvas tenía una misión, y en ese sentido se salió con la suya. En todas partes se debatió sobre el calentamiento global y la necesidad de adaptarnos a las bajas temperaturas. Las quedadas por internet para adaptarse al frío crecieron como enredaderas. Los libros de su madre empezaron a venderse como una solución para todos los males. Series, películas, documentales, artículos, pódcast, novelas… Ni Charles Manson llegó a tales niveles de popularidad.

Me hice la prueba. Necesitaba pasar página y, por alguna extraña razón, necesitaba saber si contaba con el don. Desde que fui consciente de su existencia tuve la certeza de que formaba parte de ese dieciséis por ciento de la población con una mutación en el gen ACTN3. Pero el hecho de que Selvas limitara la prueba de frío me hizo dudar. Los resultados reflejaron que Paloma del Moral, conocida en el mundillo como la Chica de Hielo —aunque nadie se atreviera a decírmelo a la cara. Excepto Toño—, tenía la deficiencia de la proteína alfa-actinina-3. Jamás se lo confesé a nadie, pero tener el don me hacía sentir especial.

«Y si tenía razón —pensé, reflexiva—. Y si se acerca un frío extremo. Y si no encontró otro modo de protegernos…».

—Eh, Palomita.

Toño llamó mi atención desde su silla.

—¿Qué?

—Esta noche, a las nueve.

—A las nueve ¿qué?

—La cena que te debo.

—¿Ya? —dije, con sarcasmo.

—He tenido que bajar el listón, porque los estrellitas Michelin dan mesa para el siglo que viene. Pero te vas a poner las botas.

—¿Va a venir Mercedes?

—¿Quieres que venga?

—Pues claro.

La pareja de Toño era un encanto.

—Entonces voy a tener que pedir un préstamo.

—Pues lo pides.

—Pues lo pido.

Me guiñó un ojo.

Sonreí.

Las dolencias de su madre llevaban meses estabilizadas y su relación con Mercedes iba viento en popa, y se notaba en el estado de ánimo de mi compañero.

Surgirían nuevos casos horripilantes. Sin ir más lejos, antes de abstraerme en unos cubitos de hielo, me encontraba investigando la muerte de una mujer quemada en un descampado. No obstante, el instinto me decía —y si algo tenía bien calibrado era el instinto— que no volvería a cruzarme con un asesino como Íñigo Selvas.

Seguiría besando la foto de César al llegar y marcharme de casa, antes de acostarme y al despertar. Paloma del Moral estaba casada con un hombre fallecido; eso no iba a cambiar. Seguiría moviendo el esqueleto al ritmo de un *rock and roll* los días que llegaba necesitada de buenos recuerdos, mientras imaginaba que César me guiaba por la habitación. Me lo prometió: «Jamás bailaré con otra». Y yo nunca tendría una pareja de baile que no fuera él.

Aquella noche soñé que Toño y yo nos quedábamos encerrados en la *escape room* inspirada en la sala de los aires acondicionados. Resolvíamos uno a uno los rompecabezas relacionados con el Hombre de Escarcha mientras las paredes se congelaban. Tras resolver los enigmas, abrí la puerta con precipitación cuando el hielo trepaba por nuestras piernas.

Apareció un sol radiante.

Nuestros cuerpos se llenaron de calor…

Y el hielo se deshizo.